Status o.k.

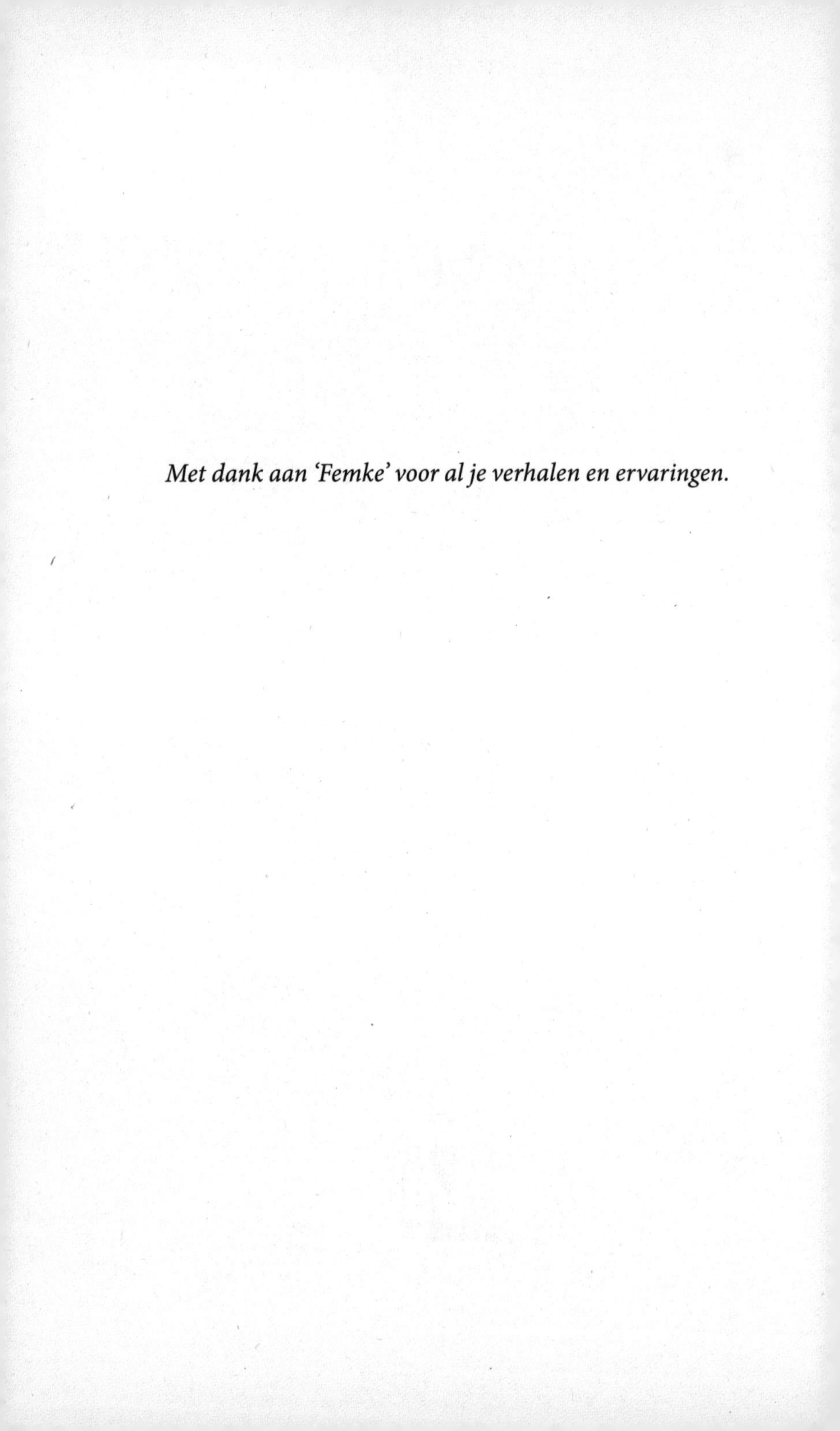

Met dank aan 'Femke' voor al je verhalen en ervaringen.

Mariëtte Middelbeek

Status o.k.

Januari

VRIJDAG 2 JANUARI

20:00 uur

Het probleem is: ik ben gewoon geen wrattenmens. En ook geen schilfervrouw of fan van vieze, etterige zweren. Ik heb er niets mee, ik kan er niets mee en ik vind het vies. Ja, ik, aankomend dokter Van Wetering, vind stinkende zweren gewoon heel erg vies. Zo. En deze ellendige vorm van tijdverspilling duurt nog twee weken ook. Twee weken dermatologie in het Gregorius Ziekenhuis. Het enige voordeel is dat ik zowaar twee dagen weekend heb.

Ook zoiets. Welke arts heeft nou elk weekend vrij? Welke dokter trekt op vrijdagmiddag de deur van zijn afdeling achter zich dicht en hoeft zich geen seconde druk te maken om wratspoedgevallen en moedervlekcrises? Die bestaan namelijk niet.

Wat ik zeg: tijdverspilling. Maar ik moet deze twee weken uitzitten voor ik begin aan het coschap der coschappen, de tien weken waar ik zo lang op heb gewacht, de enige afdeling van het ziekenhuis waar ik echt thuishoor: chirurgie.

Dat is de reden dat ik honderden patiënten heb aangehoord, midden in de nacht ellenlange verslagen heb geschreven, tientallen presentaties heb gegeven, vele malen verstek heb laten gaan bij vrienden en familie, me heb laten afbekken door chagrijnige specialisten, de benen uit mijn lijf heb gelopen voor arrogante arts-assistenten en vooral alles wat er over chirurgie te leren valt heb opgezogen als een spons. Tijdens het hele voorgaande jaar aan coschappen is er geen week geweest dat ik geen chirurgieboek in handen heb gehad. En over twee weken is het dan eindelijk zover. Femke van Wetering, chirurg. Nou ja, chirurg *to be*.

Daar kunnen geen poenige flatscreens en notenhouten bureaus tegenop, zoals ik die vandaag zag staan in de kamer van Van Daalen, de dermatoloog. Comfortabele stoelen, een gloednieuwe MacBook, een supersonische digitale spiegelreflexcamera met bijpassende fancy fotoprinter – het leek er de MediaMarkt wel. En tussen al dat dure spul zat dan Van Daalen: jaar of vijfenvijftig, bijna kaal, en te veel gebruind voor een ziekenhuis. Dat moet een of andere dure vakantie zijn geweest, want geen enkele zichzelf respecterende dermatoloog gaat onder een zonnebank liggen.

En reken maar dat Van Daalen zichzelf respecteert. Nog voor ik de man zelf had ontmoet, had ik al een folder in handen van de retecommerciële Gregor Kliniek waar Van Daalen in zijn vrije tijd bijklust. Om het voor de patiënt – die bij het betreden van de kliniek acuut in "de cliënt" verandert – makkelijk te maken, zit de Gregor Kliniek één deurtje verder dan de poli van dermatologie. Het enige verschil is dat je als iets te rijke, verveelde vrouw vlekjes en plekjes kunt laten wegpoetsen die van de verzekering best mogen blijven zitten, voor het uurtarief van een slordige tweehonderd euro.

Daarvoor wil Van Daalen vast wel even naar je glimlachen, iets wat hij vandaag op de gewone poli niet voor elkaar kreeg.

'Je loopt vandaag mee met dokter Rustenburg', zei hij, nadat ik me had voorgesteld en hij niet de moeite had genomen hetzelfde te doen. 'Ze draait SOA-poli. Heel interessant.'

De manier waarop hij het zei, maakte duidelijk dat hij zelf die mening bepaald niet was toegedaan.

Dus hing ik nog voor de lunchpauze met mijn neus boven genitale wratten, jeukende zweren, etterende bulten en patiënten die uiteraard geen idee hadden hoe ze aan zo'n ding op hun leuter kwamen.

Ik zou bijna gaan terugverlangen naar kindergeneeskunde, en dat terwijl ik juist zo blij was daar weg te zijn. Als ik nog één keer de zin "ik éís een second opinion/extra onderzoek/speciale behandeling/betere kamer voor Sophietje/Daantje/Bloempje/Pietertje" moet horen, sta ik niet voor mezelf in.

Ik moet ineens denken aan mijn eerste coschap, het introcoschap op de afdeling neurologie. Het is een jaar geleden dat ik binnenkwam vol ambitie, maar zonder enig benul van hoe het er echt aan toe gaat in een ziekenhuis. De patiënten van toen kan ik me nauwelijks herinneren, en eigenlijk geldt dat voor vrijwel alle coschappen die ik vorig jaar heb doorlopen. Ik herinner me diagnoses, geen mensen. En ik herinner me vooral het eeuwige meekijken, maar dat is nou eenmaal het lot van de coassistent.

Met zo'n belangrijke tijd bij chirurgie voor de deur wil ik niets, maar dan ook niets meer vergeten, zoals in het eerste jaar. Dit jaar schrijf ik alles op. Mijn nieuwe dagboek – een kerstcadeautje van mama – past precies in de zak van mijn witte jas, dus het kan overal mee naartoe.

Als ik over mijn wang strijk, merk ik hoe zacht mijn huid voelt. Met dank aan de crème uit het proefmonster dat ik vandaag meteen in mijn handen gedrukt kreeg. Dat is echt het enige voordeel aan dermatologie: gratis producten van merken die ik van de schamele vergoeding van vijf euro per maand die ik als coassistent krijg, never nooit zou kunnen betalen. Dat ze überhaupt de moeite nemen om dat geld over te maken is mij een raadsel. Ik zal nooit mama's gezicht vergeten toen ik haar vorig jaar vertelde wat mijn salaris – voor zover je van een salaris mag spreken – is. Lang leve de studiefinanciering en vooral: de lening.

'Als je twee jaar lang voor zo'n schijntje gaat werken, moet je het wel heel graag willen', zei ze.

Is ook zo. En die gratis crème die ik scoor bij dermatologie is mooi meegenomen, maar het wordt nu toch wel eens tijd voor het echte werk. Zodat ik weet waar ik het allemaal voor doe.

Nog even volhouden.

DONDERDAG 8 JANUARI

14:30 uur

De benenpoli. Klinkt onschuldig, is ongelooflijk smerig. Op de benenpoli bij chirurgie – mocht die bestaan – mag je me morgen neerzetten. Vaatoperaties, nieuwe gewrichten, fracturen – kom maar door. Maar de benenpoli bij dermatologie is van een heel ander kaliber. Het kaliber van de vieze zweren. Ulcera. De medische naam voor open, etterende wonden als gevolg van vaatproblemen in de benen. Het blijkt een populaire kwaal onder dat deel van de bevolking dat tachtig jaar en ouder is.

'Coassistent, voor jou heb ik vandaag iets heel interessants', deelde Van Daalen me vanochtend mee. Dat was het enige wat ik van Van Daalen te zien kreeg, aangezien hij de rest van de dag vrij had om te gaan golfen met zijn farmaceutische vrienden. Dat dure spul waarmee hij zijn kamer heeft gedecoreerd, moet ergens vandaan komen.

Dus was ik aangewezen op Cyriel, de arts-assistent dermatologie die eigenlijk neuroloog had willen worden, maar na drie afwijzingen voor dermatologie heeft gekozen. En daardoor blijkbaar alleen nog maar verongelijkt kan kijken, en zich bij voorkeur op de co's afreageert.

'Hier', zei hij terwijl hij me een stapel casussen overhandigde. 'De benen zijn vandaag voor jou. Roep de mensen naar binnen, hoor ze aan, maak de zwachtels los en laat mij dan komen. Succes...'

Dat bleek ik nodig te hebben. Succes, en liters luchtverfrisser voor de spreekkamer.

Op de benenpoli was het een drukte van belang. Alles wat oud en belegen was, had zich vandaag hiernaartoe gesleept. Had van mij niet gehoeven, maar het is het uitje van de week voor het plaatselijke bejaardentehuis.

Als eerste had ik mevrouw De Jong in de spreekkamer. Gezien haar bijna kale hoofd, vierkante lijf, bossen haar op haar benen en snor had ze net zo goed voor meneer De Jong kunnen doorgaan. En dat was nog het minst onsmakelijke.

Zodra ze tegenover me zat, begon de pret al. Vol afschuw keek ik naar de opgezwollen benen met talloze spataderen, die voor de gelegenheid in steunkousen waren gestoken, met daarboven een rok uit 1821. Helaas moest ik concluderen dat de rok omstreeks die tijd voor het laatst moet zijn gewassen, net als de vrouw zelf.

Ze had weinig aanmoediging nodig. Mijn 'dan zullen we eens even kijken' leidde tot een stortvloed aan woorden, die ik meteen weer vergat. Het enige wat ik wilde was het raam openzetten tegen de lucht van vieze steegjes en natte hond die ze verspreidde, maar het is al dagen niet meer boven nul geweest en een longontsteking zou het mens nog fataal kunnen worden. Niet dat ik haar zou missen, maar ik word nu eenmaal opgeleid om mensen te redden.

'Ach, dokter,' verzuchtte ze, 'het wordt nog niet echt beter. Ik heb geen zin meer in elke keer die zwachtels om mijn been.'

Ik gluurde in haar status. Ze had een lange geschiedenis van vaatproblemen en sinds zes maanden kwam ze een keer in de vier weken op het spreekuur. De vaatproblemen leiden ertoe dat elk wondje verandert in een groot, gapend, zwerend gat dat maandenlang verbonden moet worden.

'Tja', zei ik. 'U zult toch moeten volhouden. Er is geen andere mogelijkheid.'

'Soms wil ik die zwachtel er gewoon afhalen. Mijn vriendin Truus en de andere meiden zeiden het ook. "Meis," zeiden ze, "je moet die zwachtel er gewoon afhalen." Dus toen zei ik: "Nee, dat kan toch niet?" Maar Truus zei: "Kind," zei ze, "probeer het gewoon, want slechter kan het toch niet worden." Nou, en toen dacht ik: ja, slechter kan het niet worden. Maar ik zei ook tegen Truus: "Truus," zei ik, "hoe kan het toch dat het niet slechter kan worden terwijl ik er al maanden mee loop?"'

Ze ratelde maar door. Mijn gedachten gleden af naar mijn leerboek chirurgie, waarin ik gisteravond bij een heel interessante passage over knieoperaties was aangekomen. Je hebt het bij je coschappen natuurlijk niet voor het uitzoeken, maar als het even kan hoop ik wel zo'n operatie bij te wonen. Op de foto ziet er het spectaculair uit.

Nog even en dan sta ik op de OK. Geen wauwelende patiënten meer, alleen serene rust en het piepen van de hartbewaking. Denk ik. Ik heb nog nooit een operatie bijgewoond, maar dat is in elk geval hoe *míjn* OK er later uit zal zien. Hier wordt Gewerkt. En Genezen. Met hoofdletter G.

'Vindt u niet, dokter?'

Mevrouw/meneer De Jong keek me vragend aan. Ik staarde blanco terug, geen idee waar ze het over had.

'Dokter? U heeft toch wel geluisterd naar wat ik zei?'

Ik keek naar het aantekeningenblok dat voor me lag en waarop ik alleen haar naam had geschreven en een stuk of vijf keer OK had gekrabbeld.

'Hm-hm', zei ik waarschijnlijk weinig overtuigend, en ik stond op. 'Nou, als u nu even meeloopt zal ik uw been opnieuw verbinden.'

'Ja, maar dat zei ik dus net: ik denk niet dat dat zin heeft. Want Truus zei ook, "meid", zei ze...'

'Ja, ik begrijp wat uw vriendin heeft gezegd, maar neemt u nou maar van mij aan dat uw been echt ingezwachteld moet worden als u ooit van die zweer af wilt komen.'

'Ah, dus u vindt ook dat het lang duurt?'

Ja, natuurlijk vond ik dat. Alles duurde te lang. Dit consult, de zweren op haar been en de tijd die ik bij dermatologie moet uitzitten.

Uiteindelijk concludeerde Cyriel dat het echt wel de goede kant op ging en dat het er al een stuk beter uitzag. Ik wil niet weten hoe het eruitzag toen het slecht ging. Gelukkig was mevrouw De Jong erg onder de indruk van het idee dat er een "echte dokter" naar haar been keek en liet ze zich afschepen met de mededeling dat ze over een paar weken maar weer een afspraak moet maken.

Zo ging het dus de hele ochtend door. Het ene na het andere oude lijk strompelde de spreekkamer binnen. De laatste heb ik er een kwartier geleden uitgewerkt. Om bij te komen heb ik mezelf getrakteerd op een bezoekje aan de Gregor Kliniek, die vanmiddag gesloten is. De kasten staan vol dure proefflacons, die ik meeneem als genoegdoening voor de vreselijke dag.

Door het raam heb ik zicht op de ingang van de spoedeisende hulp, drie verdiepingen beneden mij. Er komen twee ambulances tegelijk aan. De openschuivende deuren, de twee in fluorescerend geelgroene pakken gestoken ambulancemedewerkers, de toesnellende verpleegkundigen – ik kan de hectiek bijna voelen. Maar ik zit opgesloten tussen bulten, vlekken en zeikerds. Nog zeven dagen. Ik hoop dat ik het overleef.

21:00 uur

Marjolein belde net, op een redelijk tijdstip voor haar doen. Mijn zusje belt ook wel eens midden in de nacht, als het bij haar avond is. Dat komt doordat 'Surinamers heel anders met tijd omgaan', zoals ze dan zegt. Volgens mij komt het meer doordat zij in Suriname heel anders met alcohol omgaat, en dat komt dan weer doordat haar vriendje Leandro een bar runt. Eigenlijk is Marjolein in Paramaribo om stage te lopen – en niet zomaar stage, nee, bij de Verenigde Naties – maar sinds ze Leandro heeft ontmoet, heb ik het idee dat ze meer in zijn bar zit dan op kantoor. Ik begrijp het niet, want ze heeft bikkelhard gewerkt om die stageplek te krijgen en nu gooit ze er met de pet naar.

'Je raadt het nooit!' tetterde ze in mijn oor.

'Dan probeer ik het ook niet.'

'Hè, doe niet zo flauw. Raad nou eens. Wie denk je dat er uit elkaar gaan?'

Marjolein vindt het leuk om mij deelgenoot te maken van het wel en wee van haar nieuwe vrienden, Leandro's vrienden, hoewel ik die mensen nog nooit heb gezien en ik hun liefdes-, werk- en familieperikelen totaal oninteressant vind.

'Mar, ik heb geen idee en ik heb geen tijd.'

'Jemig, is het weer zover? Ben je weer eens chagrijnig?'

'Ik ben niet chagrijnig, ik ben aan het studeren. Zou je ook eens moeten doen.'

'Ja, ja. Je lijkt mama wel. Nou, het zijn dus Winny en Maikel.'

'O. Heb je nog iets zinnigs te melden of kan ik verder studeren?'

Marjolein klonk nogal beledigd toen ze zei: 'Nou, dan niet, hoor. Ik ga mama wel bellen. Doei.'

Daarna hing ze op. Drie minuten duurde het gesprek. Precies de tijd waarin ik de aderen van de lies tot de knie uit mijn hoofd had kunnen leren.

MAANDAG 12 JANUARI

6:30 uur

In de bus. Op weg naar het Sint Lucia Ziekenhuis voor de dag der dagen: mijn eerste dag chirurgie. Ik kan niet wachten.

7:45 uur

Ik kan niet geloven wat er daarstraks gebeurde! Vol verwachting liep ik vanochtend onder het grote bord "heelkunde" door, de afdeling op. Anna, een van de arts-assistenten, kwam me tegemoet toen ik me bij de balie meldde.

'Femke van Wetering?' vroeg ze, niet onvriendelijk maar wel zakelijk en gehaast.

Die toon sprak me wel aan. *Cut the chit-chat*, dit is chirurgie. Hier wordt gewérkt. En genezen. We poetsen geen totaal onschuldige vlekjes weg, we bakkeleien niet urenlang met patiënten over zwaar overdreven pijntjes *links-of-nee-toch-rechts-nou-ja-een-beetje-in-het-midden-in-mijn-buik*, en we doen hier al helemaal niet aan al die patiënten die met veel bombarie klachten uit de doeken doen die uiteindelijk allemaal tussen de oren blijken te zitten.

Er is een aantal kwalen tussen de oren waar wij ons mee bemoeien – ik noem een tumor, of een bloeding – de rest mag zich melden bij de psycholoog.

'Je kunt je spullen kwijt in je kluisje en daarna mag je naar de artsenkamer komen', zei Anna. 'De visiteronde begint zo.'

Ik knikte ferm en liep in de richting die ze had aangewezen. Inderdaad vond ik een kamer met een bordje "kleedruimte" op de deur. Ik ging naar binnen.

'O, sorry.' Shit, er bleek al iemand in de kleedkamer te zitten. Een man, ook nog. Ik checkte snel het bordje, maar er stond niet bij dat dit de herenkleedkamer was.

'Hoezo, sorry?'

De man die zich omdraaide, was in elk geval te jong om specialist te zijn. Gelukkig.

Ik wilde me al omdraaien, blij dat ik niet net wat eerder was binnengekomen toen de man waarschijnlijk nog halfnaakt in de kamer had gestaan. 'Ik dacht dat dit de dameskleedkamer was.'

'Hé, Femke.'

Huh? Kenden wij elkaar? Ik trok mijn wenkbrauwen op en keek nog eens goed. O god. Lucas.

'Hé', zei ik. 'Wat doe jij hier nou?'

'Mijn coschap chirurgie lopen', antwoordde hij droog. 'Jij?'

Goede beurt. Ik vermande me en zei: 'Hetzelfde.'

Ik bekeek Lucas onopvallend. Hij was niets veranderd sinds ik een jaar geleden – toen we samen bij het coschap neurologie zaten – met hem zoende. Het is overdreven te zeggen dat we wat hadden, maar er had zeker iets in de lucht gehangen. Alleen besloten we na die ene zoen, zonder dat ooit uit te spreken, dat we geen tijd hadden voor een relatie en na het coschap heb ik hem niet meer gezien.

Tot nu.

Lucas bekeek me van top tot teen met diezelfde zelfverzekerde blik die hij toen ook al had. 'Je bent niets veranderd', zei hij.

Ik keek hem aan en trok één wenkbrauw op. 'Jij ook niet.'

Wat een idioot gesprek. Neurologie is net aan een jaar geleden! Natuurlijk zijn we niets veranderd.

Lucas zette een paar stappen in mijn richting tot zijn gezicht vlak bij het mijne was.

'Nog even over dat carpale tunnelsyndroom', zei hij. Ik dacht razendsnel na. Het was een case waar we tijdens neurologie over hadden gediscussieerd, omdat ik dacht aan een cervicale hernia en Lucas het daarmee oneens was. 'Ze had alleen tintelingen in de vingers, terwijl je bij een cervicale hernia nekklachten zou verwachten.'

Jemig, hij had precies onthouden waar we het toen over hadden gehad.

Ik keek koel terug. 'En hoe verklaar je dan de uitstralingen naar de arm?'

Lucas gaf geen antwoord. Met zijn gezicht dicht bij dat van mij hield hij alleen maar mijn blik vast. Ik staarde terug.

Uiteindelijk zei hij: 'Goed om je weer te zien, Femke.'

Daarna beende hij langs me heen de kleedkamer uit. Ik had het ineens bloedheet, maar dat kon ook komen door mijn dikke winterjas.

23:00 uur

Ik ben er gewoon voor gemaakt. Ik ben een geboren chirurg. De OK voelt als thuiskomen. De afdeling is mijn natuurlijke omgeving, of zoiets. Dit was het dan: de eerste dag chirurgie. Het was het wachten meer dan waard.

Na de onverwachte ontmoeting met Lucas besloot ik hem snel weer uit mijn hoofd te zetten. Oké, we zitten hier samen, maar het is meer dan een jaar geleden dat we zoenden en ik heb nu geen tijd om me met hem bezig te houden. Ik heb echt wel betere dingen te doen nu ik eindelijk met chirurgie ben begonnen.

Toen de deur achter Lucas was dichtgevallen, kleedde ik me snel om. Er waren alleen nog maar veel te grote witte jassen, waardoor ik eruitzag alsof ik een gordijn had aangetrokken. Hopelijk zou Lucas niet denken dat ik maat 54 droeg omdat ik enorm was aangekomen.

Ach, wat kan mij het ook schelen wat hij denkt. Ik ben toch niet van plan hem veel te zien, omdat ik het grootste deel van de tijd op de OK wil doorbrengen.

Zodra ik de gang op liep, struikelde ik bijna over een specialist die ik nog niet kende.

Anna dribbelde achter hem aan, gevolgd door twee co's, onder wie Lucas.

'Dit is de visiteronde', zei Anna, terwijl ik naast haar ging lopen, half rennend om het tempo te kunnen bijhouden. 'Er liggen eenentwintig patiënten op de afdeling. Luister en houd je mond, tenzij je iets wordt gevraagd. Straks kun je alle statussen doorlezen.'

'Oké.'

'Dat is dokter Zeilstra', wees Anna naar de specialist, die met een andere arts-assistent in gesprek was. Ik loerde op een momentje dat hij even uitgepraat zou zijn en ik me snel aan hem kon voorstellen. De ongeschreven regel is dat specialisten zich nooit aan co's voorstellen. Als co heb je de eerste dag de taak om pijlsnel uit te vinden wie belangrijk is en wiens hand je dus zo snel mogelijk moet schudden. Verpleging sowieso, want die wil je niet tegen je hebben. Anders laten ze je tijdens je nachtdienst voor elke ingegroeide teennagel komen en hoef je niet te verwachten dat ze in tien weken tijd ook maar één vinger uitsteken om je te helpen.

Daarna komen natuurlijk arts-assistenten, poli-assistentes en medisch secretaresses. Vorige maand zag ik een nieuwe co uit angst om iemand te vergeten maar gewoon iedereen die hij tegenkwam de hand schudden.

'En wat doet u hier?' vroeg hij aan de zoveelste.

'Ik schoonmaken', antwoordde de man met een zwaar accent. De zwabber in zijn hand had een hint kunnen zijn.

'Dokter Zeilstra?' Ik wurmde me tussen de specialist en de arts-assistent in op het moment dat beiden hun mond hielden. 'Sorry dat ik u stoor. Ik ben Femke van Wetering, een nieuwe coassistent.'

Zijn bleekblauwe ogen richtten zich op mij met een ietwat sceptische blik. 'Oké', was zijn enige antwoord.

Ik wilde nog iets zeggen, iets waardoor hij zou weten dat hij te maken had met iemand die toevallig heel graag een heel goede chirurg wil worden, maar Zeilstra's aandacht was alweer op iets anders gericht.

'Dit is meneer Diepmann', zei Anna toen we halt hielden bij een oudere man met een bleek gezicht. 'Hij is gisteren geopereerd aan zijn appendix.'

Zeilstra knikte. 'Hoe gaat het?' vroeg hij aan de patiënt.

De man antwoordde met hese stem: 'Ik heb nog wel erg veel pijn, dokter. De littekens trekken en branden helemaal.'

'Coassistent.' Plotseling richtte Zeilstra zijn blik strak op mij. 'Wat kan dat betekenen?'

Wauw, mijn eerste moment om te laten zien hoe goed ik me heb voorbereid. En dan ook nog zo'n makkelijke vraag. 'Een bacteriële infectie', antwoordde ik snel.

Zeilstra gaf geen antwoord, maar wachtte af tot Anna de deken had teruggeslagen en het verband waarmee de wond was ingepakt had verwijderd.

De gehechte gaatjes van de laparoscopie zagen er vuurrood en gezwollen uit.

Zeilstra knikte. 'Dat lijkt me duidelijk. We maken ze open en spoelen de wonden, daarna starten met antibiotica.'

De patiënt keek onzeker. 'Is het gevaarlijk?'

'Nee.' Zeilstra schudde zijn hoofd alsof er een vervelende mug omheen cirkelde. 'Dit gebeurt vaker. Met een dag of twee moet het over zijn.'

Anna beloofde de patiënt later terug te komen, terwijl Zeilstra alweer naar de volgende liep. Een mooi tempo, als je het mij vraagt.

Na de lunch – die bestond uit geplette boterhammen die ik snel naar binnen propte terwijl ik eenentwintig statussen doornam – kwam Anna naar me toe. 'Ik heb hier het rooster en je staat morgen op de OK.'

Ik keek haar bijna ongelovig aan. Sommige co's moeten een week wachten voor ze naar de operatiekamer mogen! 'Wat staat er op het programma?' vroeg ik bijna gretig.

Anna keek in haar papieren. 'Een FEM-POP-bypass. Dat staat voor –'

'Femoral Popliteal Bypass, het vervangen van vernauwde aderen boven of onder de knie met een lichaamseigen of kunstmatige vene', maakte ik haar zin af.

Anna keek me aan. 'Juist. En omdat je morgen op de OK staat, moet je nu de wasinstructie volgen. De operatieassistente wacht op je.'

Ik keek spijtig naar de statussen, want ik had eigenlijk alle eenentwintig casussen uit mijn hoofd willen leren, zodat ik tijdens de volgende visiteronde weer een goede beurt kon maken. Maar de wasinstructie is verplicht als je op de OK wilt staan, dus liep ik snel naar de operatieafdeling.

De OK-assistente bleek een strenge vrouw van achter in de vijftig, die me met het grootst mogelijke wantrouwen bekeek. Streng zei ze: 'Regel één op de operatiekamer: doe niets en kom nergens aan tot iemand je vertelt dat je dat mag doen.'

Ik keek haar aan zonder iets te zeggen. In hoog tempo loodste ze me door de operatiekamer, langs het patiëntenbord naar de wasruimte. Ze riep instructies die het meest op bevelen leken en die ik al kende omdat ik dit coschap tot in de puntjes heb voorbereid.

In de wasruimte keek ze me aan. 'De wasinstructie. Doe mij na.'

Ze maakte haar onderarmen nat en pakte een borsteltje waar ze zeep op deed door met haar elleboog op de zeepdispenser te drukken. Ik deed precies wat zij deed en schrobde mijn armen tot aan mijn ellebogen en elke vierkante millimeter van mijn handen. Heel even stelde ik me voor dat ik de chirurg was die zich klaarmaakte voor een ingewikkelde harttransplantatie, volgens een nieuwe methode waarop ik natuurlijk onlangs was gepromoveerd. Iedereen had reikhalzend naar deze operatie uitgekeken. De internationale chirurgentop was diep onder de indruk van mijn nieuwe methode en de operatie werd breed uitgemeten in alle vakbladen. Chirurg Van Wetering zou na deze dag platgebeld worden door vakbroeders uit Amerika en Engeland, die over elkaar heen buitelden om hun bewondering te uiten.

'Luister je nog?' De pinnige OK-assistente keek me ongeduldig aan. Snel veegde ik mijn handen en armen droog. Daarna wreef ik me in met handenalcohol. En nog een keer, omdat de OK-assistente zo kritisch keek.

Na de wasinstructie en het drie keer aan- en uittrekken van een operatiejas en -handschoenen – pas na de derde keer kon er bij de assistente met wie ik hoogstwaarschijnlijk geen vriendinnen ga worden een heel klein knikje af – ging ik snel terug naar de afdeling.

'Hé.' Lucas stak zijn hoofd om de hoek van de deur toen ik in de artsenkamer snel nog een boterham uit mijn lunchpakket naar binnen propte en tegelijkertijd alle pieper- en telefoonnummers in mijn opschrijfboekje noteerde. Handig voor het snel kunnen bereiken van iedereen op de afdeling, en voor het opvragen van labuitslagen en foto's.

'Hoi.'

'Hoe gaat het?'

Ik keek hem aan. 'Druk. Morgen sta ik al op de OK voor een FEM-POP bypass en ik moet de operatie nog voorbereiden.'

Lucas trok zijn wenkbrauwen op. 'Mazzel voor je dat je meteen op OK mag.' Hij ging aan tafel zitten en trok een medisch tijdschrift naar zich toe. Ik richtte mijn aandacht weer op mijn notitieboekje.

Althans, dat probeerde ik. Maar mijn blik dwaalde af naar Lucas' vingers, die aan de hoek van de pagina frummelden. Ik dacht aan diezelfde vingers in mijn haar, die avond...

Niet doen! Focussen. Chirurgie. Mijn toekomstige vakgebied.

Nog vijf minuten tot het begin van het supervisieoverleg. Ik sloeg mijn opschrijfboekje dicht. Lucas keek op. 'Klaar?'

Ik knikte.

'Je gaat die nummers echt nodig hebben', knikte Lucas. 'Vorige week heb ik op één dag twintig keer radiologie gebeld.'

'Zo vaak?'

'Geweldige dag was dat', zei Lucas. Hij schoof het vakblad van zich af en ging er eens goed voor zitten. 'Er was een ongeluk gebeurd met twee vrachtwagens en vier personenauto's, tien slachtoffers in totaal en wij waren het dichtstbijzijnde ziekenhuis. Twee gingen er direct naar het Academisch Ziekenhuis Amstelstad, acht kwamen er bij ons. Sluijs – een van de specialisten die je nog niet hebt ontmoet – en Anna en ik werden naar de SEH geroepen, waar we alle drie onze eigen patiënten hadden.'

Wat? In zijn eerste week zijn eigen patiënten? Ik was meteen jaloers.

Blijkbaar zag Lucas mijn ongelovige blik want hij zei: 'Natuurlijk namen zij de gecompliceerde patiënten voor hun rekening. Ik had een man en zijn zoontje, die beiden lichtgewond waren. De man had vleeswonden op zijn gezicht van het glas, bij het kind vermoedde ik een polsfractuur. Die heb ik naar de röntgenafdeling gestuurd. Anna vond het allemaal goed, ze was met haar eigen patiënten bezig.'

'Wacht even, jij hebt je eigen diagnoses gesteld en ook nog zelf de behandeling bepaald?' vroeg ik.

Lucas knikte. 'Jep. En daarna heb ik nog geassisteerd op de spoed-OK bij het verwijderen van een gescheurde milt bij een van de slachtoffers. Het was natuurlijk een uitzonderingssituatie, maar het ging goed en ik hoorde later dat Sluijs onder de indruk was. Misschien schrijft hij wel een aanbeveling voor me. Dat helpt enorm als je de specialisatie chirurgie wilt gaan doen, wist je dat?'

Ja, dat weet ik maar al te goed. Ik kan nog steeds bijna niet geloven dat Lucas op de SEH helemaal alleen patiënten mocht zien. Ik hoop op nog zo'n crisissituatie, waarin ik de specialisten kan laten zien wat ik waard ben. Misschien stort er wel een vliegtuig neer, of gebeurt er een treinramp. Een grotere ramp dan een auto-ongeluk, dat zou fijn zijn.

Nou ja, voor mij dan.

23:45 uur

Dat ik al achttien uur op ben – om half acht beginnen in een ziekenhuis op bijna een uur reistijd vanaf Amsterdam houdt in dat de wekker nog voor half zes gaat – betekent niet dat ik kan slapen. Ik wil verder studeren. Als ik echt alles weet, mag ik morgen misschien wel assisteren. Ik kan de scalpel al bijna in mijn hand voelen.

23:50 uur

Oké, niet overdrijven. Eerst maar eens beginnen met een wondhaak. Maar ik sta morgen aan die tafel, geen twijfel mogelijk.

DINSDAG 13 JANUARI

12:00 uur

Het is een feit: mijn eerste operatie. En ik stond nog aan tafel ook. Waar middelmatige coassistenten de eerste zoveel keer van een afstandje moeten toekijken, stond ik gewoon met mijn neus boven op het operatieveld! Logisch ook, aangezien ik wél de twee vragen die chirurg Draaisma stelde goed wist te beantwoorden en de andere coassistent – een prutser die al vier weken met haar coschap bezig is, maar volgens mij beter putjesschepper op zee kan worden, zo'n leeghoofd is ze – niet. Het was nog een kipsimpele vraag ook.

'De arteriën in het been?' Draaisma keek me afwachtend aan.

'Arterie iliaca externa, arterie femoralis en arterie poplitea', lepelde ik zonder moeite op. Hoewel Draaisma alleen knikte, meende ik toch een zekere verrassing in haar ogen te zien.

'En welke vene gebruiken we voor de bypass?' vroeg ze.

Opnieuw zoiets makkelijks. 'Meestal de vena saphena magna', antwoordde ik, alsof ze me gevraagd had naar de wortel van negen.

Draaisma liep naar de wasruimte. 'Ga maar meewassen', zei ze in het voorbijgaan. Ha! Meewassen betekent: aan tafel staan! Assisteren.

De andere co keek teleurgesteld. Maar als je liever *Het Klokhuis* kijkt dan je boeken bestudeert, heb je het aan jezelf te danken.

Even later stonden we dus aan tafel. Onder het groene operatiedoek ging een patiënte van drieënzestig jaar schuil, die al jaren vaatproblemen had. Eigenlijk maakte het niet zo veel uit wie er onder het doek lag, het enige wat we zagen was haar been. Meer dan genoeg.

'Scalpel', droeg Draaisma de instrumenterende op, de OK-assistent die naast haar stond en de instrumenten moest aangeven. Het volgende moment maakte de chirurg met het mes een kaarsrechte en haarscherpe incisie in het bovenbeen. Er liep een rilling over mijn rug. Dit was Een Moment. De eerste incisie. Er welde wat bloed omhoog, dat snel werd weggezogen.

Zal ik me dit moment altijd blijven herinneren? Ook als ik later in mijn enorme werkkamer zit, met een bordje op mijn deur met mijn vele titels voor en achter mijn naam? Zal ik dan nog wel eens terugdenken aan mijn allereerste operatie?

Ik denk het niet. Ik heb het daar veel te druk voor. Vanuit heel Nederland – wat zeg ik: heel Europa – komen patiënten naar mij toe, omdat in hun eigen land niemand goed genoeg is om de operatie die ze nodig hebben te kunnen uitvoeren. Maar ik wel. Dokter Van Wetering. De beste chirurg van het land, de absolute wereldtop. Nog nooit op een fout betrapt.

Draaisma had de VSM vrij gelegd en was begonnen aan de arterie poplitea net onder de knie, toen ze ineens naar mij opkeek. 'Hou vast.'

Ik keek naar de wondhaak in haar hand. Bedoelde ze...

'Ja. Natuurlijk.'

Ik nam de klem van haar over. Hij voelde koud en zwaar aan. Ongelovig keek ik naar het operatieveld en mijn hand die er dicht bij kwam. Dit is het! Ik stond aan de operatietafel en mijn in een latex handschoen gestoken hand hield een instrument vast.

Ik Opereer.

Ondertussen werd de operatie alleen maar interessanter. Met de grootst mogelijke precisie had Draaisma de nieuwe ader vastgemaakt. Voorzichtig liet ze het bloed er weer doorheen stromen. Het lekte nergens.

'Coassistent, heb je al geoefend met hechten?' vroeg ze op dat moment.

O god, het was echt mijn geluksdag! Ik knikte gretig. Eindelijk zou het ellenlange oefenen met hechtdraad op sponsjes worden beloond. 'Uiteraard, dokter. Ik heb gisteren nog vijfhonderd hechtingen gemaakt, om het vlak voor ik op de operatiekamer zou staan nog maar even extra te oefenen.'

Mijn hart bonkte in mijn keel. Ik kon de naald al bijna voelen in mijn hand.

Ineens veranderde de blik in Draaisma's ogen. 'Wacht even. Je dacht toch niet serieus dat je tijdens je eerste operatie al zou mogen hechten?'

Ik slikte. 'Nou... Volgens mij gaat het best goed.'

Draaisma staarde me aan. 'Coassistent', zei ze toen, uiterst kalm. 'Kijk niet zo gretig. Voor jou zou het een overwinning op de andere co's zijn dat je dag één al staat te hechten, maar deze mevrouw krijgt een litteken waar ze de rest van haar leven tegenaan moet kijken. Het laatste waarop ze zit te wachten is onervaren gepruts.'

Ze begon met haar steken en keek me niet meer aan. Ik durfde niets te zeggen.

Achteraf stonden we aan het bed van de patiënte, een bejaarde zeikerd die vond dat het allemaal te veel pijn deed en te lang had geduurd en wier kinderen haar hadden ingefluisterd dat ze al jaren geleden geopereerd had moeten worden en die dus op z'n zachtst gezegd niet tevreden was.

Ik vind patiënten geloof ik leuker onder een groen doek.

20:30 uur

Ik kom net thuis. Moe, maar meer dan voldaan. Nu snel een kant-en-klaarmaaltijd opwarmen en dan nog een paar uurtjes studeren. Morgen sta ik niet op de OK maar vrijdag wel, en zelfs de hele dag. Gelukkig is het rooster al bekend, zodat ik me precies kan voorbereiden. In ieder geval hebben we een liesbreukoperatie en een laparoscopische appendectomie. Heel interessant, aangezien de hele operatie onderhuids wordt uitgevoerd en de chirurg alleen met een camera kan zien wat hij doet. Het voordeel is dat de wond beperkt blijft tot drie kleine gaatjes, maar de techniek is voor de arts een stuk ingewikkelder. Ik weet zeker dat ik er vragen over krijg van Zeilstra en ik wil de antwoorden kunnen geven.

Maar eerst eten. Ik rammel van de honger, mijn laatste maaltijd was een vroege lunch in de artsenkamer terwijl ik de statussen van nieuwe patiënten doornam.

Halverwege de tweede boterham kwam Lucas binnen. Hij maakte een zakje met eveneens geplette boterhammen open. Coassistenten lunchen nou eenmaal schamel, de dure broodjes die de artsen in het restaurant halen kunnen we niet betalen.

'Wat ben je aan het doen?' informeerde Lucas toen hij ging zitten en de eerste hap nam.

'Statussen bestuderen. Als we zo meteen visites lopen, wil ik wel weten wat ik kan verwachten.'

Lucas knikte. 'Goed idee. Hoe was je operatie vanochtend?'

'In één woord geweldig. Het is echt verbluffend dat je een ader uit een ander deel van het lichaam kunt gebruiken om de verstopte ader in het been te vervangen. Prachtig om te zien. Ik mocht zelfs assisteren.'

'Ja, de eerste operatie is geweldig', knikte Lucas. 'Ik had mazzel: ik mocht op de tweede dag al een hartklepplastiek bijwonen. Die operatie wordt niet veel uitgevoerd in dit ziekenhuis, maar toevallig nu net wel. En de dag daarna gebeurde ook nog eens dat ongeluk. Het was een prachtige week.'

Een beetje jaloers nam ik nog een hap van mijn boterham.

'Ik weet zeker dat jij ook zulke prachtige dingen gaat meemaken', zei hij. 'En dat je voortdurend aan die operatietafel staat. Je steekt met kop en schouders boven de andere co's uit, Femke. Ik weet zeker dat de specialisten het kaf zonder problemen van het koren kunnen scheiden. Ze zien zó dat jij het in je hebt om een geweldige chirurg te worden.'

Wat heerlijk, een man die gewoon durft te zeggen wat hij denkt!

'Ik heb hetzelfde', ging Lucas door. 'Afgelopen week had Sluijs het nog over een coassistent die bij een operatie een wondklem uit zijn handen had laten vallen omdat hij moest niezen. Daarna zei hij dat hij blij was dat ik tenminste zo assisteerde dat hij er ook daadwerkelijk iets aan had. Dat is toch een mooi compliment? Ik weet zeker dat hij talent herkent als het in zijn OK staat.'

Ik kan er niets aan doen, maar ik ga Lucas met de dag leuker vinden. Heel eerlijk gezegd dacht ik na onze tijd op neurologie dat Lucas een te knappe, over het paard getilde blaaskaak was. Maar dat is hij niet. Hij doet gewoon niet mee aan die stomme valse bescheidenheid die sommige mensen hebben. Op de operatiekamer schiet je daar geen millimeter mee op. Je moet laten zien dat je goed bent en als je jezelf eenmaal hebt bewezen, mag je dat laten merken ook. En terecht.

Lucas trok ook een status naar zich toe – die van een 28-jarige man met een vergroeiing aan zijn enkel die morgen wordt geopereerd – en begon erin te lezen. Ik keek naar hem. Zijn bruine krullen waren kortgeknipt en hij had ze vakkundig in model gekneed met de nodige hoeveelheid gel. Zijn wangen waren gladgeschoren. Zijn bruine ogen gleden over de woorden in de status.

Plotseling keek Lucas op. Zijn blik bleef aan de mijne hangen. We zeiden niets. Mijn hart bonkte tegen de binnenkant van mijn ribbenkast en ik voelde me ineens week.

Daarna was het moment voorbij en concentreerden we ons allebei weer op de status die we aan het lezen waren. Maar het weke gevoel verdween niet zomaar.

Ik moet de hele tijd denken aan die ene zoen, die toen niet zoveel leek te betekenen, maar die nu ineens heel belangrijk is geworden. Ik kan me elk detail herinneren. Lucas' handen onder mijn shirt op mijn rug, dat hij zei dat hij me zo ontzettend sexy vond – wat ik toen aan de drank weet – en de belofte om me te bellen, wat ik niet verwachtte en wat hij ook nooit deed.

Ik moet hem echt uit mijn hoofd zetten. Ik heb geen tijd om verliefd te worden.

De magnetron piept. Mijn maaltijd – spaghetti bolognese – is klaar. De rode saus borrelt en dampt. Ik denk aan de operatie van vandaag. Geen goede combi. Snel zet ik het beeld van de OK uit mijn hoofd, nu eerst eten.

VRIJDAG 23 JANUARI

21:00 uur

Mama belde, net toen ik probeerde allerlei verschillende botfracturen en hun behandelingen uit mijn hoofd te leren. Met enige tegenzin nam ik op.

'Dag lieverd! Stoor ik je?'

'Mwah. Ik ben bezig botbreuken te bestuderen.'

'O, heb je volgende week een operatie daarvan?'

'Nee, die operaties zijn altijd acuut, mam. Je laat een patiënt geen drie dagen met een gebroken bot rondlopen. Dat doet hartstikke pijn.'

'O ja, natuurlijk. Stom van me. Hoe vind je het tot nu toe bij chirurgie?'

'Het is het meest geweldige wat ik ooit heb gedaan! Ik heb al een paar keer op de operatiekamer gestaan, en ik mag de hele tijd assisteren. Vandaag ook bij een Lichtenstein plastiek.'

'Wat is dat?'

'Een liesbreukoperatie. En ook bij een cholecystomie. Dat was echt megainteressant.'

'Een wat? Ik begrijp al die medische woorden niet, hoor', zei mama.

Dat weet ik, maar toch kan ik het niet laten ze te gebruiken. De meest ingewikkelde termen rollen mijn mond uit, alsof ik al jaren in het vak zit. Het voelt geweldig om net zo te praten als de specialisten doen, en nog te begrijpen wat het allemaal betekent ook.

'Dat is een galblaasoperatie', legde ik mama uit. Ik dacht aan de eerste operatie, die van de liesbreuk. Zeilstra testte me uit, dat was wel duidelijk.

'Noem de zenuw die door het inguinale kanaal loopt', zei hij, toen de patiënt net op de OK was en het nog niet duidelijk was wie van de drie co's mee mocht wassen.

'Nervus ilioinguinalis', antwoordde ik als eerste en zonder enige moeite. Dat leverde me een plek aan tafel op. De andere twee hadden het nakijken.

'... omdat hij natuurlijk gewoon te veel eet.'

'Hè?' vroeg ik. Ik was even in gedachten verzonken en had mama's verhaal gemist. Iets over een van de cliënten in haar praktijk.

'Dat hij te veel eet', herhaalde mama. 'Pas als hij zichzelf aan banden legt wat eten betreft, zal zijn gewicht afnemen en zijn gezondheid verbeteren. Het klinkt simpel, maar het kost hem zo veel moeite om al die vette dingen te laten staan. Keer op keer gaat hij de fout in met als gevolg dat hij het nu dus aan zijn galblaas heeft. Het is al de zoveelste kwaal. Ik heb gezegd dat hij niets heeft aan mij als diëtist als hij niet geholpen wil worden.'

Mama heeft weinig geduld met mensen die wel willen afvallen, maar daarvoor niet hun best willen doen. Ik begrijp het wel. Iemand met longproblemen die stug doorrookt, zou ik ook het liefst de deur van het ziekenhuis wijzen. Uiteindelijk komt het op hetzelfde neer: als je iets wilt bereiken, moet je er wel iets voor doen.

'Wanneer kom je eigenlijk weer eens langs?' vroeg mama. 'Jacco vraagt naar je. Hij vindt het maar niets dat hij je zo weinig ziet.'

'Hoe gaat het met hem?' ontweek ik haar vraag.

'Goed. Op school gaat hij als een speer. Hij fietst door het vwo heen alsof het hem helemaal geen moeite kost en als hij al eens wat harder moet leren, doet hij dat zonder morren. Hij wil zó graag advocaat worden dat hij daar alles voor over heeft.'

Ik lachte. 'Als er uitklapposters in de *Hitkrant* zouden zitten met Bram Moszkowicz erop, zou hij ze boven zijn bed hangen.'

'Dat denk ik ook', zei mama grinnikend. 'Hou dat broertje van je maar te vriend. Altijd handig als je later als arts eens in de knel komt. Hij verdedigt je wel in de rechtszaal.'

Dat ben ik niet van plan, in de knel komen. Omdat ik niet van plan ben om fouten te maken. Als ik nu tenminste weer kan studeren.

'Ik moet ophangen, mam, anders red ik het niet met leren.'

'Oké. Ik wil alleen nog even weten of jij nog iets van Marjolein hebt gehoord? Ze heeft ons al een week niet meer gebeld of gemaild.'

Ik weet best waarom Marjolein niet zo veel contact zoekt met papa en mama. Ze zijn op z'n zachtst gezegd niet zo gecharmeerd van Leandro.

'Eh... nee', zei ik snel. 'Niets gehoord. Maar ze zei laatst wel dat ze het heel druk heeft, dus misschien komt het daardoor?'

'Ja, dat zal het dan wel zijn. Nou lieverd, ik houd je niet langer op. Succes met studeren, hè.'

'Dank je wel, mam. Groetjes aan papa en Jacco! Zeg maar dat ik snel langskom.'

Dat zeg ik elke keer, maar het komt er gewoon niet van. Ik kan die middag of avond gewoonweg niet missen. Er is nog zo veel te leren, ik heb een toren van boeken over chirurgie die ik allemaal wil doornemen. En dat gaat nu voor alles.

Hé, een sms'je. Misschien mama weer.

O, het is van Natascha. Wanneer we weer eens gaan afspreken. Voorlopig niet. Waarom kunnen mijn vriendinnen en mijn familie niet gewoon begrijpen dat ik een carrière te maken heb?

WOENSDAG 28 JANUARI

02:00 uur

'Ga je mee wat drinken?'

Daar begon het allemaal mee. En nu is het twee uur en ben ik nog maar net thuis, terwijl ik om half zes op moet.

Voor ik het wist had ik al geantwoord: 'Ja, leuk. Even omkleden.' In de kleedkamer probeerde ik mijn bonkende hart tot bedaren te brengen. Ik ben niet verliefd, en al helemaal niet op Lucas, zei ik de hele tijd tegen mezelf. Ik heb andere dingen te doen. Dit is niets meer dan twee collega's die samen na werktijd wat gaan drinken. Twee collega's die hebben gezoend. Dat wel. Maar dat is eeuwen geleden.

Tien minuten later verlieten we samen het ziekenhuis. We pakten de trein naar Amsterdam en liepen vanaf Station RAI naar een kroeg die ik niet ken, maar waar Lucas blijkbaar vaker komt. Hij kende in elk geval de barman, die meteen een tafeltje voor ons regelde achter in de overvolle zaak. Geen idee waar al die mensen op een gewone dinsdagavond vandaan kwamen.

'Proost', zei Lucas, nadat hij voor ons allebei een biertje had gehaald. 'Op je carrière.'

'En op die van jou. Dat we allebei maar chirurg mogen worden.'

Lucas nam een slok en keek me serieus aan. De blik in zijn ogen bezorgde me rode wangen. Ik kende die blik. Van lang geleden.

'Ik zag het meteen al', zei Lucas zacht. 'Zonder ooit een woord met je te hebben gewisseld, wist ik dat jij chirurg zou worden. Je hebt gewoon de uitstraling. Je hele houding is ernaar.'

Oké, ik geef toe dat dit neigt naar zoetsappige onzin, maar wel van het soort dat ik toevallig graag hoor. Eindelijk iemand die écht begrijpt dat chirurg worden het belangrijkste doel in mijn leven is. Vooral omdat hij hetzelfde doel heeft.

Ik denk aan Thom. In de twee jaar dat we iets hadden, kwam ik erachter dat zijn belangrijkste doel in het leven is zo veel mogelijk voetbal kijken en daarbij zo veel mogelijk chips en bier naar binnen proppen, bij voorkeur gelijktijdig. Hij begreep niet dat ik zo veel moeite deed voor mijn studie. 'Het is maar werk', zei hij dan. Ja, als je accountmanager bent misschien, zoals hij. Maar chirurg is zo veel meer dan "maar werk".

Lucas hoef ik niets uit te leggen. 'Ik weet niet of dit triest klinkt, maar er is niets anders in mijn leven', zei ik.

Lucas raakte even mijn hand aan, die voor me op tafel lag. 'Dat is niet triest. Ik vind niets aantrekkelijker bij een vrouw dan ambitie.'

De plek waar hij me had aangeraakt voelde aan alsof hij in brand stond. Van daaruit werden allemaal stroomstootjes door mijn hele lichaam gestuurd. Ik had moeite met ademhalen en mijn mond voelde droog aan. Snel nam ik een slok.

'En jij?' vroeg ik. 'Wat is jouw ambitie?'

'De beste thoraxchirurg worden die Nederland ooit heeft gekend', antwoordde Lucas zonder twijfel. 'De arts worden waar zowel nationaal als internationaal tegenop wordt gekeken, die elke patiënt kan opereren en met z'n ogen dicht een dubbele bypass uitvoert. Alles mag daarvoor wijken. Ik hoef geen sociaal leven, ik hoef geen kinderen, ik wil een carrière.'

'Ik hoef ook geen kinderen!' riep ik in een opwelling. Eigenlijk weet ik niet of ik kinderen wil. Ze zijn aandoenlijk, maar betekenen ook een hoop werk. Nee, nu ik erover nadenk, denk ik dat ik ze niet wil. Komt dat even goed uit, aangezien Lucas ze niet wil.

'Kinderen zijn kleine carrièrebrekers', ging ik nog even door. 'Zelfs met een paar goede nanny's nemen ze veel te veel van je tijd in beslag.'

Lucas knikte en keek me aan met diezelfde zwoele blik. 'We zitten wel helemaal op één lijn, hè? Ik denk niet dat ik dit ooit heb meegemaakt met iemand.'

Het is echt jammer dat ik helemaal geen tijd heb voor een relatie, en hij ook niet. Maar de avond werd steeds leuker en het enige wat ik kon doen, was er dan maar zo veel mogelijk van genieten. Tegen twaalven zei Lucas dat hij moe was. Zelf voelde ik me voornamelijk aangeschoten. En vreemd. Ik kon niet naar Lucas kijken zonder het warm te krijgen en te denken aan wat ik met hem wilde doen.

Lucas rekende af en haalde mijn jas. Eenmaal buiten zorgde de ijle winterlucht dat ik meteen nuchter was, maar het vreemde gevoel bleef. Samen liepen we richting de tramhalte, maar onderweg bleef Lucas ineens staan.

'Heb je het koud?'

'Nee. Niet echt.'

Hij keek naar mijn handen. 'Je hebt niet eens handschoenen. Kom, laat me je handen verwarmen.'

Lucas pakte mijn handen en stopte ze in zijn eigen jaszakken, waardoor ik heel dicht tegen hem aan kwam te staan. Hij bracht zijn mond heel dicht bij mijn oor en fluisterde: 'Ik ben je nooit vergeten.'

Dat was de druppel, ik kon hem niet langer weerstaan. Als het maar voor één avond was, kon het maar beter een geweldige avond zijn. Ik hief mijn gezicht naar hem op en deed langzaam mijn ogen dicht. Ik voelde Lucas nog dichterbij komen, zijn gezicht vlak bij het mijne. Ik rook zijn geur: aftershave en bier. Mijn hartslag schoot door het plafond. De hartbewakingsapparatuur zou zeker alarm slaan. Status: tachycardie.

Toen voelde ik eindelijk Lucas' lippen op de mijne. Ze waren zacht en warm, ondanks de vrieskou. Ik vreesde dat mijn knieën het gingen begeven, maar gelukkig had Lucas zijn armen om me heen geslagen.

Pas na een hele tijd liet hij me los. Gelukkig zei hij niets. Als je op zo'n moment iets zegt, is het altijd iets knulligs als "moeten we vaker doen" of "lekker". Een eersteklas afknapper.

Zwijgend liepen we naar de tramhalte, waar toevallig net de tram aankwam die Lucas moest hebben. Het enige wat hij zei was 'tot snel' en daarna was hij weg.

Dat was het dan. Voor één avond. Het moet voor één avond zijn, want ik heb met mezelf afgesproken dat het dit jaar maar om één ding draait en dat is niet een relatie. Het *kán* gewoon niet, ik heb andere dingen aan mijn hoofd. Ik heb gewoonweg geen tijd.

Status: best verliefd.

DONDERDAG 29 JANUARI

8:00 uur

Aargh, ik ben de hele tijd afgeleid. Dit kan ik nu echt niet gebruiken. Gisteren tekende ik hartjes in de status van een patiënt. Dit loopt de spuitgaten uit. Ik moet ermee stoppen.

10:00 uur

Mijn god, Lucas zoende me net. Midden in de artsenkamer! Gelukkig kwam er niet net toevallig iemand binnen.

Jemig, één zoen en ik sta helemaal te shaken. Stoppen? Zei ik echt 'stoppen'?

10:05 uur

Ja, dat zei ik echt. Omdat het zo is. Ik moet stoppen nu het nog kan. Deze... flirt, of wat het ook is, leidt me te veel af. Ik ga het Lucas vanmiddag vertellen.

17:00 uur

Ik ben een slappeling. Net toen ik het hem wilde vertellen, fluisterde hij in mijn oor dat hij me vanavond wil zien. En zwak als ik ineens blijk te zijn, wil ik dat ook.

23:45 uur

O mijn god.

Februari

WOENSDAG 4 FEBRUARI

12:30 uur

Wát een blunder! Hoe kan ik nou zoiets doen? Ik denk dat mijn carrière over is. Zeilstra is echt heel boos. En terecht. Zou ik ook zijn.

En dat terwijl de dag juist zo goed begon. Voor de derde keer op rij mocht ik meewassen. Het begon al te wennen dat Zeilstra mij koos.

Logisch. Ik heb afgelopen nacht drie uur geslapen, zodat ik alles wist over de operaties van vandaag. Er is geen vraag die ik niet kan beantwoorden.

De derde operatie was een ontzettend interessante artroscopie bij een patiënt met aanhoudende knieklachten. Op de röntgenfoto was iets gezien dat mogelijk een loszittend stuk van de meniscus was, vandaar dat de man vandaag een kijkoperatie kreeg waarbij Zeilstra eventueel het losliggende deel kon verwijderen.

Zo vreemd was het niet dat onze patiënt knieklachten had. Hij woog minstens honderdertig kilo, mama zou zich op hem kunnen uitleven. Zijn lichaam vormde een enorme berg onder het groene operatiedoek. Alleen een ruggenprik was voldoende om de man te verdoven en dat was maar goed ook, want een narcose had hij misschien niet eens overleefd.

Maar goed, die ruggenprik dus. Sommige patiënten zijn ontzettend nerveus en ratelen maar door, waardoor de rust in de OK ver te zoeken is. Gelukkig geeft de anesthesist dan een roesje, zodat de patiënt z'n kop houdt en de chirurg z'n werk kan doen.

Maar bij de patiënt van vandaag was dat bepaald niet nodig. Hij was er echt zo eentje waar je op een verjaardag de hele avond naast kunt zitten en met wie je dan twee woorden wisselt. Een dodo was er levendig bij. Geen roesje nodig.

Zeilsta begon de operatie met drie minuscule sneetjes, waardoor hij de camera naar binnen bracht. We keken naar het scherm waarop al snel de knie goed te zien was.

'Hier heb je de musculus tibialis anterior', wees Zeilstra. Met een tangetje wees hij op een spier. 'En hier heb je de meniscus. Zoals je ziet is die aan het afslijten, wat de pijn van de patiënt verklaart.'

Hij bewoog de camera, zodat er een ander stuk van de knieschijf te zien was. 'En hier zit een stukje los. Dat komt ook door de slijtage.'

Ik staarde gebiologeerd naar het scherm. Prachtig om het gewricht zo te zien, en verbluffend dat dit gewoon kon met drie kleine sneetjes waar de patiënt nauwelijks last van zou hebben.

Ik ging helemaal op in de operatie. En dat was precies het probleem. Ik dacht na over die afgesleten meniscus. Nogal logisch dat die knie het niet meer trok om dag in dag uit zo veel massa mee te slepen. Daar was zo'n gewricht toch ook niet op gebouwd?

'Kijk', zei Zeilstra, die ingespannen naar het scherm tuurde. 'Hier zie je dat het kraakbeen ook aan het afslijten is. Waarom is dat zorgelijk, coassistent?'

'Omdat het kraakbeen als schokdemper fungeert', antwoordde ik direct. 'Het zorgt ervoor dat de meniscus niet zelf de schok hoeft op te vangen als iemand loopt. Daardoor blijft het kniegewricht intact.'

'Prima', knikte Zeilstra.

En dat was het moment dat ik – en ik weet bij god niet meer waarom – bedacht dat ik best even een chirurgen-onder-elkaar opmerking kon maken. Het kwam door het moment, denk ik, de sfeer van de operatie. Of door de ongelooflijke stomheid van Femke van Wetering. Maar ik wierp nog een veelzeggende blik op de bult onder het operatiedoek en zei: 'Misschien moet hij zijn meniscus ook niet gebruiken om elke dag naar de snackbar te lopen, hè? Dat zou al enorm helpen!'

Het werd direct doodstil in de operatiekamer. Ik keek op naar Zeilstra, verwachtend dat hij instemmend zou knikken. Of zou glimlachen. Of op z'n minst zou laten merken dat hij begreep wat ik bedoelde.

Maar hij staarde me aan met een ijskoude blik in zijn ogen.

'Wat?' vroeg ik nerveus. 'Het is toch zo? Die man heeft zijn knie echt niet met atletieken versleten, hoor.'

Vanachter het groene doek klonk het geluid van iemand die zijn keel schraapte. 'Het is een spinaal', hielp de anesthesieassistent me herinneren.

Shit.

Spinaal. Ruggenprik.

O, horror. Achter mijn mondkapje likte ik aan mijn droge lippen. Mijn tong voelde aan als schuurpapier. Ik had het gevoel dat ik iets moest zeggen, maar had geen idee wat.

Uiteindelijk sloeg ik mijn blik op naar Zeilstra, die me koel en afstandelijk aankeek. 'Hier is het laatste woord nog niet over gezegd', zei hij alleen maar, zo zacht dat de patiënt het niet hoorde.

Op de OK was het laatste woord blijkbaar wel gezegd, want de rest van de operatie zei niemand meer iets anders dan het hoognodige. Grappig dat ik, als ik denk aan die ingewikkelde transplantaties die ik later ga uitvoeren, altijd bedenk dat ik absolute rust op mijn operatiekamer wil voor opperste concentratie. Dat heb ik vandaag wel bereikt.

Maar niet helemaal hoe ik het had gepland.

Na de operatie was Zeilstra snel vertrokken. Ik verliet met gebogen hoofd de kamer. Tot overmaat van ramp was de OK-assistente van de eerste dag er ook. Ze keek me aan met nauwelijks verholen leedvermaak.

'Jij gaat in de koffiekamer zitten tot dokter Zeilstra heeft besloten wat hij met je doet', zei ze. Met samengeknepen ogen siste ze me toe: 'En dat zal niet veel goeds zijn. En trek die operatiejas uit. Die zul je voorlopig niet nodig hebben.'

Dus nu moet ik wachten.

12:40

Wat als ik nooit meer een OK mag betreden? Mijn leven is over.

12:45

Er komt iemand aan. Ik vermoed de directeur om me persoonlijk buiten de deur te zetten. Of de beveiliging.

12:46

O, hij loopt voorbij.

13:00

Shit, deur gaat open.

15:30

Het was dus Zeilstra. Toen hij binnenkwam keek hij me niet aan. Tergend langzaam ging hij zitten. Ik staarde naar mijn operatieklompen. Stomme dingen zijn dat eigenlijk. Het zijn van die modellen die in de jaren tachtig heel even populair zijn geweest bij iets te praktische huisvrouwen, maar die zelfs door hen uiteindelijk zijn afgeserveerd wegens niet hip genoeg zijn. Maar op de OK zijn ze het enige toegestane schoeisel.

'Jonge dokter', zei Zeilstra uiteindelijk uiterst kalm. 'Je hebt mijn schema in de war gestuurd.'

Huh?

'Mijn schema schreef voor dat ik van twaalf tot één aanwezig moest zijn bij de maatschapsvergadering, maar helaas, ik heb een uur moeten besteden aan het kalmeren van een woedende patiënt, die jou waarschijnlijk een rotschop zou hebben verkocht als hij zijn benen kon bewegen. Die man is al vanaf het moment dat hij acht jaar oud was bezig met zijn gewicht. Jarenlang is hij gepest, omdat hij het dikste jongetje van de klas was. Sommige mensen hebben niet van nature maat nul. Voor hen is het een dagelijkse strijd om op gewicht te blijven, een strijd die ze soms verliezen met alle pijnlijke gevolgen van dien. Het laatste waar die mensen op zitten te wachten is een betweter op de OK die suggereert dat ze de hele dag niets anders doen dan patat vreten. Het is aan ons om deze mensen te helpen, niet om ze te veroordelen.'

Ik knikte en boog mijn hoofd maar, omdat ik niets beters te doen wist. Ik had hem liever horen schreeuwen, of schelden, maar nee, hij praatte zo zacht dat ik hem bijna niet kon verstaan.

'Een uur is een heleboel tijd in het ziekenhuis', ging Zeilstra verder. 'Ik heb die tijd naast het bed van een patiënt moeten besteden, pratend als brugman om te voorkomen dat hij een officiële klacht zou indienen.'

Pff. Dat was ook weer een beetje overdreven. Ik snap dat mensen dik zijn – of nee, eigenlijk snap ik dat niet, want waarom zou je zo veel moeten eten dat je knieën ervan afslijten – maar om nou meteen het medisch tuchtcollege en de ziekenhuisdirectie in te schakelen... Uiteindelijk hééft hij toch ook gewoon te veel gegeten?

'En nu?' vroeg ik maar, toen Zeilstra niets meer zei en ik vermoedde dat ik mijn gedachten beter niet met hem kon delen.

'Nu ziet hij van zijn klacht af, maar ik eis van jou dat je naar hem toegaat en onder het toeziend oog van mij en zijn echtgenote je welgemeende excuses maakt. Zo niet, dan kun je je witte jas uittrekken en per direct dit ziekenhuis verlaten.'

Ik beet op mijn lip en voelde voor het eerst sinds heel lang tranen branden. Ik huil niet. Nooit. Uit principe. Maar nu...

Gelukkig kon ik ze wegslikken. Ik knikte en durfde uiteindelijk Zeilsta weer aan te kijken.

'Je bent zeker getalenteerd, coassistent, maar je moet leren dat patiënten mensen zijn en geen lappen vlees waarop jij je carrière kunt bouwen.'

Daarna stond de chirurg met een ruk op en beende weg. Ik bleef zitten. Een inschattingsfout. Lekker slimme actie. Mijn doorgaans uiterste scherpe instinct liet me vandaag wel genadeloos in de steek.

'Coassistent!' baste Zeilstra toen hij bij de deur stond. 'Mijn schema, weet je nog?'

Ik propte snel mijn dagboek in mijn zak en liep achter hem aan. Mijn blik strak op het grijze linoleum gericht, mijn handen diep weggestopt in de zakken van mijn witte jas, mijn vingers frunnikend aan het koude metaal van mijn stethoscoop.

Nog zoiets. Ik frunnik niet. Chirurgen moeten hun vingers juist zo stil mogelijk kunnen houden.

'Ga je gang.'

Zeilstra was blijven staan bij de zaal van meneer... Shit, wat was zijn naam ook alweer? Onopvallend probeerde ik het bordje bij de deur te lezen, maar daar stonden vier namen op.

Zeilstra schraapte zijn keel en keek ongeduldig. Snel liep ik langs hem heen naar binnen.

Twee patiënten waren er uitermate mager, dus die konden het niet zijn. Maar de andere twee leken allebei wel opgezwollen walrussen. De een was nog dikker dan de ander.

'Raam', siste Zeilstra. 'Jongsma.'

Ik knikte. De dikste van de twee dus. Had ik kunnen weten. 'Meneer Jongsma', zei ik toen ik naast zijn bed stond.

Hij keek me strak aan. Zijn vrouw, een gevaarte van formaat vliegdekschip, had al net zo'n blik in haar ogen.

Ik schraapte mijn keel en herhaalde: 'Meneer Jongsma. Het spijt me verschrikkelijk dat het zo is gelopen. Ik had nooit zo'n opmerking mogen plaatsen, die niet alleen kwetsend is, maar ook nog eens nergens op gebaseerd. U kunt er vast niets aan doen dat u...' Shit. Niet echt een handig begin van een zin.

'Onze coassistent moet nog veel leren', hielp Zeilstra me net op tijd uit de brand.

Meneer Jongsma knikte nauwelijks merkbaar. 'Ik wil haar niet meer aan mijn bed zien. En het is dat ik blij ben dat ik hier snel terecht kon voor de operatie en dat ik vertrouwen in u heb, dokter Zeilstra, anders had ik hier zeker werk van gemaakt.'

'Werk van gemaakt', echode het vliegdekschip.

Meneer Jongsma keek me nog steeds aan alsof hij zin had om een scalpel in míj te zetten, maar ik vond dat ik mijn plicht wel had gedaan. Ik wenste hem sterkte met zijn herstel, zei expres geen 'tot ziens' en maakte me daarna snel uit de voeten. Zeilstra liep achter me aan en ging rechtsaf, zonder nog iets te zeggen. Zelf ging ik links, richting de artsenkamer om een arts-assistent te zoeken. Door mijn blunder met die bolle was ik ook nog eens te laat. Ik had me een halfuur geleden al moeten melden.

In de artsenkamer was Anna net een kop koffie aan het drinken. Ze keek nadrukkelijk op haar horloge toen ik binnenkwam.

'Sorry, OK liep uit', zei ik. Ik gokte erop dat Zeilstra geen melding zou maken van wat er was gebeurd.

'Ga snel naar kamer 21b. Er liggen drie patiënten van wie

bloed moet worden afgenomen. Hier heb je hun statussen.'
Ze drukte me een paar mappen in handen. Ik ging vlug aan de slag en probeerde het vervelende gevoel van me af te zetten, wat maar ten dele lukte.

22:00 uur

Maar ik heb wel talent. Zeilstra zei het zelf.

DONDERDAG 5 FEBRUARI

23:45 uur

Wauw.

Ik zou moeten gaan slapen, maar no way dat dat lukt. Mijn hartslag weigert normaal te worden en mijn hele lichaam tintelt nog na.

Lucas ligt naast me en te oordelen naar zijn rustige, af en toe licht snurkende ademhaling heeft hij geen moeite gehad de slaap te vatten. Het is ook biologisch bepaald dat mannen na...

Nee, stop, nu even geen medische theorie. Het was geweldig. Punt.

Het begon ermee dat ik hem gisteravond belde, nadat hij de hele dag op de OK had gestaan. Zonder blunders. Hij wel.

'Godver, wat balen voor je', reageerde hij toen ik vertelde wat er was gebeurd. 'Ik kan me voorstellen dat je even was vergeten dat de verdoving spinaal was, zeker als je de patiënt de hele tijd niet hoort.'

'Ik had het nooit mogen vergeten', zei ik. 'Het was onprofessioneel en ongelooflijk stom. Eigenlijk had ik die opmerking ook niet mogen maken als hij wel onder narcose was geweest.'

Dat was Lucas niet met me eens. 'Houd toch op! Je weet best dat er chirurgen zijn die veel ergere dingen zeggen over hun patiënten. Vandaag nog zat Sluijs met de anesthesist de meest grove grappen te maken, omdat de patiënte die op de tafel lag nogal was afgevallen en enorme lappen huid over had op haar buik. "Dat haar man het er nog op kan!" riep Sluijs. "Na de zesde lap houd je toch op met zoeken?" Dat lijkt me stukken erger dan wat jij hebt gezegd. Vooral omdat de anesthesist daarna deed alsof hij de operatietafel was die bijna bezweek onder haar gewicht. Het was trouwens wel heel grappig, maar goed.'

Ik had beter met Sluijs op de OK kunnen staan. Die had waarschijnlijk wel om mijn opmerking kunnen lachen.

'Trek het je niet zo aan', zei Lucas. 'Die patiënt is morgen naar huis en Zeilstra is het allang weer vergeten. Trouwens, zin om morgenavond samen te eten?'

Het klonk al bijna vertrouwd en natuurlijk. Natuurlijk eten we samen, dat doet een stel. Een stel... Na vanavond weet ik zeker dat we dat zijn. Lucas kwam inderdaad eten. Samen verlieten we het ziekenhuis, namen de trein naar Amsterdam en gingen naar de Dirk van den Broek, waar we twee kant-en-klaarmaaltijden scoorden die we hangend voor de tv opaten.

'Zullen we dit weekend iets leuks gaan doen?' vroeg ik. Mijn studieboeken wachten ook op me, maar een paar uurtjes kan ik wel opofferen. Dan 's avonds maar iets langer doorgaan.

Maar Lucas schudde zijn hoofd. 'Nee, ik kan niet. Zaterdag is er een roeitoernooi waar ik aan meedoe en aangezien er aansluitend een feest is bij de roeivereniging ben ik zondag niet voor vier uur 's middags wakker, vrees ik.' Hij grijnsde. 'De feestjes van de roeiclub zijn echt legendarisch. Je zou eens mee moeten gaan.'

'Ik kan zaterdagavond wel.'

Lucas knikte half. 'Hm-hm. Of een andere keer.'

Het is blijkbaar niet de bedoeling dat ik meega. Ik begrijp het ook wel. Waarschijnlijk heeft hij al met zijn vrienden afgesproken. En trouwens, ik heb eigenlijk helemaal geen tijd, want volgende week staan er weer allerlei operaties op het programma die ik moet voorbereiden en daarnaast wil ik wat extra aandacht besteden aan het verkleinen van infectierisico's op de OK. Er staat een interessant hoofdstuk in een van mijn studieboeken.

Maar goed, uiteindelijk zetten we de televisie uit. Lucas trok het gordijn een stukje opzij en keek naar buiten. 'Het sneeuwt.'

'Dan kun je beter niet gaan fietsen,' zei ik, 'voor je het weet loop je een gecompliceerde elleboogbreuk op.'

Lucas grijnsde. 'Dan hoop ik voor je dat je mag meewassen, want het is een interessante operatie met al die schroeven en platen.'

'Ja. Of je probeert die hele fractuur te voorkomen door niet op de fiets te stappen.'

'Ik heb anders gehoord dat er geen trams rijden als het sneeuwt.'

Dat sloeg nergens op, want het belletje van de vertrekkende tram een straat verderop was hoorbaar in mijn huiskamer, maar we negeerden het allebei.

'Tja,' zei ik terwijl mijn hart tegen de binnenkant van mijn ribbenkast begon te hameren, 'dan moet je maar hier blijven. Er zit niets anders op.'

Op dat moment liet Lucas zijn hand onder mijn trui glijden. 'Als het moet, dan moet het.'

Het volgende moment begonnen we te zoenen en tegen de tijd dat we in de slaapkamer aankwamen hing mijn ondergoed aan de lamp en was Lucas' spijkerbroek op het aanrecht beland. Zijn handen waren overal en ik was duizelig van puur genot.

En nu liggen we hier, in mijn bed, en heb ik besloten dat ik misschien een afspraak met mezelf had gemaakt dat ik me helemaal op mijn coschap zou focussen, maar dat afspraken er zijn om geschonden te worden. Ik vind wel een manier om én tijd te maken voor Lucas én me honderd procent te focussen op mijn coschap. Jammer voor mama, maar voorlopig hoeft ze niet op me te rekenen.

ZONDAG 8 FEBRUARI

15:00 uur

Natascha belde net met de vraag of ik haar sms wel had gekregen. Vergeten te antwoorden. Ze vroeg of ik zin had om met haar en Simone af te spreken. Ik heb geen idee wanneer. Ik heb vaag toegezegd dat we met z'n drieën gaan eten als chirurgie erop zit. Geen idee of het ervan komt. Ik maak het over een jaar wel goed met ze. En ook met Marjolein. Vanuit Suriname mailde ze verwijtend dat ik niets van me laat horen. En dat ik maar niet langskom. Ja hoor, alsof drie weken vakantie en geld voor een ticket nu reële opties zijn. Ik werk zestig uur per week en verdien – naast mijn studiefinanciering – zestig euro per jaar. Net genoeg voor twee staatsloten, waarmee ik waarschijnlijk de loterij niet win.

Ik mailde haar terug dat ze geduld moet hebben, maar net díé eigenschap heeft ze niet.

Blijkbaar hing er iets in de lucht, want mama belde ook al met de vraag of ik vanavond wil komen eten. Geen tijd, ik moet studeren. Vanaf morgen sta ik een week als coassistent chirurgie op de spoedeisende hulp en ik probeer van alles uit mijn hoofd te leren over traumaprotocollen en ongevalsletsels en meer van die dingen die je op de SEH de hele dag tegenkomt. Al zit ik nu alweer een halfuur voor me uit te kijken en te denken aan Lucas, van wie ik nadat hij gisterochtend wegging niets meer heb gehoord.

Ik moet nu echt gaan studeren. Of zal ik Lucas sms'en?

Nee. Studeren. Nu.

DINSDAG 10 FEBRUARI

23:00 uur

Dacht dat SEH interessant zou zijn, maar het blijkt eigenlijk best saai. De echt spannende gevallen gaan direct door naar de academische ziekenhuizen in de stad, wij worden opgescheept met de schaafwonden en tanden door de lip.

Vanavond zat de grootste *drama king* op me te wachten. 'Ik ben gebeten door mijn hond!' schreeuwde hij al uit toen hij net binnen was. Hij hield zijn hand tegen zijn spijkerbroek gedrukt, net boven zijn rechterknie.

Omdat arts-assistent Jurjen en ik nog bezig waren met een vrouw van zevenentachtig die waarschijnlijk haar heup had gebroken, maar niet geopereerd wilde worden – waarop ik dacht dat we snel klaar zouden zijn, ware het niet dat Jurjen het nodig vond om een halfuur op de vrouw in te praten – ging er eerst een verpleegkundige naar de man toe.

'Meneer schreeuwt moord en brand, maar ik zie zo snel geen ernstige verwondingen', liet ze ons weten. 'Hij roept dat er iets met zijn been is. Hij durft zijn broek niet uit te trekken, maar wil dat die door een echte dokter wordt opengeknipt.'

Haar verhaal had, in combinatie met de veelzeggende blik in haar ogen, al een hint kunnen zijn. Toch ging ik vol verwachting naar de man toe, blij dat zich misschien eindelijk een interessante case had aangediend.

'Red je het alleen?' vroeg Jurjen.

Volgens het protocol ga ik eerst in mijn eentje bekijken wat er aan de hand is om vervolgens met Jurjen te overleggen en samen terug te komen. Tenzij het om een traumapatiënt gaat en die tijd er niet is.

Ik knikte. 'Natuurlijk', zei ik zelfverzekerd. 'Ik roep je als ik je nodig heb.'

Ik trok nog snel twee nieuwe handschoenen aan en schoof

het gordijntje opzij. 'Meneer', zei ik. 'Ik ben Femke van Wetering, de coassistent. Wat is er gebeurd?'

Ondertussen speurde ik zijn broek af naar bloed.

Niets. Zelfs geen gaatjes.

'Mijn hond heeft me te pakken gehad', jammerde de man. 'Hij heeft me in mijn been gebeten.'

Ik denk dat hij een chihuahua met afgevijlde tanden heeft.

'Hier', wees de man toen ik hem vroeg waar die vreselijke beetwond dan zou moeten zitten.

'Kunt u uw broek even een stukje naar beneden doen? Anders kan ik de wond niet zien.'

De wond. Hoe eufemistisch.

Op zijn been was een minuscuul rood plekje te zien waar een tand van zijn hond hem waarschijnlijk had geraakt. Of hij had een punaise op zijn been laten vallen, dat kon ook. Ik sloot het ook niet uit dat hij heel zacht in aanraking was gekomen met de punt van een tafel.

'Goed.' Ik stond op en trok mijn handschoenen uit. 'Ik zie nauwelijks iets aan uw been, dus ik ga ervan uit dat het allemaal wel meevalt met die hondenbeet. Op zich hoeven wij hier niets aan te doen.' Het liefst had ik er 'wat komt u in vredesnaam doen' aan toegevoegd, maar ik hield me in. 'Ik overleg nog even met mijn collega.'

Geen idee waarom. Het stond nou eenmaal in het protocol.

'Jurjen?' Hij zat achter de computer en keek op. 'Heb je even tijd voor die zogenaamde hondenbeet? Alhoewel ik denk dat je snel klaar zult zijn.'

'Hoezo?'

'Er is he-le-maal niets te zien. De huid is niet kapot, er zit alleen een mini-hematoompje. Ik heb al gezegd dat we er waarschijnlijk niets aan hoeven te doen.'

Jurjen knikte. 'Je hebt toch niet gezegd dat hij zich aanstelt?'

'Nee, dat niet. Maar ik kan die man ook moeilijk gaan vertellen dat het goed is dat hij hier naartoe is gekomen. Straks hebben we alleen maar van die idioten op de spoedeisende hulp, denkend dat ze elke uitgevallen wimper moeten laten controleren.'

Jurjen schudde zijn hoofd. 'Dat jij de verwonding niet de moeite waard vindt, betekent niet dat de patiënt er niet mee zit. Mensen komen hier niet alleen voor een stukje hechtdraad, maar ook voor een stukje geruststelling.'

Een stúkje geruststelling? Ik kan nog steeds niet geloven dat hij dat zei.

'Zo, ik heb gehoord dat u door uw hond bent gebeten', zei Jurjen toen we samen bij de patiënt terugkwamen. 'Laat de plek maar even zien.'

Jurjen bekeek de ondertussen al bijna weggetrokken rode vlek. 'Hm', zei hij uiteindelijk, alsof hij niet al in de eerste seconde had gezien dat hier niks noppes nada aan de hand was. 'Ik zie inderdaad een plek die van een hondenbeet zou kunnen komen, maar de huid is intact gebleven. Onderhuids is er waarschijnlijk wel een bloedvat beschadigd, waardoor de plek donker zou kunnen kleuren.'

Een nogal omslachtige omschrijving van een ordinaire blauwe plek, als je het mij vraagt.

'Heel goed dat u het heeft laten nakijken', zei Jurjen. 'Maar het ziet ernaar uit dat u geluk heeft gehad.'

Ik kreunde zonder geluid te maken. Dit soort mensen moet je toch niet aanmoedigen? Volgende week stoot die vent zijn elleboog tegen een keukenkastje en zou hij hier weer zitten, omdat die ene dokter had gezegd dat het goed was om ernaar te laten kijken.

'Denkt u dat ik een tetanusinjectie nodig heb?' vroeg de man nog.

Ah, een Googlelaar. Niet de eerste patiënt die thuis op internet al even heeft opgezocht wat de dokter allemaal zou kunnen doen en zeggen om op het moment suprême even langs de neus weg te informeren of de arts niet dit of dat nog zou moeten doen. Vooral op de neurologiepoli is de Googlelaar een veel gezien fenomeen. Pijn in de rug betekent een hernia en als de dokter daar anders over denkt, is de dokter niet bekwaam.

Artsen als Jurjen houden de Googlelaar in stand.

Jurjen schudde bedachtzaam zijn hoofd. 'Nee, dat lijkt me op dit moment niet nodig. Maar mocht u in de komende weken klachten krijgen, ga dan even naar de huisarts.'

Nadat de patiënt uitgebreid afscheid had genomen van Jurjen, waarbij hij mij volledig had genegeerd, keek Jurjen me aan. 'Het is niet verboden om iets te zeggen als iemand weggaat.'

'Ik blijf het onzinnig vinden dat hij hier überhaupt naartoe is gekomen.'

'Niemand vraagt om jouw mening. Ga aan je communicatie werken, Femke.'

Toen hij wegliep trok ik, heel kinderachtig, een gezicht tegen de achterkant van zijn witte jas. Ik wou dat het maandag was, dan stond ik weer gewoon op de afdeling. Gelukkig duurt de spoedeisende hulp maar een week.

ZONDAG 15 FEBRUARI

9:00 uur

Ik haat Valentijnsdag, ik heb het altijd gehaat en ik zal het altijd haten. En daarom ben ik níét teleurgesteld dat ik geen kaart heb gekregen. Of een cadeautje. Of iets anders zoetsappigs waar ik niet op zit te wachten.

9:05 uur

Echt niet.

9:10 uur

En dat ik geen sms heb gehad, doet mij ook niets.

9:15 uur

Maar stel dat gisteren een gewone, doorsnee zaterdag was geweest. Dan had Lucas toch best iets van zich kunnen laten horen? Ik heb hem vorige week amper gesproken omdat ik op de SEH stond en hij op de afdeling. En ik heb hem gisteren twee keer ge-sms't.

9:20 uur

Wat zit ik ook te zeuren? Woe-hoe, ik heb mijn vriendje twee dagen niet gezien. Erg, hoor. Ik heb niet eens tijd, ik ben aan het studeren. Morgen een interessante knieoperatie.

9:30 uur

Hé, een sms. Van Lucas. Of ik vandaag bij hem langs wil komen.

Ik ga hem terug-sms'en dat ik er om twaalf uur ben. Dan red ik het net om de operatie voor te bereiden.

22:30 uur

Gelukkig heb ik mijn tandenborstel meegenomen.

MAANDAG 16 FEBRUARI

7:15 uur

Professioneel zijn, dat zei hij dus. Nu ben ik daar toevallig te allen tijde voorstander van, maar dit...

Lucas en ik kwamen vanochtend samen aan het in het ziekenhuis. In de bus was er niets aan de hand. Hij pakte zelfs mijn hand, waarbij ik me nog afvroeg of dit niet heel burgerlijk was, maar eigenlijk voelde het wel heel goed.

Tot we bij het ziekenhuis aankwamen. Voor de deur liet Lucas mijn hand plotseling los en tegen de tijd dat we in de buurt kwamen van chirurgie liep hij drie meter achter me.

'Ga jij maar eerst', zei hij toen ik op hem wachtte.

'Hoezo? We moeten toch allebei naar de kleedkamer.'

'Ja, maar het is beter dat we niet tegelijk aankomen. Dan gaan mensen van alles denken.'

Ik staarde hem verbaasd aan. Van alles denken? Wat dan? Wat we deden was toch niet illegaal? Als hij nou specialist was geweest en ik patiënt, was het een ander verhaal geweest.

'Ga nou maar', siste Lucas. 'Daar komt Anna aan.'

Ik was te verbaasd om door te lopen. Anna naderde ons in haar gebruikelijke hoge tempo. 'Ha Femke', zei ze toen ze mij passeerde. En even later: 'Môge, Lucas. Jullie hadden dezelfde bus?'

'Ja', antwoordde Lucas snel. 'Inderdaad. We kwamen elkaar toevallig tegen.'

Maar Anna was al doorgelopen.

We kwamen elkaar toevallig tegen? Dat was alles. Geen: en we hebben afgelopen nacht nog uren liggen rollebollen. En vorige week ook. Twee keer achter elkaar.

'Waarom zei je niet dat we...' vroeg ik hem later in de kleedkamer, waar hij binnen was gekomen alsof hij op de vlucht was voor het een of ander. Hij was eerst koffie gaan halen, blijkbaar met als doel dat we niet samen naar binnen gingen.

'Dat we wat?'

'Nou, je weet wel. Dat we elkaar zien.'

Lucas kauwde op een plastic roerstaafje en trok zijn wenkbrauwen op. 'Waarom wel? Hoe minder ze van je weten, hoe beter. Het verzwakt je positie hier als je met dat soort persoonlijke informatie gaat lopen strooien.'

'Hoezo? Mogen we geen leven hebben buiten het ziekenhuis?'

'Vast wel, maar als dat leven zich toevallig vermengt met je leven bínnen het ziekenhuis, is het beter dat je dat niet laat merken. Je moet je daarin professioneel opstellen.' Lucas keek me aan met een geringschattende blik in zijn bruine ogen. 'Femke, als je daar niet mee om kunt gaan, dan moeten we maar...'

'Nee, dat is het niet', onderbrak ik hem vlug voor hij zijn zin kon afmaken. 'Je hebt gelijk. We moeten ons professioneel opstellen.'

'Mooi.' Lucas knakte het stokje doormidden en gooide het met een strakke worp in de prullenbak. Daarna draaide hij zich om en beende weg.

We moeten dus professioneel zijn. Ik sms hem maar niet, denk ik. Sms'en onder werktijd is sowieso niet heel professioneel.

10:00 uur

De eerste operatie van vandaag zit erop, het hechten van een achillespeesruptuur. De patiënt ging gisteren sporten, waarbij zijn achillespees knapte als een elastiekje. Bijzonder om te zien hoe Zeilstra de peesuiteinden met naald en draad weer aan elkaar zette.

Telefoon drie keer gecheckt, maar niets van Lucas. Ik laat ook niets van me horen. Professioneel als ik ben.

16:00 uur

Nog steeds niets van Lucas gehoord, maar *I don't care*. Ik heb de mooiste operatie meegemaakt die ik tot nu toe heb gezien. Een nieuw kniegewricht is echt ongelooflijk bijzonder. En het leukste is nog dat Zeilstra het debacle met de meniscus-patiënt vergeten lijkt te zijn en me vandaag liet meewassen. Ik stond vooraan, maar niet aan tafel. Bij een operatie als deze moet de knie van de patiënt los hangen, anders kun je er niet goed bij. Daarom is er een constructie bedacht met de patiënt op de operatietafel, zijn voeten in een steun en de knie die dan net vrij komt te liggen. Ik stond met mijn neus boven op de knie, mijn gezicht beschermd door een mondkapje en een grote plastic bril.

Met zijn scalpel sneed Zeilstra grote flappen huid open rond de knie van de patiënt.

'Kijk.' Zeilstra wees de verschillende spieren aan. 'Hier heb je de pees van de musculus rectus femoris. En enig idee hoe deze heet?'

Zoals altijd had ik ook deze operatie voorbereid. 'Musculus sartorius.'

Zeilstra knikte. 'Precies. En hier kun je heel mooi het kniegewricht zien liggen.'

Ik staarde ernaar. Het leek wel een anatomieles in de snijzaal.

'Wauw', zei ik.

Zeilstra knikte. 'Mooi, hè? Je ziet aan het gewricht precies de slijtage die de pijn bij de patiënt veroorzaakt.'

Hij wees naar een plek op het gewricht die wat afgevlakt was. Het leek niet zo dramatisch, maar in de status van de patiënt stond dat hij al vijf jaar knieproblemen heeft en inmiddels volledig was afgekeurd in zijn sector, de bouw.

Zeilstra pakte zijn beitel en boor en ging aan de slag. De operatiekamer veranderde in een timmerfabriek en iemand zette de muziek harder om die boven het lawaai te laten uitkomen.

Ik keek naar de orthopeed, die meeneuriede met de cd die hij zelf had opgezet en helemaal in zijn sas was. Sommige mensen waren gewoon gemaakt voor de operatiekamer.

Ik ook.

Splash.

Ik onderdrukte de neiging om over mijn bril te vegen, waar een flinke spetter bloed op zat. Een OK-assistent kwam met een doek en veegde het weg.

'Houd deze vast', zei Zeilstra, die een klem op de zijkant van de wond had gezet en die aan mij overdroeg. Daarna pakte hij de kartelzaag.

'Dit gaat even herrie maken', kondigde hij aan. Hij zette het apparaat aan. Toen hij het zaagblad op het bot zette, begonnen mijn oren even te protesteren. Dat was nog eens letterlijk door merg en been gaan.

Verbaasd keek ik naar mijn groene operatiekleding, die inmiddels onder de rode spetters zat. Zeilstra zag er al niet veel anders uit.

'Ha, mooi', zei hij tevreden toen hij het bot doormidden had. 'We zijn van start.'

Wat volgde was een geweldige operatie waarbij het been van de patiënt bijna doormidden ging en er een compleet nieuw, kunstmatig gewricht in werd gezet. Als je dít kunt, als je degene bent die met zijn handen de patiënt een nieuw, pijnloos leven kunt gunnen, dan heb je toch het mooiste vak ter wereld?

16:05 uur

Ik heb Lucas toch ge-sms't. Of hij na de volgende operatie – het rechtzetten van een vergroeide teen – samen wil eten in het ziekenhuisrestaurant voor mijn avonddienst begint.

18:00 uur

Geen antwoord. Jammer dan. Eigenlijk heb ik niet eens tijd om te gaan eten.

VRIJDAG 20 FEBRUARI

22:00 uur

Daar zit ik dan, in m'n eentje. Natascha vroeg afgelopen week of ik zin had om vrijdagavond met haar en Simone af te spreken, maar aangezien ik net met Lucas had afgesproken zei ik nee. Lucas kwam uit zichzelf met het idee om op de Zeedijk Chinees te gaan eten en ik wilde niet afzeggen.

Had ik beter wel kunnen doen.

Ik vertelde Lucas over de knieoperatie, hij keek voortdurend op zijn horloge. Tot hij om half negen zei: 'Ik moet gaan. Er is een borrel bij de roeivereniging.'

'Nu?' vroeg ik verbaasd.

'Ja. En ik ben al laat. Ik had gedacht dat we eerder klaar zouden zijn met eten.'

'Maar ik dacht dat we...' Ik maakte die zin niet af. Ik had eigenlijk gehoopt dat we samen naar zijn of mijn huis zouden gaan en de rest van het weekend in bed zouden blijven. Doktertje spelen voor gevorderden. Of zoiets.

Maar nee, exact vijf minuten later stonden we buiten. Lucas zoende me, zei dat hij een leuke avond had gehad en stapte daarna op zijn fiets. Geen: heb je zin om mee te gaan? Geen: wat doe je morgen?

Niets.

Ik wil niet zeuren, maar ik had wel íéts meer van deze avond verwacht.

MAANDAG 23 FEBRUARI

6:00 uur

Wat is er aan de hand? Het hele weekend heb ik niets van Lucas gehoord.

Uiteindelijk sms'te ik hem gisteravond. Niets bijzonders, gewoon hoe het met hem gaat. Maar er kwam geen antwoord. Gelukkig zie ik hem vandaag.

10:00 uur

Oké, ik zie hem vandaag dus niet. Lucas staat deze week op de SEH. Daar heeft hij niets over gezegd.

Vreemd.

10:05 uur

Of niet vreemd. Er is toch geen regel die voorschrijft dat we onze roosters met elkaar delen?

11:00 uur

Toch vind ik het niet leuk. Dan ben ik maar een zeur, ik vind best dat Lucas me had kunnen vertellen dat hij deze week niet op de afdeling staat. En hij kan ook wel even terug sms'en.

13:00 uur

Zal ik naar de SEH gaan en hem "toevallig" tegenkomen? Ja, ik denk dat ik dat ga doen, nadat ik de zes patiënten heb gecontroleerd die klagen over pijn aan hun wond.

14:00 uur

Ach wat, ik ga helemaal niet naar hem toe. Hij heeft mijn nummer. Hij kan me bellen. Hij kan berichtjes typen. Maar hij doet het niet. Zijn keus. Ik kan best zonder hem. Ik ben onafhankelijk.

Loser.

14:01 uur

Hij. Niet ik.

WOENSDAG 25 FEBRUARI

10:30 uur

Gezeik met Lucas. Vanochtend kwam ik hem tegen op de gang bij radiologie, waar we allebei foto's moesten ophalen. Ik geef toe dat ik niet bepaald aardig tegen hem deed, maar mág ik misschien na zijn gedrag van afgelopen weekend?

'Zo, jij leeft ook nog?' vroeg ik.

'Hoezo?'

'Ik begon eraan te twijfelen.'

'Is er iets?' vroeg Lucas geërgerd. 'Ik heb haast.'

'Ja, dat zal wel weer. Haast om bij de roeiclub te komen zeker.'

Bah, ik wil helemaal niet zo zijn en toch zei ik het. Ik ben gewoon pissig over afgelopen vrijdag.

'Waar slaat dat nou weer op? Ik heb foto's nodig van een patiënt met een mogelijke enkelfractuur. Ik heb geen tijd voor deze onzin, Fem. Als er iets is, zeg het dan gewoon.'

'Wat er is, is dat jij niets van je laat horen. Eerst moet je vrijdag ineens weg voor een of ander roeifeestje waar je niets over had gezegd en dan laat je helemaal niets van je horen.'

Lucas rolde met zijn ogen. 'Ik heb gestudeerd. Chirurgie, weet je nog.'

'Een sms'je kost je nog geen minuut.'

'Stel je niet zo aan, Fem.' Daarna griste hij de envelop met foto's van de balie en was hij verdwenen.

Hij heeft gelijk. Stel je niet zo aan, Fem.

Ik moet weer aan de slag met de statussen van de vier nieuwe opnamepatiënten, maar elke keer leiden de gedachten aan Lucas me af.

O, er komt iemand de artsenkamer binnen.

10:40 uur

Het was Anna, op zoek naar de status van meneer Hoekstra. Gelukkig de enige die ik al had bijgewerkt.

Wat is de status van Lucas en mij? Irritatie. Behandeling noodzakelijk.

VRIJDAG 27 FEBRUARI

14:00 uur

Heftige ochtend op de OK. Zodra ik hem zag, wist ik dat Sluijs een pestbui had. Er werd op fluistertoon gesproken en assisteren zat er voor mij niet in. Dat betekende dat ik van een afstandje moest toekijken en me stond te verbijten.

De eerste patiënt van vandaag had een mammacarcinoom, een tumor in haar borst. Sluijs zou bij haar een borstbesparende operatie doen met de sentinel node-procedure. Ik had voor de zekerheid alle operatiemogelijkheden voor de behandeling van een mammacarcinoom uit mijn hoofd geleerd, ook de radicale mastectomie – verwijderen van de borst – mocht het toch erger blijken te zijn dan gedacht.

Maar het humeur van Sluijs maakte dat ik net zo goed de hele avond met Lucas had kunnen mens-erger-je-nieten, want mijn rol tijdens de operatie was beperkt tot nul.

En mens-erger-je-niet spelen met Lucas zat er ook al niet in, hoewel hij zich waarschijnlijk behoorlijk aan me ergert. Maar gesproken heb ik hem niet meer.

Maar goed, op de OK was de spanning dus om te snijden, wat op zich een leuke woordspeling is. De geruchten gaan dat Sluijs' vijftien jaar jongere vriendin hem heeft verlaten, maar ik hoorde twee OK-assistentes tegen elkaar zeggen dat het onzin is en dat hij soms nou eenmaal zonder reden van stralend humeur naar donderwolk gaat. En achter de balie werd gezegd dat Sluijs' vriendin wel gek zou zijn om hem te verlaten. Ze is een golddigger eerste klas en Sluijs wordt genoemd als hoofd van de maatschap, mocht de huidige voorzitter stoppen. Dat betekent: kassa.

Het maakt ook niet uit waar zijn humeur vandaan kwam, we moesten ermee zien te dealen.

De operatie begon al goed.

'Kan iemand godverdomme die lamp goed hangen?' mopperde Sluijs. 'Zo zie ik toch niets!'

Meteen schoot een OK-assistent toe om de positie van de operatielamp, die niet anders dan anders was, aan te passen.

'Scalpel', zei Sluijs. De instrumenterende naast hem gaf hem het mes aan.

'Hallo!' tetterde hij ineens. 'Gaan we dit de hele dag doen? Als ik zeg scalpel, dan wil ik hem direct. Niet een uur later.'

Voor het eerst vond ik het niet zo erg om niet aan tafel te staan.

Het was doodstil op de operatiekamer, op het piepen van de hartbewaking na. Niemand durfde iets te zeggen.

'Zo kan ik niet werken!' bulderde Sluijs toen hij net een incisie onder de borst had gemaakt en bezig was met de laparoscoop de tumor te lokaliseren.

Niemand durfde te vragen wat er aan de hand was.

'Zet dat ding zachter!' beet Sluijs de OK-assistente naast hem toe. Van boven haar mondkapje keek ze de chirurg angstig aan.

Toen hij niets zei, fluisterde ze uiteindelijk: 'Wat bedoelt u, dokter Sluijs?'

'Jij niet, idioot!' Sluijs richtte zijn blik op het groene doek, dat ter hoogte van de borstkas van de patiënt omhoog was gezet, zodat het gezicht van de vrouw niet zichtbaar was.

'Hallo!' snauwde hij. 'Leg dat puzzelboekje weg en zet dat piepje zachter!'

De anesthesist, die doorkreeg dat de tirade voor haar was bedoeld, sprong op. 'Met alle respect, dokter Sluijs, maar ik zie niet in wat het probleem is.'

'Nee, dat zal wel niet.' Hij begon overdreven articuleren. 'Hartbewaking zachter. Kan me niet concentreren.'

Het piepje ging inderdaad zachter.

'Dat anesthesistenvolk', mopperde Sluijs. 'Dat maakt opereren alleen maar moeilijker in plaats van makkelijker.'

Ik keek naar de anesthesist, die nu geërgerd was.

'Alle respect, collega, maar ik geloof echt dat we op de OK een team vormen dat samen de patiënt de beste zorg biedt. Iedere schakel in dat team is belangrijk.'

'Onzin!' riep Sluijs uit. 'Aperte onzin. De patiënt onder narcose brengen zou de eerste de beste stagiaire nog kunnen, aangezien de chirurgen al het denkwerk doen. De soort verdoving, de duur van de operatie, de conditie van de patiënt – wij geven alles van tevoren door en het enige wat jullie hoeven te doen is een simpel rekensommetje maken. Dat noem ik geen medisch vak. Dat is een kwestie van een goede zakjapanner.'

Ik hield mijn adem in. Nu ging hij toch wel ver.

De anesthesist trok haar wenkbrauwen op.
'Dokter...' zei ze uiteindelijk, duidelijk van plan deze discussie te sussen.
Sluijs had daar echter nog geen zin in. 'En eenmaal op de OK hoeven jullie niets anders te doen dan een ander slangetje op het meestal al door onze mensen aangebrachte infuus aan te sluiten, jullie machines aan te zetten en Sudoku te gaan spelen tot wij klaar zijn met het echte werk. Het echte medische vakwerk. En dat noemt zichzelf dokter!'
Hij maakte een wilde beweging met zijn hoofd en daardoor met zijn hand, waardoor de het beeld van de laparoscoop ineens van links naar rechts schoot. Hij zweeg even en concentreerde zich op de operatie.
'Dat ben ik niet met u eens, dokter', zei de anesthesist met een stuk minder overtuiging dan eerst. Volgens mij wilde ze het liefst wegrennen, maar ze voelde zich blijkbaar verplicht haar vak te verdedigen.
De spanning hing als een zware doek over de OK. Uiteindelijk durfde een van de OK-assistentes haar mond open te doen. 'Misschien is het beter als we deze discussie op een later moment voortzetten', zei ze zacht. Het klonk een beetje als een vraag.
Het bleef een hele tijd stil.
'Zo', zei Sluijs ineens, alsof er niets was gebeurd. Hij keek op en ving mijn blik. 'Coassistent!'
Ik verstijfde. Als hij maar niet mijn mening ging vragen over wat er was gebeurd. Wat moest ik zeggen?
'Ja?' zei ik schor.
'*Gooische Vrouwen* nog gezien?'
Ik slikte. Was dit een grap?
Alle ogen op de OK waren op mij gericht. 'Eh...' Achter mijn mondkapje likte ik aan mijn droge lippen. 'Nee. Meneer.'
'Jammer.' Sluijs schudde zijn hoofd. 'Moet je eens gaan kijken. Geweldige serie.'

Sluijs had de sentinel node verwijderd. Die bleek schoon te zijn, waardoor hij alleen de tumor uit de borst hoefde verwijderen en de wond beperkt bleef. Hij bekeek het resultaat tevreden en trok de camera terug.

'Mooi', zei hij opgeruimd. 'Dat hebben we ook weer voor elkaar. Hecht jij het even?'

De arts-assistent naast hem knikte en nam Sluijs' plek aan tafel in, terwijl de chirurg naar achteren stapte en zijn handschoenen uittrok.

Ik dacht na over wat Sluijs had gezegd. Hij had wel een punt. De anesthesisten zítten toch ook te puzzelen? Ik overwoog het tegen hem te zeggen, maar hij was al weg. Even later liep ik langs het grote bord bij de deur van de operatieafdeling waar alle operaties op staan. Die van Sluijs waren weggehaald. De patiënten zouden moeten wachten. Blijkbaar moest het conflict eerst worden opgelost.

Toen ik de operatieafdeling verliet, kwam ik bij de klapdeuren de directeur van het ziekenhuis tegen. Ik denk dat Sluijs stevig op het matje geroepen zal worden.

17:30 uur

Blijkbaar is alles opgelost. Sluijs' naam is terug op het bord. Het mooie is, Lucas wil het hele verhaal horen. We gaan morgen uit eten. Kunnen we meteen onze relatie reanimeren. Status: komt wel goed.

Maart

ZONDAG 1 MAART

8:30 uur

Nou, lekker dan. In plaats van onze relatie nieuw leven in te blazen, hebben we gisteravond knallende ruzie gemaakt. Status: toestand verslechterd. Misschien wel kritiek. En niet stabiel.

Status: mooi klote.

Shit, telefoon.

9:00 uur

Dat kon er ook nog wel bij. Marjolein belde om te vertellen dat ze langer in Suriname wil blijven, dat ze het afstuderen uitstelt. Ik denk dat ze gek is. Papa en mama zullen niet blij zijn. Ik zet mijn telefoon uit, heb geen zin in mama die straks belt om over Marjolein te klagen.

Sowieso een goed idee, mijn telefoon uit. Ik hoef Lucas ook niet te spreken.

9:05 uur

Maar er kan natuurlijk altijd een noodgeval zijn en dan wil ik bereikbaar zijn. Als het Lucas is, neem ik gewoon niet op.

Ik ben zo ongelooflijk pissig over wat er gisteravond is gebeurd, dat ik hem wel kan schieten.

We hadden om acht uur afgesproken in Vak Zuid. Al die etentjes beginnen een behoorlijke aanslag op mijn niet-bestaande budget te vormen, trouwens. Maar het was voor onze relatie essentieel dat we een avondje uit zouden gaan. Dacht ik. Jammer genoeg was Lucas in de tram richting het restaurant een vriend van de roeivereniging – die ik inmiddels haat, ook al ben ik er nog nooit geweest – tegengekomen en blijkbaar was het in zijn hoofd opgekomen om deze Freek uit te nodigen voor ons etentje. Óns etentje! Ik denk dat Freek geen leven heeft, want waarom zou je anders ja zeggen op zo'n aanbod, maar het resultaat was dus dat Lucas en Freek met z'n tweeën binnenkwamen. Alsof het de normaalste zaak van de wereld was.

Waar het op uitdraaide was ruzie tussen Lucas en mij toen Freek naar de wc was, en aan het eind van de avond wist ik zeker dat ik Freek een mep zou verkopen als ik nog één keer moest horen 'weet je nog dat...', waarna een nieuw, ontzettend lollig verhaal volgde over de roeivereniging dat alleen lollig was als je erbij was geweest, de betreffende mensen kende en op dat moment ook dronken was. Wat een kutavond.

Toen we éíndelijk weg konden, stelde Freek voor om naar de kroeg te gaan. Lucas vond het een topidee en stemde meteen in. Toen ik zei dat ik moe was en naar huis ging, werd hij nog boos ook! Waarom ik zo ongezellig deed? Freek bedacht ineens dat hij iets vergeten was en liep het restaurant weer in, waardoor Lucas en ik met z'n tweeën waren.

'Je zit er de hele avond al bij met een gezicht als een oorwurm!' riep Lucas geërgerd. 'Kun je niet gewoon even leuk doen?'

'Even léúk doen?' herhaalde ik. 'Jij komt doodleuk met een vriend van je aankakken, terwijl we met z'n tweeën uit eten zouden gaan. Alsof dat zo leuk is.'

Lucas rolde vermoeid met zijn ogen. 'Dat heet "spontaan". Zou je ook eens moeten zijn. Het was toch gezellig?'

'Vind je? Ik heb er de hele avond voor spek en bonen bij gezeten!'

Nu werd Lucas echt geïrriteerd. 'Stel je niet zo aan. Als je gewoon mee had gedaan met het gesprek had je een topavond gehad. Maar jij hebt ervoor gekozen om de hele tijd je mond te houden en mij boos aan te staren. Je hebt het helemaal aan jezelf te wijten.'

'Waarom moet je nou ook nog met hem naar de kroeg?' vroeg ik boos. 'Is een etentje niet genoeg? Ik had gehoopt dat wij...'

'Mag ik misschien naar de kroeg met wie ik wil?' onderbrak Lucas me. 'Het staat je vrij om mee te gaan, maar niet als je weer de hele tijd beledigd gaat zijn. Dan donder je maar op.'

'Donder zelf een eind op!'

Freek had blijkbaar gevonden wat hij zocht en kwam weer naar buiten. Ik zond Lucas nog één ziedende blik en beende daarna weg in de richting van de tramhalte.

Ik heb niets meer van hem gehoord. En mooi niet dat ik hem ga bellen.

MAANDAG 2 MAART

7:45 uur

Drie weken op de polikliniek chirurgie dienen zich aan. Dat betekent dat ik de afdeling en daarmee de operatiekamer voorlopig gedag kan zeggen. Balen, want ik was veel liever op de afdeling gebleven, maar de poli hoort er ook bij. Gelukkig staat Lucas nog niet op de poli, hoef ik hem niet voortdurend tegen te komen.

Ik wilde me aanmelden om vandaag mee te lopen met Draaisma, maar zij had al twee co's. Alleen Sluijs bleef over en nu zit ik dus de hele dag bij hem. Hopelijk begint hij niet over die ruzie van vorige week. Ik heb gehoord dat hij een pittig gesprek heeft gehad met de Raad van Bestuur en dat het nu allemaal weer goed is, maar met Sluijs weet je het nooit.

Hij komt eraan. We gaan beginnen.

11:00 uur

Sluijs blijkt best mee te vallen. Hij is in een opperbest humeur.

'Goedemorgen', zei hij opgewekt toen hij de artsenkamer binnenstapte. 'De eerste dag op de poli, nietwaar?'

Ik knikte, even uit het veld geslagen door zo veel enthousiasme van zijn kant. 'Zeker. En ik heb er zin in.'

Hij antwoordde niet, maar keek om zich heen op zoek naar zijn pen. Geen kletspraatjes, zoveel was meteen duidelijk.

'Goed, we krijgen vandaag controlepatiënten die ik heb geopereerd en die vooral willen weten hoe snel ze weer alles kunnen, of hun wond goed geneest en of wat ze hadden nog terugkomt', legde Sluijs uit. 'Die vraagjes beantwoorden we dan en hup, lopen ze weer vrolijk naar buiten.'

Hij had er echt zin in. Energiek beende hij weg, ik volgde in zijn kielzog.

'O!' Ineens bleef hij staan. Ik botste bijna tegen hem op. Hij draaide zich om. 'Coassistent?'

Ik keek hem aan. 'Ja?' vroeg ik aarzelend.

'*Gooische Vrouwen* nog gezien?'

Jemig, waar denkt die man dat ik allemaal tijd voor heb? Ik ben allang blij als ik één keer in de week zelf kan koken en acht uur achter elkaar kan slapen.

'Eh... Nee', antwoordde ik. 'Ik heb het weekend besteed aan leren. Ik wil uiteraard goed voorbereid op de poli verschijnen.'

'Jammer', zei Sluijs hoofdschuddend. 'Is een goede serie. Zou je moeten kijken.'

'Ja', antwoordde ik alleen maar.

Ik volgde Sluijs naar de spreekkamer en nam plaats op het krukje achter hem.

Meteen sprong hij weer overeind, waarna ik hetzelfde deed. 'Even de patiënt halen', zei hij terwijl hij met de status zwaaide. 'Ik heb deze meneer al zo vaak gezien, ik kan zijn dossier letterlijk spellen. Jij nog koffie?'

Ik deed snel mijn mond dicht, die steeds verder open was gaan hangen. Was dit echt de Sluijs met wie niemand poli wilde draaien? Hij haalde zelfs koffie voor me! Geen enkele specialist had dat ooit aangeboden.

Sluijs kwam terug met twee plastic bekertjes koffie en de patiënt, een man van rond de veertig. Ik gaf hem een hand.

'Ik ben coassistent. Heeft u er bezwaar tegen als ik...' begon ik, maar Sluijs onderbrak me.

'De coassistent kijkt vandaag mee', riep hij joviaal. 'We moeten immers wel de jongere generatie opleiden, anders kunnen wij oudjes nooit met pensioen, nietwaar?'

Hij vindt coassistenten totaal overbodig. Als je bij hem zit, zit je de helft van de tijd alleen in een kamertje te wachten. Er valt niet met die man te werken.

Alles wat ik over Sluijs heb gehoord, bleek niet waar. Trots ging ik een beetje meer rechtop zitten. Middelmatige coassistenten, ja, die vindt hij overbodig. Maar mij niet.

DINSDAG 3 MAART

00:30 uur

Hik.

Ik heb dus de hik. Is trouwens interessant. De hik. Niemand weet waarom je meer hikt als je hebt gedronken. Maar het is wel zo. Weet ik. Weet hik.

Geinig woord, trouwens, hik. Hik. Hik. Hik.

Het heeft iets te maken met je middenrif en de samentrekking daarvan, herinner ik me uit een college. En met de alcohol die je maag prikkelt en je middenrif activeert.

Lekker belangrijk ook.

Maar goed. Wat er gebeurde was dat ik Bart tegenkwam bij de uitgang. Bart, met wie ik een paar colleges heb gevolgd, maar die ik sinds het begin van de coschappen niet meer heb gezien.

Eerlijk gezegd herkende ik hem niet eens direct. Het was dat hij mij gedag zei, anders was ik hem straal voorbij gelopen.

Ik verliet pas om zeven uur het ziekenhuis. Vroeg als je het vergelijkt met mijn dagen op de afdeling, maar laat als je bedenkt dat de poli om vijf uur klaar is en coassistenten daarna niet naar al die vergaderingen hoeven waar de specialisten wel worden verwacht. Maar ik stelde het naar huis gaan uit. Moest ik niet naar Lucas toe gaan om het goed te maken? Ook al vind ik dat onze ruzie zijn fout is – als hij Freek niet had meegenomen was er niets aan de hand geweest – we kunnen hier toch ook niet de hele tijd mee doorgaan?

Maar uiteindelijk besloot ik dat Lucas lekker het heen en weer kan krijgen, de eerste stap moet van hem komen. Om even voor zeven verliet ik het ziekenhuis. Alleen.

Tegelijk met Bart.

'Hé', zei hij. 'Femke, nietwaar?'

Ik wist dat ik hem ergens van kende, maar ik wist niet meer waarvan. 'Ja', zei ik een beetje aarzelend.

'Ik ben Bart. Van de studie, weet je wel.'

Nadat hij zijn naam had gezegd, kon ik me hem ook weer herinneren. Lucas heeft ooit ruzie gemaakt met Bart op de snijzaal, waar Lucas met een arm van een van de lijken andere studenten aan het schrikken maakte. Bart vond dat respectloos en uiteindelijk moest de docent eraan te pas komen om hen uit elkaar te halen. Ik herinnerde het me ineens weer als de dag van gisteren.

'Ik wist niet dat je ook in dit ziekenhuis was.'

Ik wilde iets pinnigs antwoorden in de trant van "nee, joh, dat lijkt maar zo", maar uiteindelijk kon Bart er ook niets aan doen dat Lucas en ik ruzie hadden.

'Ja', zei ik dus. 'Op chirurgie. Jij?'

'Neurologie. Hoe is jouw coschap?'

Ik wilde eigenlijk alweer doorlopen, maar Bart was zo geïnteresseerd dat dat ineens heel asociaal leek. 'Ja, goed. En dat van jou?'

Bart knikte. 'Ontzettend interessant.'

Ik bewoog me in de richting van het busstation, Bart bleef naast me lopen. 'Moet je ook naar Amsterdam?' vroeg hij.

'Ja.'

'Dramatisch, hè, dat het ziekenhuis én niet in de stad én tien kilometer van het station ligt. En dat de bus altijd te laat is. Dat reizen kost zo veel tijd.'

'Zeg dat wel.'

Toen we naast elkaar op de bus stonden te wachten vroeg Bart: 'Weet je al welke specialisatie je gaat kiezen?'

Het zag ernaar uit dat ik niet van hem af zou komen voor we in Amsterdam waren. 'Ja', antwoordde ik kortaf. 'Chirurgie.'

Hij keek me nadenkend aan. 'Dat verbaast me eigenlijk helemaal niet. Je hebt echt iets van een chirurg over je.'

Hm, misschien was Bart zo vervelend nog niet. Ik keek hem aan. 'Vind je?'

'Ja.'

Hij ging er niet op door. 'Weet jij al wat je gaat doen?' vroeg ik.

Hij schudde zijn hoofd. 'Nee, nog niet. Ik vind kindergeneeskunde heel boeiend, en huisarts ook. Misschien een van die twee.'

Ik knikte. Hij liever dan ik, maar goed.

Bart keek langs me heen om te zien of de bus er al aan kwam. 'Wat duurt dat toch altijd lang. Vooral na zo'n drukke dag, als je het liefst meteen naar huis wil om te eten.'

Ik knikte. 'Ik rammel van de honger.'

Even was het stil tussen ons. Toen vroeg Bart aarzelend: 'Heb je misschien zin om samen... Ach nee, laat ook maar. Je hebt natuurlijk een lange dag gehad.'

Om samen te gaan eten, dat wilde hij natuurlijk vragen. Had ik daar zin in? Eten moest ik toch en het vooruitzicht van mijn lege huis en nog altijd stille telefoon was ook niet erg aanlokkelijk.

'Waarom ook niet?' antwoordde ik in een opwelling.

Samen stapten we in de bus, die pal voor het ziekenhuis stopte. Ik keek omhoog naar de derde verdieping, naar de ramen waarachter zich de afdeling heelkunde bevond. Overal brandde licht. In een van die kamers zou Lucas zich moeten bevinden.

Hij zoekt het maar uit.

'Zullen we anders eerst iets gaan drinken?' stelde Bart voor toen we op Amsterdam Centraal stonden. 'Ik ken een leuke kroeg hier in de buurt.'

Met zijn handen diep in de zakken van zijn zwarte winterjas liep Bart voor me de stationshal uit. Het was donker en koud. Er viel af en toe een vlokje sneeuw. Ik huiverde en sloeg mijn wollen sjaal wat dichter om me heen.

'Is het ver?'

Bart schudde zijn hoofd en hield zijn pas even in, zodat hij naast me kwam te lopen. 'Nee, gelukkig niet. Ik sterf van de kou.'

'Wist je trouwens dat dat best snel gaat?'

'Wat?'

'Sterven van de kou. Als je met deze temperatuur naakt op de grond zou gaan liggen, ben je sneller dood dan je zou denken. Eerst sterven je ledematen af, omdat je lichaam al het warme bloed gebruikt voor je hart en dan...'

Hij glimlachte. 'Oké, Femke. Maar het is avond en je mag best even niet aan het ziekenhuis denken, hoor. Trouwens, waarom zou je in vredesnaam naakt op de grond gaan liggen?'

'Nou ja, bij wijze van spreken.' Ik voelde me een beetje beledigd. Wat is hij nou voor dokter als hij na zessen ineens niet meer aan zijn werk wil denken? Je bent vierentwintig uur per dag, zeven dagen per week dokter.

Zodra we onze natte jassen hadden opgehangen en ik mijn handen probeerde te warmen aan het waxinelichtje op de bar sprak ik die gedachte uit.

Bart wenkte de barman. 'Een biertje voor mij en een...'

'Rode wijn.'

De barman liep weg en Bart keek me vragend aan. 'Hoe bedoel je dat, dat ik geen echte dokter zou willen zijn?'

'Omdat je het zo makkelijk van je af zet. Een goede dokter is volgens mij altijd met werk bezig. Je moet je blijven vernieuwen, altijd je kennis up-to-date houden, net dat stapje harder zetten waardoor je de nieuwste technieken kent om je patiënten te kunnen helpen. Schrijven in de vakbladen, internationaal aanzien – daar herken je de beste artsen aan.'

Ik ging steeds harder praten, omdat Barts houding me irriteerde. Hij had één wenkbrauw opgetrokken en keek me aan met spot in zijn ogen. Toen ik mijn mond hield, haalde hij zijn hand door zijn blonde haar.

'Poeh, ik geloof dat ik beter kan stoppen met de opleiding. Als ik jou zo hoor, zal ik nooit een goede dokter worden.'

'Hoezo niet?'

'Omdat ik vind dat een goede dokter zijn patiënten inderdaad het beste probeert te bieden, alleen niet door via vakbladen zijn internationale collega's te imponeren, maar door naar patiënten te luisteren, tijd te nemen en ervoor te zorgen dat iemand niet alleen beter wordt, maar zich ook gehoord en begrepen voelt. Ik besteed liever een halfuur aan het geruststellen van een jongetje van zes jaar dat een infuus nodig heeft en doodsbang is, dan dat ik als een idioot langs ren, dat infuus erin jas en meteen weer vertrokken ben, omdat ik anders te laat ben voor het zoveelste telefoontje uit Amerika om te horen hoe fantastisch ik ben.'

Ik nam een slok van mijn wijn. Ik voelde me direct beter en vooral: warmer. 'Het gaat er niet om dat je hoort hoe fantastisch je bent. Het gaat erom dat je bijdraagt aan de medische wetenschap en dat je internationaal aanzien krijgt, zodat je ook je ziekenhuis op de kaart kunt zetten.'

'En wat schiet dat jongetje daarmee op, dat doodsbenauwd is voor die naald die zo meteen in zijn handje wordt geprikt?'

Ik weet nu al dat Bart en ik niet samen op een afdeling terecht moeten komen. Ik zou me doodergeren aan hem. 'Jemig, wat kan mij dat schelen?' riep ik uit. 'Waar het om gaat is dat als dat jongetje zestig is en een nieuwe long nodig heeft, de operatietechniek verbeterd is ten opzichte van nu en zijn overlevingskans honderd procent is. Dokters moeten zich niet druk maken over de details, daar heb je verpleging voor. En arts-assistenten. Je moet je bezig houden met wetenschap, carrière maken, en dan blijft er niet altijd tijd over om ellenlange verhalen van je patiënten aan te horen.'

Het irritante was dat Bart mijn relaas wel vermakelijk leek te vinden, maar dat hij op geen enkele manier van zijn stuk te brengen was.

'Bitterbal?' vroeg hij onverstoorbaar.

Ik knikte, nog steeds opgefokt.

Bart bestelde een portie bitterballen en nog twee drankjes. Verbaasd keek ik naar mijn lege glas.

'Maar vertel,' zei hij daarna, uiterst relaxed, 'je wilt dus chirurg worden?'

'Ja. Hartchirurg, denk ik. Of orthopedisch chirurg.'

Bart floot zacht tussen zijn tanden. 'Poeh, dat is niet niks. Je gaat een glansrijke carrière tegemoet. En ik maar infusen prikken bij trillende peutertjes.'

Hij leek niet in het minst gekwetst, maar toch voelde ik me verplicht om er iets over te zeggen.

'Luister, zo bedoel ik het niet. Die dokters moeten er ook zijn.'

Bart gooide zijn hoofd in zijn nek en lachte bulderend. 'Geloof me, je maakt het alleen maar erger. Laten we het maar hebben over waar we straks gaan eten. Een veilig, neutraal onderwerp.'

Uiteindelijk gingen we nergens eten. De kou maakte dat we het moment van opstappen telkens uitstelden en na drie porties bitterballen hadden we eigenlijk wel genoeg gehad. De rest van de avond zaten we aan de bar. Ik raakte de tel van het aantal glazen kwijt na acht, terwijl ik normaal gesproken echt niet veel drink. Zeker niet als ik de volgende dag moet werken. Geen idee waar we het over hebben gehad, maar toen we eindelijk weggingen wilde ik het liefst direct weer terug.

Kan beter gaan slapen.

En niet nadenken.

7:30 uur

Waarom mag ik vandaag nog geen halfuurtje later beginnen? Ik moet niet door de week naar de kroeg gaan. Slecht voor mijn carrière. Ik ga nog meer koffie halen, ook al heb ik al twee koppen op.

ZATERDAG 7 MAART

16:00 uur

Weekend. Dacht ik eindelijk tijd voor mezelf te hebben, moest ik naar een verjaardag. De verjaardag van papa en Jacco om precies te zijn, wat op zich heel leuk is, maar niet als je bedenkt dat oma, tante Marja en tante Bianca er ook waren. Eigenlijk zijn tante Bianca en tante Marja helemaal mijn tantes niet, ze zijn vriendinnen van mijn oma die we al zo lang ik me kan herinneren tante noemen. Gelukkig zijn die twee geen echte familie, dat scheelt tenminste iets.

Gelukkig vieren papa en Jacco hun verjaardag al jaren samen, dat scheelt in elk geval één bezoek van oma en de tantes per jaar. Jammer genoeg viel mijn plan om vroeg te komen en daardoor vroeg weg te kunnen in het water. Althans, ik kwam wel vroeg, maar zij waren vroeger.

'Ah, daar is de dokter!' schalde de stem van tante Bianca door de kamer, nog voor ik goed en wel binnen was.

Tante Marja volgde direct. 'Ik wil je straks nog iets vragen, want ik heb...'

'Ha, pap', onderbrak ik haar. Tante Marja heeft al sinds mijn eerste collegedag de neiging mij als gratis huisarts te gebruiken. 'Gefeliciteerd.'

Ik gaf hem een zoen en overhandigde hem een paar platte pakjes. Twee paar sokken en drie nieuwe zakdoeken, zoals elk jaar.

'Hoi Fem.' Jacco kwam de kamer binnen, gevolgd door een wolk aftershave. Zoals altijd wanneer ik hem langer dan een dag niet heb gezien, is hij weer groter geworden. Ik gaf hem een zoen, waarna hij een beetje gegeneerd een stap naar achteren deed.

'Gefeliciteerd.' Ik gaf ook hem zijn cadeautje, een luchtje voor zijn almaar groeiende verzameling.

'Leef jij ook nog?' vroeg Jacco toen hij het had uitgepakt.

'Hoezo?'

'Omdat je hier al meer dan twee maanden niet meer bent geweest.'

'Hoe kom je aan die plek boven je wenkbrauw?' vroeg ik, zijn opmerking negerend. Hij had een korst op zijn voorhoofd.

Jacco voelde eraan. 'O, dat. Vechtpartijtje. Er is zo'n groepje op school dat elke keer dezelfde jongen pakt. Echt zo debiel. Dus toen ben ik voor hem opgekomen toen hij weer eens in elkaar werd geslagen.'

'Hm.' Ik stak mijn hand uit en wilde de plek bekijken, maar Jacco trok zijn hoofd weg. 'Ik ben je patiënt niet', zei hij half lachend.

'Ik kan toch wel even kijken? Artsen werken ook in het weekend, hoor.'

'Is het druk in het ziekenhuis?' vroeg Jacco. 'Waar zit je nu ook alweer?'

'Bij chirurgie in het Sint Lucia Ziekenhuis.'

'Ik dacht dat je in het Gregorius Ziekenhuis zat?'

Ik schudde mijn hoofd. 'Nee, dat was bij dermatologie. Elk coschap loop je in een ander ziekenhuis.'

'Waar ga je hierna naartoe?'

Hierna, daar wil ik nog helemaal niet aan denken. Maar ik antwoordde: 'Naar psychiatrie, in de Geesthoven Kliniek, een psychiatrische instelling.'

'Leuk', zei Jacco. 'Al die gekken.'

Op dat moment kwam tante Marja weer aan. 'Mijn knie...'

Ik vluchtte snel naar de keuken, waar mama bezig was met de taart.

'Heeft tante Marja je weer weten te vinden?' vroeg ze glimlachend.

Ik leunde tegen het aanrecht. 'Kan ze het niet over Marjolein gaan hebben of zo?'

Mama gaf geen antwoord. Gevoelig onderwerp.

'Zeg maar niet tegen oma dat Marjolein met Leandro de

bar wil gaan runnen', zei ze uiteindelijk. 'Dat hebben we haar nog niet verteld.'

'Waarom niet?'

'Omdat we haar niet van slag willen maken. Ze is er juist zo trots op dat Marjolein bij zo'n hoge instantie werkt. Ze vertelt aan iedereen dat haar ene kleindochter de wereld redt en haar andere levens.'

'Ik doe een poging,' zei ik, 'om levens te redden. Maar zij doet bepaald geen poging de wereld beter te maken. Volgens mij zit ze alleen maar aan de bar.'

Mama zuchtte. Ik denk dat ze zich grote zorgen maakt om Marjolein. 'Ik weet het', zei ze. 'Ik vind het maar niets. Ze was juist altijd zo ambitieus. Ze was een van de beste leerlingen van de klas en ook bij die studie haalde ze alleen maar hoge cijfers. En nu...'

'Wat vindt papa ervan?' vroeg ik.

'Die denkt er hetzelfde over, namelijk dat het hartstikke zonde is van haar studie. Maar Marjolein wil helemaal niet luisteren. Als ik er met haar over probeer te praten, zegt ze altijd dat ze weg moet en dan kapt ze het gesprek af.'

'Nou ja, dan moet ze het zelf maar weten, toch? Het is háár toekomst.'

Mama knikte, maar ze had zich er volgens mij niet bij neergelegd.

Nou ja, ik heb ook geen tijd om me nu druk te maken om Marjolein. Die verjaardag heeft veel te veel tijd gekost, ik ga studeren. Volgende week weer op de poli chirurgie.

16:30 uur

Nog maar een halve pagina gedaan. Ik kan me niet meer concentreren sinds ik me realiseerde dat het morgen precies een week geleden is dat ik Lucas voor het laatst heb gesproken. Ik dacht dat hij wel zou bellen, maar dat doet hij niet.

En in de tussentijd ben ik uit geweest met Bart, wat helemaal niet zo was als het nu klinkt. Misschien moet ik toch maar de eerste stap zetten.

Status: weet ik veel.

16:35 uur

Ik ga hem sms'en. Alleen nog even een goede tekst bedenken.

16:37 uur

In elk geval geen sorry. Niets met sorry. Ik heb geen spijt.

16:38 uur

Hij zou sorry moeten zeggen.

16:40 uur

Oké, ik ben eruit.

Het wordt: Het heeft nu wel lang genoeg geduurd, toch? Wanneer zien we elkaar weer?

16:41 uur

Verstuurd.

16:42 uur

Nog geen antwoord.

16:50 uur

Niets.

17:00 uur

Hallo, mag het misschien íétsje meer zijn? Ik heb de eerste stap gezet, nu is het aan hem.

17:30 uur

Ik hoop dat de reden dat hij niet antwoordt is dat hij een enge, vieze, jeukende ziekte heeft gekregen met veel etterige bulten in zijn gezicht.

ZONDAG 8 MAART

21:00 uur

Hè hè, eindelijk een bericht terug van Lucas. *Ja, oké, maar heb het druk. Vrijdag?*

21:05 uur

Ben eigenlijk boos, maar heb toch maar teruggestuurd dat vrijdag oké is. Status: behandeling heel erg noodzakelijk.

VRIJDAG 13 MAART

8:00 uur

Bijgelovig ben ik niet, maar vandaag is toevallig wel een enorme pestdag. Vanavond zou ik met Lucas gaan eten, maar hij sms't net dat hij niet kan. Of lunch ook oké is. Nee, dat is niet oké. Maar ik heb een bericht teruggestuurd dat dat mij ook beter uitkomt.

8:30 uur

Zie je wel, het is een klotedag. Ik neem alles terug wat ik heb gezegd over Sluijs. Nog geen twee minuten heb ik met hem in de spreekkamer doorgebracht. Nu ben ik met een stapel statussen gevlucht naar de afdeling dermatologie, waar het rustiger is dan bij chirurgie en de stoelen lekkerder zitten, omdat de dermatologen ook hier een privékliniek runnen. En betalende klanten moeten wel lekker kunnen zitten.

Gelukkig is er niemand en kan ik mijn chirurgiepatiënten in alle rust doornemen. Blijkbaar had ik die statussen allemaal uit mijn hoofd moeten kennen. De vorige keer, toen Sluijs in een opperbest humeur was, kende ik ze ook niet uit mijn hoofd, maar vond hij het geen enkel probleem. Maar nu...

Met een gezicht als een donderwolk vroeg Sluijs voor de eerste patiënt er was: 'Jij hebt alle controlepatiënten voorbereid, neem ik aan?'

Ik schudde mijn hoofd. 'Nee. Net als de vorige keer...'

Maar Sluijs onderbrak me direct. 'Als je je niet hebt voorbereid, heb je hier niets te zoeken!'

Operaties voorbereiden, oké. Visiterondes voorbereiden, natuurlijk. Maar álle controlepatiënten voorbereiden... 'Maar de vorige keer...', probeerde ik nog. Sluijs luisterde al niet eens meer.

Met een stapel statussen droop ik af. Ik heb geen zin om in de artsenkamer te gaan zitten, ik verkies de lekkere stoelen van de privékliniek. Tenminste nog íéts leuks in deze pokkenzooi.

12:30 uur

Lunch met Lucas bestond uit een snel weggehapte sandwich en een opsomming van de operaties die hij deze week had gedaan. Geen "sorry voor mijn idiote gedrag", "sorry dat ik niets van me heb laten horen", "sorry dat ik besta", "sorry dat ik zo'n mislukkeling/minkukel/asociaal/egoïst ben". Niets. Alleen maar een verhaal over een acute appendix en de galstenen van een tachtigjarige vrouw. En al helemaal geen "zie ik je snel weer". 'Doei', dat was het enige wat hij zei.

Status: op sterven na dood, als je het mij vraagt.

12:31 uur

Pech voor hem.

12:35 uur

Godver. We hadden het toch best leuk?

18:00 uur

Om de ellende compleet te maken bleek Sluijs' humeur vanmiddag niet verbeterd.

'En wat hebben we hier?' vroeg hij bij de eerste controlepatiënt.

Ik keek naar de bult op de buik van de man. Ik had zijn status gelezen, maar wat deze bult was... Geen idee. Dan maar gokken. Ik haat gokken.

'Dat is een eh... onderhuidse zwelling, een lipoom misschien.'

'Fout!' Sluijs keek me geërgerd aan. 'Uiteraard is dat een kleine littekenbreuk oftewel een hernia cicatricialis. Je hebt toch in de status gelezen dat deze patiënt een laparatomie heeft ondergaan?'

Ik knikte en boog mijn hoofd. Pas toen Sluijs zich omdraaide durfde ik weer op te kijken. Ik ontmoette de blik van de patiënt. Hij trok zijn wenkbrauwen op, duidelijk niet op zijn gemak met de situatie.

'Dan gaan we het nu hebben over het vervolgtraject', zei Sluijs. 'Coassistent, wat denk jij?'

Ik schrok op. Ik voelde mijn wangen rood worden. Dit was niets voor mij. Ik wist altijd het antwoord.

'Eh... Ik stel voor om de patiënt... opnieuw te opereren?'

Ik durfde Sluijs bijna niet aan te kijken. Hij knikte. 'Inderdaad, zo gaan we het doen.'

Ik haalde opgelucht adem. Deze keer kwam ik goed weg. Bij de volgende patiënten lette ik beter op. Het vervelende gevoel over de mislukte lunch met Lucas zette ik resoluut van me af. Carrière boven relatie. Zo redeneert hij ook. Duidelijk.

Tegen de tijd dat de poli erop zat, was Sluijs' humeur aanzienlijk verbeterd.

Ik denk dat het door mij komt. Ik heb niet één vraag fout beantwoord. Zoals het hoort.

MAANDAG 17 MAART

9:00 uur

Nog steeds geen woord van Lucas. Ik heb op het rooster gezien dat hij ook op de poli is, maar de poli is hier best groot en hij loopt mee met Draaisma. Zelf zit ik vandaag bij Zeilstra, die mijn blunder van toen helemaal vergeten lijkt te zijn. Sterker nog, dankzij mijn uitstekende – al zeg ik het zelf – voorbereiding, heb ik vandaag al vier complimenten van hem gehad. En het is pas negen uur.

O, de volgende patiënt komt eraan.

11:00 uur

Eindelijk een sms'je. Van Lucas, denk ik. Zeilstra is nog in de kamer, dus kan telefoon nu niet checken. Doe alsof ik aantekeningen maak van de vorige patiënt. Ah, hij gaat.

11:01 uur

Sms'je is van Bart. *Ha dokter, hoe is het? Wilde even zeggen dat ik het gezellig vond. Als je niet te druk bent met je internationale carrière hoop ik dat je nog eens tijd hebt voor een drankje met deze prut-dokter.*

Wat moet ik hier nou mee? Ik verwijder het maar gewoon.

11:02 uur

Toch wel lullig dat Bart denkt dat ik hem een prut-dokter vind. Ambitieus is anders, maar hij wordt vast best een goede dokter.

11:03 uur

Misschien moet ik hem dat antwoorden. O nee, dat kan niet, want ik heb zijn nummer niet meer.

11:05 uur

Hoe komt hij trouwens aan míjn nummer? Heb ik hem dat gegeven?

11:07 uur

Ik herinner me ineens de lijst met nummers, die we altijd aan het begin van het collegejaar krijgen. Daar staat mijn nummer op. En dat van hem ook. Misschien moet ik het opzoeken en hem laten weten dat ik hem geen prut-dokter vind.

11:10 uur

Laat ook maar.

VRIJDAG 20 MAART

19:30 uur

Met pijn in mijn hart afscheid genomen van chirurgie. Maar ik kom hier terug. Op een dag is de OK van mij.

Maandag psychiatrie. Het zal mij benieuwen.

MAANDAG 23 MAART

21:00 uur

Oké, dit is dus niets voor mij. Ik heb net een halfuur onder de douche gestaan, maar het vreemde gevoel blijft. Ik voel me... vies, of zo.

Bloed dat alle kanten op spuit, kots tot op het plafond, rondslingerende ledematen – ik raak niet zo snel van slag. Oké, dat laatste heb ik niet meegemaakt, maar zo erg als één dag psychiatrie kan het niet zijn.

Het begon vanochtend al zodra we de afdeling op kwamen. Gewapend met een toegangspas – of meer: een exitpas – en een pieper voor alarmsituaties liep ik achter arts-assistent Jonathan aan de gesloten afdeling op. De normale geluiden van een ziekenhuis – piepjes van apparaten, rollende karretjes en het gekraak van verpleegstersschoenen op het linoleum – blijken hier vervangen te zijn door zingen, gillen en mompelen. Heel veel mompelen.

Vanaf het moment dat de deur achter ons in het slot viel, had ik een onbehaaglijk gevoel. De patiënten liepen hun kamers in en uit en bekeken mij met nauwelijks verholen achterdocht.

'De meeste mensen hier lijden aan psychoses of schizofrenie', vertelde de psychiater in opleiding. 'We behandelen ze met therapie en medicijnen, maar een leven buiten de muren van deze afdeling is voor hen op dit moment niet mogelijk.'

'Op dit moment?' vroeg ik. Het leek mij beter als deze mensen überhaupt nooit buiten zouden komen.

Jonathan knikte. 'Voor sommigen geldt dat ze perspectief hebben op een relatief normaal leven, meestal in een begeleide woongroep. Maar er zijn er ook bij van wie we nu al weten dat ze waarschijnlijk nooit buiten de gesloten afdeling kunnen leven.'

Ik keek om me heen. De meeste patiënten kon ik op geen enkele activiteit betrappen. Ze hingen in de huiskamer voor de televisie of zaten maar een beetje voor zich uit te staren.

'Hebben ze daar vrede mee?' vroeg ik aan Jonathan.

'Niet allemaal. Sommigen zijn heel boos dat de rechter keer op keer hun RM verlengt.'

'RM?'

'Rechterlijke machtiging.'

'O ja.' Dat had ik gisteravond nog zitten leren, maar mijn hersenen weigerden dienst door de vreemde omgeving. Daarin was ik in elk geval niet de enige.

'Koffie?' vroeg Jonathan. Hij ging een kamer binnen. Ik volgde hem, hopend op een veilige haven zonder patiënten.

'Lekker.'

'Dokter! Dokter!'

Een magere vrouw van rond de veertig kwam binnen. Haar vettige haar hing in plukken om haar gezicht.

Jonathan, die mijn blik zag, zei: 'Patiënten lopen hier ook gewoon binnen. Dat doen we om vertrouwen tussen arts en patiënt te creëren. Er is heel veel wantrouwen van de patiënten naar de medische staf toe en dat helpt niet bij de behandeling.'

'Dokter.'

'Wat is er, Liesbeth?'

Liesbeth had haar blik echter op mij gericht. 'Ik ga bevallen', zei ze. 'Nu.'

Ik keek naar Jonathan, maar hij was druk bezig koffie te zetten. Blijkbaar zette hij nooit koffie of vonden de patiënten het leuk om dingen te verplaatsen, want hij opende zo'n beetje elk kastje op zoek naar de koffiepads.

'O ja?' vroeg ik dus maar aan Liesbeth, hopend dat dat geen kwaad kon. Ze zag er niet zwanger uit

'Ik ga bevallen van vierenzestig groene baby's.'

Opnieuw zocht ik hulp bij Jonathan. Nu keek hij wel om. 'Liesbeth bevalt elke dag van groene baby's', zei hij tegen mij. 'De ene dag van dertig of vijftig, en dan weer van vierenzestig.'

Liesbeth leek hem niet te horen. Uiteindelijk draaide ze zich om en liep weg.

Jonathan zette een dampende beker voor mijn neus en schoof een schaaltje met suiker- en melksticks mijn kant op. 'Veel patiënten zitten hier in patronen, zoals Liesbeth. Elke dag zegt ze hetzelfde en ze gelooft er ook echt in. Soms ligt ze in bed met haar kleren uit en haar benen opgetrokken, alsof ze echt aan het bevallen is.'

'Wat is haar diagnose?' vroeg ik, roerend in de koffie.

'Psychoses. In combinatie met een verstandelijke beperking. Ze heeft altijd begeleid gewoond, maar is op een of andere manier ontspoord. Hoe het komt weten we niet. Het enige wat we kunnen doen is haar hier met medicatie behandelen en haar een zo normaal mogelijk leven gunnen.'

Ik slaakte een zucht. 'Uitzichtloos.'

'Vind je?' vroeg Jonathan. 'De grootste fout is dat buitenstaanders vanuit zichzelf redeneren. Jij zou er niet aan moeten denken om, zoals Liesbeth, hier te leven. Maar voor haar is het goed.'

Zo gelukkig zag ze er anders niet uit, dacht ik, maar dat zei ik maar niet.

'Er zijn ook mensen die we al een paar keer naar huis hebben gestuurd, maar die niet weg willen', vervolgde Jonathan. 'Trudy, bijvoorbeeld. Als je haar het nieuws laat kijken, denkt ze dat alles over haar gaat.'

'Betrekkingswanen', zei ik. Met enige tegenzin had ik me ingelezen voor dit coschap. Ik kon niet helemaal verbergen dat ik heel veel van wat bij psychiatrie hoort eigenlijk maar gezweef vind. Ik heb inmiddels wel geleerd dat er talloze ziektes zijn die het gedrag van de patiënten kunnen verklaren, maar dat heeft mijn mening over het gezweef eigenlijk niet echt veranderd.

'Precies.' Jonathan strooide suiker in zijn koffie en knikte. 'Op de afdeling voelt ze zich veilig, want hier kan haar niets gebeuren. Maar thuis is het vreselijk. Ze ziet overal niet-bestaande camera's die haar volgen. Ze denkt voortdurend dat haar man vreemdgaat, omdat hij afstandelijk tegen haar doet. Maar ja, iedereen zou zich anders opstellen tegenover iemand die alleen nog maar wantrouwig je zakken en telefoon doorspit, toch?'

Ik knikte. 'Kan ze ooit nog terug naar huis?'

Jonathan haalde zijn schouders op. 'Op haar goede dagen denk ik van wel, maar als ze een slechte dag heeft, lijkt het erop dat dat nog ver weg is. Binnenkort gaat ze naar de open afdeling, als tussenfase.'

Vanaf de gang klonk ineens een hoog en hard gejammer. Ik keek Jonathan verschrikt aan. 'Wat is dát?'

'Liesbeth', antwoordde hij berustend.

'Kan één vrouw dit geluid maken?' vroeg ik ongelovig. Het was alsof er een kolonie krolse katten was binnengelaten.

'O ja, en dit is nog niets. Met een beetje geluk gaat zo meteen de rest meedoen. Wat dat betreft steken ze elkaar nog wel eens aan.'

Hij was nog niet uitgesproken of het gejammer zwol aan in alle toonsoorten en sterktes. Ik kon Jonathan nauwelijks nog verstaan.

Hij stond op en pakte zijn koffie. 'We praten boven wel even verder.'

Opgelucht volgde ik hem naar zijn kamer. De automatische deur viel achter ons in het slot, wat meteen de helft van het gejammer scheelde.

Eenmaal op Jonathans kamer was het stil. Jonathan ging tegenover me zitten en keek me aan. 'Ambities in de psychiatrische richting?' informeerde hij.

'Absoluut niet', zei ik iets te hartgrondig.

Hij trok zijn wenkbrauwen op. 'Waarom niet?'

'Mij te ongrijpbaar. Ik heb meer met dingen die ik met operaties kan genezen.'

'Ah, je wil chirurg worden.'

Ik knikte. 'Zeker weten. Ik zie patiënten graag onder narcose.'

Het was bedoeld als grapje, maar eigenlijk was het gewoon waar.

Jonathan knikte. 'Probeer hier toch iets op te steken, Femke. Geneeskunde bestaat niet alleen uit scalpels en hechtdraad. En niet alles is op te lossen met operaties. Lichaam en geest samen, die bepalen de mens.'

'Ben ik de enige co hier?' veranderde ik van onderwerp.

Jonathan schudde zijn hoofd. 'Morgen krijgen we er nog eentje. Een zekere Bart. Bart de Wildt.'

Ik hoopte dat hij een grapje maakte. Daar zit ik dus echt niet op te wachten. Ik heb Barts sms niet beantwoord en dat is niet voor niks.

'Ken je hem?' vroeg Jonathan.

Ik knikte maar. 'Vaag, van college.'

Hopelijk kan ik Bart een beetje ontlopen. Ik weet niet wat hij van me wil, maar het is hoe dan ook niet wederzijds. Ten eerste heb ik Lucas en ten tweede is Bart een zacht ei waar ik nooit op zou kunnen vallen.

Jonathan keek me aan. 'Over dit coschap. Je loopt de komende zes weken met mij mee op deze afdeling. Er is een groepje vaste patiënten, en soms gaat er eentje af of komt er eentje bij. Dan schrijf je de ontslagbrief of doe je de opname. Voor de bestaande patiënten geldt dat we hun behandelplan volgen en waar nodig aanpassen. Van sommigen loopt de inbewaringstelling, de IBS, af. Dan adviseert de psychiater de rechter of die IBS moet worden verlengd, met ander woorden: of de patiënt langer moet blijven. De psychiater brengt dat advies uit op basis van wat wij zeggen.'

Wij. Op dag één waren de arts-assistent en ik al "wij" en "wij" zeiden zelfs dingen. Bij chirurgie was ik nooit "wij" geworden met welke assistent dan ook. En dat beviel me wel. Assistenten en specialisten staan boven co's, je status moet je verdienen. Dat is hoe het werkt. Daarmee houd je mensen scherp en dwing je ze om keihard te blijven werken.

Maar goed, ik moet hier nu eenmaal acht weken blijven, waarvan twee op de jeugdafdeling, en dus kan ik me misschien maar beter niet al te impopulair maken door zulke gedachten hardop uit te spreken.

'Oké', zei ik dus met al het enthousiasme dat ik kon opbrengen. 'Ik ben benieuwd.'

Zodra ik de deur uitliep, sms'te ik Lucas dat ik terug wilde naar chirurgie.

Hij gaf geen antwoord.

22:15 uur

Zowaar antwoord van Lucas op mijn sms. *Sterkte. Kom van de week bij me uithuilen.*

Een uitnodiging. Dat is een tijd geleden. De laatste tijd denk ik wel eens dat onze relatie eigenlijk klinisch dood is, maar met dit sms'je haalt Lucas ons van de IC af.

DONDERDAG 26 MAART

15:00 uur

Bart has arrived... Dinsdagochtend kwam hij net na me binnen en begroette me alsof we oude vrienden waren. Niets over het onbeantwoorde sms'je, even aardig als altijd. Sommige mensen hebben of een bord voor hun kop of geen gevoel voor eigenwaarde. In Barts plaats zou ik flink pissig zijn.

Al voor de middag zaten we samen in de koffiekamer. Jonathan vond het beter als we tussen de patiënten zouden zitten en had ons met een stapel statussen naar de afdeling gedirigeerd.

Liesbeth liep weer binnen, negeerde mij en richtte zich tot Bart.

'Ik ga bevallen', zei ze. 'Van dertig groene baby's.'

Bart keek haar aan. Ik zag zijn blik naar haar buik schieten en weer terug naar haar bleke gezicht. 'Dat is niet niks', zei hij uiteindelijk.

Liesbeth draaide zich om en verdween weer. Op de gang begon ze te jammeren, maar gelukkig hield ze na een paar seconden op.

'Dat is Liesbeth', zei ik tegen Bart.

Hij haalde zijn hand over zijn gemillimeterde haar. 'Hier heb ik haar status. Liesbeth de Vries, vijfenveertig jaar.' Hij las even. 'Al twintig jaar in therapie, uiteindelijk zes jaar geleden op de gesloten afdeling geplaatst.' Hij las verder. 'Hm. Wel een heftig verhaal. Ze heeft al vijf zelfmoordpogingen gedaan.'

'Zie je, daar geloof ik dus niet in', zei ik. 'Als iemand dood wil, lukt dat heus wel.'

Bart keek me aan. Voor het eerst viel het me op dat hij een groen vlekje in zijn verder blauwe linkeroog had.

'Natuurlijk is dat zo, maar een zelfmoordpoging is negen van de tien keer een schreeuw om aandacht, geen echte doodswens. Daar is bij de colleges psychiatrie uitbreid aandacht aan besteed, toch?'

Vast, maar die colleges staan me niet meer zo helder voor de geest.

'Weet je,' zei ik, terwijl ik de status van een zekere Samuel Bernardi van me afschoof, waarin vooral heel veel meldingen stonden van ruzies op de afdeling waar hij bij betrokken was, 'dit is gewoon mijn vakgebied niet. Bij heel veel patiënten denk ik: doe nou maar even normaal.' Ik stak verdedigend mijn handen omhoog. 'Ik weet het, deze mensen hebben ziektes en daar kunnen ze ook niets aan doen. Maar toch.'

Bart knikte. 'Ik begrijp wat je bedoelt. Maar echt, als je je erin verdiept is psychiatrie volgens mij toch een heel boeiend vakgebied. Juist omdat het zo ongrijpbaar is.'

Ongrijpbaar. Precies wat ik bedoelde.

'Probeer het gewoon', zei Bart. 'Je kunt er veel van opsteken, ook voor je latere carrière als chirurg. Je zult immers dan allerlei patiënten tegenkomen, ook psychiatrische.'

'Ik hoop dat als ze bij mij komen, dat ze flink worden platgespoten om ze rustig te houden.'

Bart grinnikte. 'Jij bent echt erg. Probeer nou eens met die mensen te praten. Ik weet zeker dat je dan anders over ze gaat denken. Je trekt je conclusies voor je één patiënt hebt gesproken.'

Ik knikte, maar meende er niets van.

En in de tussentijd heb ik van Lucas, na het uithuil-sms'je, niets meer gehoord. Hij zal het wel druk hebben op interne. Als iemand dat begrijpt ben ik het. Ik bel hem dus niet. Dat claimgedrag, daar houden we niet van.

Bah, nu begin ik ook al te wij'en.

DINSDAG 31 MAART

Vandaag een dagje meegedraaid op de crisisdienst. En wat voor een dag. In eerste instantie had ik me erop verheugd een dag niet op de gesloten afdeling te hoeven doorbrengen. Maar eenmaal op weg met Janine, de psychiatrisch verpleegkundige, bleek al snel dat dit geen relaxed dagje zou worden.

Nog voor de lunch belden we aan bij een normale doorzonwoning met een grote ooievaar in de tuin.

'Deze mevrouw heeft vier weken geleden een dochtertje gekregen', had Janine in de auto verteld. 'Daarvoor was ze niet bekend met psychische problemen, maar sinds de komst van het kind heeft ze depressieve buien.'

'Ineens?' vroeg ik.

'Ja, eigenlijk wel. Ze is na twee weken naar de huisarts gegaan, die haar weg heeft gestuurd met de mededeling dat iedere jonge moeder moet wennen en dat niemand alleen maar op een roze wolk zit.'

Ik knikte. Precies wat ik net dacht.

'Maar,' ging Janine verder, 'in het geval van deze mevrouw had de huisarts het beter serieus kunnen nemen. Vorige week belde de vrouw in paniek naar de doktersdienst omdat ze niet wist wat ze met haar huilende kind aan moest en ze bang was dat ze het meisje iets aan zou doen. Ze hebben het telefoontje naar ons doorgezet en uiteindelijk hebben we haar weten te kalmeren. Ze gaf aan de afgelopen weken vaker last te hebben gehad van dit soort buien. Psychotische episodes, zei ze.'

'O, dat wist ze zelf al?' vroeg ik enigszins sarcastisch. Iemand die haar eigen diagnose kon stellen, was er misschien niet zo heel ernstig aan toe.

'Haar moeder is ermee bekend', zei Janine scherp. 'Ze weet heel goed wat een psychose inhoudt.'

Ik zei maar niets.

'Vandaag was ze echter telefonisch totaal niet te kalmeren', ging Janine door. 'Daarom gaan we nu naar haar toe. Haar zus is ook onderweg.'

'Maar wat is er dan aan de hand?' vroeg ik.

'Ze heeft opnieuw in paniek gebeld, deze keer omdat ze in de keuken stond met een mes in haar hand, terwijl haar dochter in de kamer in de box lag. Het enige wat ze kon denken was: ik ga mijn kind iets aandoen. Ze heeft ook al heel vaak gedacht: wat gebeurt er als ik mijn kind doodmaak?'

'Met alle respect,' zei ik, 'maar die gedachten hebben is nog iets anders dan ze daadwerkelijk uitvoeren, nietwaar?'

Janine knikte. 'Daar heb je gelijk in, maar wij zijn er niet alleen om te voorkomen dat ze haar kind iets aandoet, maar ook om haar te helpen met de ideeën die ze niet wil hebben. Ze vreest, denk ik, niet zozeer dat ze haar ideeën echt zal uitvoeren, maar vooral het feit dat ze ze überhaupt heeft.'

Ik knikte langzaam. Zo had ik het nog niet bekeken. Maar als er dan geen acute dreiging was, waarom moesten wij dan naar haar toe rijden. Kon ze in dat geval niet zelf naar de huisarts of psychiatrische kliniek komen?

Janine trok haar wenkbrauwen op toen ik dat hardop zei. 'We hebben het hier over iemand die geestelijk volledig in de war is. Jij lijkt er allemaal nogal makkelijk over te denken, maar niet alleen mensen met een slagaderlijke bloeding of een hartinfarct hebben acute hulp nodig. Dus het antwoord is nee, je kunt haar niet vragen nu ergens heen te gaan en daar met iemand te praten. Dat zou juist de druppel kunnen zijn voor haar.'

Een beetje beledigd hield ik mijn mond. Janine deed alsof ik er allemaal niets van begreep, alleen maar omdat ik niet braaf zat te knikken bij haar, in mijn ogen, nogal softe aanpak. Er was blijkbaar geen ruimte voor discussie binnen het beleid.

'Wat is je plan met haar?' vroeg ik, om Janine weer een beetje gunstig gestemd te krijgen.

'Dat laat ik van de situatie afhangen. Zelf wil ze heel graag weg thuis, naar een open of gesloten afdeling. Maar dat doe ik pas als het echt niet anders kan.'

Toen we aanbelden zwaaide de deur vrijwel direct open. Een jonge vrouw deed open met een nogal angstige blik in haar ogen.

'Simone?' vroeg Janine.

De vrouw schudde haar hoofd. 'Nee, ik ben Eline. Simone is mijn zus. Kom snel, het gaat helemaal niet goed met haar.'

'Waar is de baby?' vroeg ik toen we naar binnen liepen. Bij Janine leek het alleen maar om de belangen van de moeder te draaien, maar mij leek het niet onbelangrijk dat het kind hier veilig uitkwam.

Eline maakte een handgebaar in de richting van de voordeur.

'Ik heb haar even naar de buurvrouw gebracht, hopend dat Simone daardoor zou kalmeren. Maar misschien heb ik het alleen maar erger gemaakt.'

Janine gaf geen antwoord.

We waren inmiddels in de kamer aangekomen en keken naar de vrouw die langs de schuifpui ijsbeerde.

'Simone', zei Janine op neutrale toon. 'Kom even zitten.'

Eline pakte de arm van haar zus vast. 'Simoon, toe, luister naar deze mevrouw. Ze is hier om jou te helpen. Je hoeft niet meer bang te zijn.'

Simone liet zich naar de bank dirigeren en zakte neer. Janine ging naast haar zitten. Ik bleef staan.

'Wat is er aan de hand?' vroeg Janine.

Simone keek verwilderd om zich heen.

'Ik kon alleen maar denken aan hoe ik haar dood zou maken!' riep ze paniekerig uit. 'Mijn eigen kind! Ik wilde haar vermoorden. Hoe kan ik dat nou doen?'

'Je hebt het niet gedaan', zei Janine rustig. 'Je hebt het wel gedacht, maar niet gedaan.'

Zo ging het nog een halfuur door, tot Simone uiteindelijk wat rustiger werd. Ondertussen stond ik onopvallend op mijn horloge te kijken. Bij "crisisdienst" had ik me zoiets voorgesteld als boven op een flatgebouw inpraten op iemand die al half over de reling hing.

Simone wilde dolgraag opgenomen worden, maar daar dacht Janine anders over. Ze beloofde haar een spoedafspraak bij de psychiater, die haar zou kunnen helpen, en daarmee zou ze het moeten redden. Uiteindelijk ging Simone akkoord.

Toen we weer in de auto zaten, voelde ik me gedwongen iets te zeggen. 'Waarom kan ze niet worden opgenomen?'

Janine zette de ruitenwissers aan, omdat het was gaan motregenen, en samen keken we naar het gestage zwiepen ervan. Uiteindelijk gaf ze antwoord. 'Als we iedereen moeten opnemen die dat wil of die maar enigszins met zichzelf in de knoop zit, zouden we er heel wat psychiatrische centra bij moeten bouwen. In dit vak komt het erop neer dat je door met mensen te praten en op ze in te praten ervoor zorgt dat ze uiteindelijk zelf weer genoeg vertrouwen krijgen om buiten een instelling te blijven en zichzelf toch te redden. Ambulante therapie, eventueel in een groep, moet dan voldoende zijn.'

Praten, praten, praten. Ik word er doodmoe van. Welke dokter praat er nou de hele dag? Handelen, dat zou een arts moeten doen. Als ik morgen onder een vrachtwagen terecht zou komen en allebei mijn armen zou moeten missen, zou ik mijn droom om chirurg te worden op mijn buik kunnen schrijven. En dat geldt ook voor een internist, oogarts, huisarts, kinderarts, gynaecoloog – voor alle specialismen eigenlijk. Maar niet voor de psychiatrie. Nee hoor, ik zou met het grootste gemak psychiater kunnen worden, zo lang mijn mond het nog maar doet en ik in staat ben uren per dag op een stoel te zitten.

Ik zou gillend gek worden.

April

DONDERDAG 2 APRIL

12:30 uur

Net enorme opstoot op de afdeling. Vandaag beslist de rechter over de RM van Samuel Bernardi, een van oorsprong Italiaan die hier al maanden zit. Omdat dit de gesloten afdeling is, komt de rechter naar ons toe. Samuel weet na de vorige twee verlengingen wat er staat te gebeuren, en hij piekert er niet over straks bij de rechter aan te treden. Om zijn weigering nog wat kracht bij te zetten, vloog hij maar even zijn medepatiënt Richard aan. Tot zover geen nieuws, want Richard en Samuel zitten elkaar zo vaak in de haren. Zoals altijd sprongen ook nu twee potige verplegers tussenbeide. Even leek het erop dat die de mannen met gemak uit elkaar konden halen, maar toen krabbelde Samuel op en begon op Jos, een van de verplegers, in te slaan. Het duurde een paar minuten voor er een nieuwe verpleger was opgetrommeld die Samuel tegen de grond werkte.

Meteen zag ik een mooie taak voor mezelf weggelegd. Terwijl Jonathan sommeerde Samuel in de isoleercel te zetten, holde ik naar de koffiekamer om de EHBO-trommel te pakken. Jos, bepaald geen watje, lag kermend op de grond. Er stroomde bloed uit zijn neus en uit een wond boven zijn wenkbrauw. Ik klapte de EHBO-trommel open. Eigenlijk voelde het best goed om weer bezig te zijn met gaasjes, watten en verband in plaats van met gillende patiënten en groene baby's. Bloeding, gaasje erop, bloeding stopt. Meteen effect na een behandeling.

De echte geneeskunde, als je het mij vraagt.

19:00 uur

Nadat een collega met Jos naar de eerste hulp was gegaan – iets waarvoor ik me als vrijwilliger had aangeboden, maar Jonathan vond dat ik bij de rechtszitting moest zijn – arriveerde de rechter, die door dokter Moll, de psychiater, op de hoogte werd gebracht van wat er was gebeurd.

De koffiekamer werd omgebouwd tot geïmproviseerde rechtszaal met twee stoelen aan de ene en drie aan de andere kant van de tafel. Er stonden nog drie stoelen tegen de wand, die waren voor Jonathan, Bart en mij.

'Misschien kan de rechter hem meteen veroordelen voor geweldpleging', had ik als grapje opgemerkt, maar daar was Jonathan niet op ingegaan. Sowieso viel het me op dat hij een voorkeur leek te hebben voor Bart. Twee dagen geleden koos hij Bart uit om bij de intake van een oud-tbs'er aanwezig te zijn, die wegens waanbeelden werd opgenomen. Zo'n beetje de enige casus die ik interessant vond, en ik was er niet eens bij!

De rechter kwam binnen in een nette broek en een overhemd en niet, zoals ik om een of andere reden had verwacht, in een toga. Hij had zijn griffier bij zich.

Twee verplegers brachten Samuel binnen, die nog steeds een agressieve blik in zijn ogen had.

'Ga zitten', zei de rechter vriendelijk. Achter Samuel aan betrad ook zijn advocaat de kamer, een mannetje met een spits gezicht en flaporen.

De rechter verklaarde de zitting geopend en direct begon Samuel te schreeuwen.

'Jij!' riep hij, met zijn vinger in de richting van dokter Moll priemend. Hij sprong op. 'Jou krijg ik nog wel!'

Dokter Moll keek onverstoorbaar terug. 'Samuel,' zei hij uiteindelijk op zachte toon, 'ga zitten.'

Jonathan had me eerder die middag uitgelegd dat veel patiënten sowieso boos zijn dat hun RM waarschijnlijk wordt verlengd, maar dat ze zich ook in de steek gelaten voelen door hun psychiater. De hele tijd is de dokter bezig hun vertrouwen te winnen en te laten merken dat hij aan hun kant staat, maar als de rechter komt lijkt hij ineens tegen hen te zijn en adviseert hij om de patiënt opgesloten te laten. Iets wat ik op zich nog wel kan begrijpen. Alsof een chirurg de hele tijd probeert zijn patiënt te overtuigen van het nut van opereren en pas op de OK de nadelen ervan meedeelt.

Samuel liet zich op zijn stoel vallen. Het plastic ding kraakte vervaarlijk.

Dokter Moll bracht, zoals verwacht, het advies uit om Samuel veilig op de gesloten afdeling te laten, waarna de rechter uitsprak dat hij dat advies opvolgde en de RM met drie maanden verlengde.

Samuel sprong opnieuw overeind. Hij schopte tegen de deur en daarna tegen het gewapende glas dat ernaast zat. Twee, drie, vier keer. Met een grote knal en een oorverdovend gerinkel brak de ruit in duizend stukken.

Jonathan kwam overeind. 'Terug naar de isoleercel', beval hij. De twee verplegers grepen de schoppende en om zich heen slaande Samuel in de houdgreep en voerden hem af. Het muizige advocaatje maakte een aantekening op zijn schrijfblok.

'Femke,' zei Jonathan, 'blijf bij het glas staan terwijl ik iemand bel om het op te ruimen.'

Ik trok mijn wenkbrauwen op en keek hem aan.

'Anders is het weg voor jij met je ogen hebt geknipperd,' verklaarde hij, 'en zitten we hier de komende weken met een overschot aan krassen en sneeën.'

Ik nam mijn plek in bij de berg scherven. De rechter keek er met één opgetrokken wenkbrauw naar toen hij voorbij liep.

Hij had in elk geval de juiste beslissing genomen.

De patiënten probeerden de hele tijd dichterbij te komen. De stukjes glas hadden een onweerstaanbare aantrekkingskracht.

Ik kijk naar het gebroken raam. Ik heb geen seconde de neiging om mezelf eens even lekker te gaan bewerken met de scherven.

Misschien is dat het probleem met psychiatrie. Je moet je inleven in de patiënt en hem of haar proberen te begrijpen, voordat je er iets aan kunt doen. Ik wil me niet inleven, ik wil gewoon bij die kwaal die en die oplossing toepassen. Ik hoef me toch ook niet in te leven in iemand met een liesbreuk, om die liesbreuk te kunnen genezen?

Ik heb gewoon niet zo'n groot inlevingsvermogen.

VRIJDAG 3 APRIL

10:00 uur

Ik heb Lucas maar weer ge-sms't, want ik hoor niets van hem. Ik wil hem eigenlijk bellen, maar heb nauwelijks tijd. En hij waarschijnlijk ook niet. Ik heb hem nu al drie weken niet meer gezien. Status: kan wel een beetje meer allemaal.

15:00 uur

Jonathan heeft iets nieuws bedacht. Hij wil dat Bart en ik samen een opname doen en allebei met een rapport komen. Geen idee waarom.

Toevallig diende de case zich vrijwel direct aan. Met veel bombarie was een man van de straat gehaald die niet alleen bezig was zichzelf, maar ook zijn kinderen in gevaar te brengen.

'Achtendertig jaar, twee kinderen die bij de aanhouding aanwezig waren', had Jonathan verteld. 'De kinderen zijn rond de vijf en zeven jaar. De patiënt is met zijn auto gaan rijden en heeft iemand aangeklampt die hem naar het ziekenhuis moest brengen, omdat hij claimde een hartaanval te hebben gekregen. Die man weigerde, waarop de patiënt uitermate agressief reageerde en hem aanvloog. Vervolgens is de politie gebeld, die hem wilde inrekenen, maar ook daarop reageerde hij agressief.'

'En de kinderen?' vroeg Bart.

'Die zaten al die tijd achter in de auto.'

Ik schudde mijn hoofd. Welke debiel deed nou zoiets?

'Hij wilde niet mee', ging Jonathan verder. 'Hij is in zijn auto gaan zitten met alle deuren op slot en weigerde naar buiten te komen.'

'Dus hebben ze hem met geweld uit die auto gesleept?' gokte ik.

Jonathan schudde zijn hoofd. 'Niet met de kinderen op de achterbank. Je moet niet vergeten dat de man de motor had kunnen starten en weg had kunnen rijden. Daarom is geprobeerd hem over te halen naar buiten te komen, maar hij bleef maar agressief naar de politie toe.'

'En toen?' vroeg Bart, die druk aantekeningen maakte. Ik schreef af en toe een steekwoord op. Zo moeilijk was deze case niet. Duidelijk een geval van gedragsproblematiek. Waarschijnlijk stond deze man in zijn omgeving sowieso bekend als agressief en zou hij baat hebben bij een cursus waarop hij leerde zijn woede te beheersen.

'Uiteindelijk is er een ambulance gebeld', zei Jonathan. 'De politie had de hoop dat de man gunstiger gestemd zou raken als hij het gevoel kreeg dat de hulpverleners hem echt wilden helpen en niet wilden inrekenen. Maar hij weigerde in de eerste ambulance te stappen, omdat die volgens hem met straling vergiftigd was.'

Aha, dus niet alleen agressie. Ik noteerde "waanideeën" op mijn schrijfblok.

'Is er een tweede ambulance gebeld?' vroeg Bart.

Jonathan knikte. 'In eerste instantie wilde de politie er niet aan, maar om de veiligheid van de kinderen te garanderen is er uiteindelijk toch maar een tweede gekomen. Toen is onze patiënt zonder problemen uit zijn auto gekomen en in de ambulance gestapt. En nu zijn ze hier over vijf minuten.'

Bart tikte met zijn pen tegen zijn schrijfblok. 'Is hij nog steeds agressief?'

'Nee, sinds hij in de ambulance zit is hij volkomen rustig. Ze wilden hem iets kalmerends geven, maar dat bleek niet eens meer nodig.'

'Psychose voorbij', zei ik hardop, terwijl ik de woorden noteerde.

Jonathan keek me aan. 'Trek je conclusies pas nadat je de patiënt hebt gezien, Femke.'

Ik knikte. 'Uiteraard. Maar volgens mij kan het geen kwaad om nu alvast vermoedens op te schrijven.'

'Zolang je open staat voor alles, is dat geen probleem', zei Jonathan. 'In de psychiatrie is niet alles wat het lijkt. Je moet ondanks je vermoedens het vermogen hebben de zaak van een heel andere kant te bekijken. Desnoods alles wat je tot dan toe hebt bedacht in de prullenbak gooien en helemaal opnieuw beginnen. Houd daar rekening mee.'

Het leek me niet meer dan een standaard ik-ga-mijn-co's-nu-iets-lerenpraatje en dus knikte ik braaf. 'Natuurlijk. Waar kunnen we de patiënt verwachten?'

Bart en ik installeerden ons in een van de spreekkamers. Lang hoefden we niet te wachten. Twee ambulancemedewerkers brachten een man binnen, die op het eerste gezicht zó de buurman had kunnen zijn. Hij leek een volkomen normale vent van eind dertig, behalve dan dat hij gebogen liep als een oud mannetje.

'Ga zitten', zei Bart vriendelijk. 'Ik ben Bart de Wildt en dit is mijn collega Femke van Wetering. Wij zijn coassistenten. Als u ermee akkoord gaat, doen wij de opname en overleggen we daarna met de arts-assistent, die mogelijk zelf nog wat vragen wil stellen.'

De man knikte timide. 'Oké.'

'Goed. Wilt u misschien iets drinken?'

Onze patiënt schudde zijn hoofd. Bij nader inzien viel het me op dat er wel degelijk iets raars in zijn blik was. Hij leek zich voortdurend te verbazen. Over ons, over de plek waar hij terecht was gekomen, over wat er allemaal was gebeurd.

Bart ging zitten en keek de patiënt aan. 'Wil je ons je naam vertellen?'

Hij was de patiënt gaan tutoyeren, viel me op. Dat kon helpen om vertrouwen te kweken. In dit geval had ik hetzelfde gedaan, als Bart niet het initiatief had genomen.

'Siem de Waal.'

'Siem, hoe voel je je nu?'

Ik zuchtte onopvallend. Was dit het tempo waarin we deze opname zouden doen? Dan zaten we hier morgenmiddag nog. Siem gaf nauwelijks antwoord op Barts vragen. Hij knikte en mompelde: 'Het gaat.'

Ik nam het heft maar in handen. Even het tempo opvoeren. Er was nog meer te doen vandaag.

'Goed, Siem', zei ik. 'Kun je ons vertellen waarom je vandaag in de auto stapte?'

Ik negeerde Barts hintende blik. Natuurlijk wilde hij voor een softe aanpak kiezen, waarbij we eerst nog een halfuur over koetjes en kalfjes zouden praten.

'Ik dacht dat ik een hartaanval kreeg', zei Siem. 'Maar eigenlijk komt het allemaal door mijn rug. Ik heb zo'n pijn aan mijn rug. En dat komt dan weer door de stralen.'

Ik trok mijn wenkbrauwen op. 'De stralen?'

'Ja. Er staat een zendmast bij mijn huis die straling veroorzaakt. Ik ben er ziek door geworden, maar niemand wil me geloven. Ik heb alles geprobeerd om die zendmast weg te krijgen, maar niets heeft geholpen.'

'Wat heb je geprobeerd?' vroeg Bart. Het leek mij een tamelijk overbodige vraag. Voor de diagnose maakte het toch niets uit?

'O, echt alles', antwoordde Siem. Hij ging wat meer rechtop zitten en slaakte een kreet. 'Sorry, maar deze stoelen zijn echt funest voor mijn rug.'

Even vreesde ik dat Bart een van de fauteuils uit Molls kamer ging halen, maar toen knikte hij. 'Ik begrijp het, maar je zult echt even moeten blijven zitten. We proberen dit zo snel mogelijk af te handelen.'

Siem knikte.

'Wat heb je geprobeerd?' herhaalde Bart zijn vraag.

'Ik heb talloze keren de gemeente gebeld, ik heb mijn buren om handtekeningen gevraagd, ik heb stapels bewijs laten opsturen naar de betreffende ambtenaar, maar elke keer kreeg ik te horen dat ze de zaak weliswaar in behandeling hadden genomen, maar dat er vooralsnog geen enkele reden was om iets aan die mast te doen. Terwijl ik steeds meer rugpijn kreeg. Toen las ik dat ook mobiele telefoons en magnetrons straling uitzenden. Ik heb mijn mobiel en die van mijn vrouw weggedaan en de magnetron met folie ingepakt, maar de pijn bleef.'

Ik maakte wat aantekeningen en fronste. Jonathan had gelijk, je moet openstaan voor andere suggesties dan je krijgt bij de eerste indruk. Ik vond dat Siem redelijk normaal overkwam, maar moest mijn mening honderdtachtig graden bijdraaien. Hij was zo gek als een deur.

'Ik ben moe. Kunnen we later verder gaan?' vroeg Siem na een uur.

Bart knikte. 'Natuurlijk. We overleggen met de psychiater in opleiding en dan komen we terug. Daarna kun je naar je kamer.'

'Niet naar huis?'

'Nee, even niet. Het lijkt ons beter dat je bij ons blijft.'

De man protesteerde niet. Bart riep een verpleger die hij bij de patiënt neerzette. Daarna liepen we de gang op, richting Jonathans kamer.

'Nou, dat lijkt me duidelijk', zei ik.

Bart keek opzij. 'O ja?'

'Ja, natuurlijk. Hij heeft waanbeelden, die resulteren in psychoses. Ik zou zeggen: therapie en antipsychotica.'

'Sommige mensen worden echt ziek van straling', zei Bart.

Ik zuchtte. 'Je gelooft dat toch niet? Het is nooit wetenschappelijk aangetoond.'

Bart gaf geen antwoord, maar ik kon wel raden wat hij dacht.

'Ik zou toch voorstellen zijn rug te laten onderzoeken', zei Bart. 'Of het nu komt door die straling of niet, hij kan natuurlijk best echt pijn hebben.'

'Ja, vast. Er zijn patiënten die beweren dat ze kanker hebben en er zo in geloven, dat ze erbij gaan lopen als een kankerpatiënt, inclusief het kale hoofd. Waanideeën zijn het. Hypochonders. Weet je hoeveel geld er jaarlijks wordt verspild aan deze mensen?'

Bart haalde zijn schouders op. 'Wat doet dat er nou weer toe? Als jij als neuroloog deze man op je poli zou krijgen met exact dezelfde klacht, namelijk lage rugpijn, dan zou je hem toch ook gewoon die scan geven?'

'Als hij alleen voor die lage rugpijn zou komen wel. Als hij echter net met een ambulance zou zijn binnengebracht nadat hij met een dollemansrit en agressief gedrag zijn kinderen in gevaar had gebracht en als klap op de vuurpijl ook nog eens over straling zou beginnen, zou ik de psychiater erbij halen.'

'Jij denkt dat hij zich aanstelt?'

'Ik denk dat hij zo ver is doorgeslagen in zijn verzinsels dat hij ernaar is gaan leven.'

'Dus jij zou geen scan voorstellen?'

Ik schudde beslist mijn hoofd. 'Absoluut niet. Geldverspilling. Antipsychotica en therapie, dat is het enige.'

We waren bij Jonathans kamer aangekomen, waar zich een variant op het gesprek tussen Bart en mij herhaalde, met de toevoeging dat Jonathan Bart gelijk gaf en ook een scan voorstelde.

'Je moet luisteren naar de patiënt, Femke', benadrukte Jonathan nogmaals. 'Als de patiënt zegt dat hij pijn in zijn rug heeft, laat je dat onderzoeken.'

'Als de patiënt zegt dat hij bevangen is door de straling uit de mast bij zijn huis, laat je toch ook die mast niet verwijderen? Als de patiënt zegt dat ze gaat bevallen van groene baby's, bel je toch ook geen verloskundige?'

'En wat nou als de pijn echt is en we die kunnen verhelpen? Dan heeft hij misschien geen antipsychotica nodig', zei Jonathan. 'Dan besparen we hem een medicijn dat de nodige bijwerkingen met zich meebrengt en dat bovendien ontzettend lastig is om weer vanaf te komen.'

Ik haalde mijn schouders op. 'Elke diagnose betekent dat je andere dingen uitsluit, die weliswaar minder waarschijnlijk zijn, maar wel tot de mogelijkheden behoren.'

'Laten we maar even naar meneer toe gaan', zei Jonathan. Aan alles was te merken dat hij zijn beslissing al had genomen. Die scan zou er komen.

Hopelijk zie ik Lucas dit weekend nog. Met hem valt wel normaal te praten. Ik weet zeker dat hij me honderd procent gelijk geeft.

ZATERDAG 4 APRIL

10:00 uur

Het is een wonder. Lucas belde net. Hij wil afspreken. Over een uur koffie bij De IJsbreker.

13:00 uur

Misschien komt het doordat ik met mijn hoofd te veel bij de psychiatrie ben, maar ik begin een vorm van bindingsangst bij Lucas te vermoeden. Eerst zien we elkaar drie weken niet, dan is hij na twee espresso alweer vertrokken. Vanavond zien we elkaar weer, maar een hele dag samen doorbrengen blijkt veel te veel voor hem. Ik weet niet wat ik ervan moet vinden. We hebben het ook alleen maar over werk gehad, maar ja, Lucas en ik hebben het vrijwel altijd over werk. Maar dan nog had hij toch wel kunnen zeggen dat hij het leuk vond me weer te zien na drie weken. Of hij had op z'n minst kunnen zeggen dat hij de situatie ook vervelend vindt, maar dat het allemaal anders wordt als de coschappen eenmaal achter de rug zijn. Maar nee, hij zei er niets over en daardoor deed ik het ook niet.

Ik vertelde hem over Siem de Waal, en dat ik had geconcludeerd dat een MRI-scan niet nodig was. Lucas was het roerend met me eens.

'Nee, natuurlijk ga je zo'n type geen scan geven', reageerde hij verontwaardigd. 'Dat betekent alleen maar dat er weer duizend euro door de plee wordt gespoeld.'

'Precies!' riep ik. 'Maar hij krijgt dus wel een MRI, want de psychiater in opleiding dacht dat de rugpijn wel eens echt kon zijn. Wat een onzin.'

Lucas schudde zijn hoofd. 'Zul je zien: kom je maandag op de afdeling, blijkt dat er helemaal niets aan de hand is. Maar dan zegt iedereen: "Toch goed dat hij gegaan is." Weet je wat het is met mensen die maar hard en lang genoeg zeiken? Die krijgen altijd wat ze willen. Ik weet heel zeker dat ik daar later korte metten mee ga maken. Bij mij hoeven ze met dat gelul niet aan te komen.'

Ik knikte. 'Alsof je niet meteen kunt zien dat die zogenaamde klachten gewoon gelul zijn. Ik zit met een coassistent op de afdeling die het praten met patiënten tot een soort heilige daad heeft verheven. En de arts-assistent is het voortdurend met hem eens. Is er iets aan de hand? O, laten we vooral snel met de patiënt gaan práten. Hallo, die mensen zijn ziek in hun hoofd! Daar valt niet mee te praten. Ze spelden je van alles op de mouw en ze zijn zo geraffineerd als het maar kan.'

'Wie is die co?' vroeg Lucas. 'Ken ik hem?'

Ik nam een slok koffie. 'Eh... ene Bart.'

'Bart wie?'

'De Wildt', zei ik. 'Maar goed, die MRI dus...'

'Bart de Wildt', herhaalde Lucas nadenkend. 'Ik ken die naam.'

'Zou kunnen, ja. Misschien heb je wel eens college met hem gevolgd.' Snel probeerde ik van onderwerp te veranderen. Ik heb geen zin om met Lucas over Bart te praten. 'Hoe is het bij jou?'

Lucas negeerde me. 'Ik weet het al! Dat is die sukkel die vond dat ik niet met een arm mocht zwaaien op de snijzaal. Ik weet niet of je daarbij was, maar hij trapte een enorme scène omdat hij vond dat ik de lijken niet respecteerde. Kom op zeg, de mijne was al twintig jaar dood. Wat een idioot.'

'Ik was er niet bij', mompelde ik, hoewel dat niet waar is. Om een of andere reden vind ik het niet leuk als Lucas zo over Bart praat. Natuurlijk is Bart een softie, maar hij is niet onaardig.

Lucas grinnikte. 'Nou, succes als je met hem moet samenwerken. En dan ook nog op de plek waar hij zich waarschijnlijk helemaal thuis voelt. Práten met de patiënt, dat is vast helemaal zijn ding.'

Op dat moment ging mijn telefoon. Marjolein. Ik nam op. 'Ik bel je straks terug, oké?'

'Nou, gezellig.'

'Tot straks.' Zo veel tijd had ik niet met Lucas en ik had geen zin om die tijd te besteden aan bellen met mijn zus.

Lucas was Bart gelukkig vergeten. 'Ik heb trouwens kaartjes voor Paradiso vanavond. Zin om mee te gaan?'

Even dacht ik dat ik het me allemaal had verbeeld, die bindingsangst. 'Ja, leuk. Wie speelt er?'

'Een of andere Australische band. Ik weet het niet precies. Ik zou met Peter van de roeivereniging gaan, maar hij kan niet.'

Ik kon mijn teleurstelling niet echt verbergen. 'Ik dacht dat je speciaal voor ons kaartjes had geregeld.'

Lucas leek mijn gevoel niet op te merken. Hij schudde zijn hoofd. 'Nee, maar Peter moest met zijn vriendin naar een of andere bruiloft. Die jongen zit zo onder de plak. In zijn geval had ik haar lekker alleen gestuurd.'

'En wat wil je vanmiddag gaan doen?' vroeg ik. Een hele dag met Lucas, dat was lang geleden.

Maar nee, dit bleek een stomme vraag. Luchtig zei hij: 'O, ik heb met de jongens van de roeivereniging afgesproken. Oefenen voor volgende week, dan hebben we een toernooitje.'

'O. Ik had gedacht...' Ik maakte die zin niet af.

Geen hele zaterdag samen dus. Dat is natuurlijk ook wel veel voor iemand met bindingsangst.

23:30 uur

Ik moet me ook niet zo aanstellen. Bindingsangst? Het is weekend, dus geen werk, dus geen diagnoses. Behalve de diagnose “verliefd”. Ernstig. Op Lucas. Die nu met zijn handen onder mijn T-shirt zit.

ZONDAG 5 APRIL

15:00 uur

Ik zou Marjolein gisteren terugbellen, maar het kwam er niet van.

Vond ze niet leuk.

‘Het interesseert jou allemaal niets, hè?’ zei ze beledigd, toen ik haar net belde. ‘Negen van de tien keer als ik je bel neem je óf niet op óf je hebt geen tijd.’

‘Ik heb het nou eenmaal druk.’

‘Het was gisteren zaterdag! Moest je werken?’

‘Nee’, gaf ik toe. ‘Maar ik had eh... dingen te doen. Hoe is het daar?’ Gelukkig was ze snel af te leiden. ‘Loopt de bar een beetje?’

‘Ja, fantastisch. Nog een paar weken en dan zit mijn stage erop. Ik kijk er echt naar uit om samen met Leandro de boel te gaan runnen.’

Ik gaf geen antwoord.

Eigenlijk moet ik mama wel gelijk geven. Marjolein heeft jaren gestudeerd en het is doodzonde om daar niets mee te doen. Ze is superslim en heeft veel meer in haar mars dan cocktails shaken en biertjes tappen.

‘Jij vindt het ook niets, hè?’ vroeg Marjolein. ‘Je bent al net zo als mama.’

‘Je ging toch stage lopen bij de VN omdat je de wereld wilde verbeteren?’ ontweek ik haar vraag. ‘Ik zie gewoon niet in hoe je dat gaat doen vanachter de bar.’

‘Mogen mensen misschien van gedachten veranderen?’ vroeg Marjolein fel. ‘Dat eeuwige gepush van papa en mama om het allerhoogste te bereiken, het komt me echt de keel uit. Als ik nou gelukkiger ben achter de bar dan in het kantoor naast Ban Ki-moon, dan moet ik dat toch zelf weten?'

'Natuurlijk, het is jouw keus', zei ik omdat ik geen ruzie met haar wilde. Uiteindelijk is het haar leven en moet ze het zelf inrichten, wat niet betekent dat ik het met haar eens ben.

'Dank je wel', zei Marjolein, nog steeds een beetje beledigd. 'Trouwens, wat voor dingen had jij gisteren te doen? Het was zaterdag!'

Ineens wilde ik haar graag vertellen over Lucas.

'Nou ja, het zóu kunnen dat ik een eh...' Ja, wat eigenlijk? Relatie heb? Zo lekker loopt het anders niet. Maar goed, dat is alleen nu even.

'Dat je wat?' vroeg Marjolein. 'Heb je een vent?'

Ja, zo kun je het ook omschrijven. 'Inderdaad', zei ik.

'Een dokter?'

'In opleiding. Een coassistent.'

'Fem, wat cool! Eindelijk weer eens een man. Het heeft ook veel te lang geduurd sinds die ene. Hoe heette hij ook alweer? O ja, Thom. Het begon er een beetje op te lijken dat je echt alleen nog maar voor je werk leefde. Hoe heet hij?'

'Lucas.'

'O, shit. Ik wil er alles over horen, Fem, maar ik moet nu even bijspringen in de bar. Het begint druk te worden.'

'Oké, ik spreek je later wel.'

Eigenlijk vind ik het niet zo erg dat Marjolein niet de kans kreeg om allerlei vragen te stellen. Ik heb geen zin om over de antwoorden na te denken. Ik moet trouwens nodig mijn huis opruimen, want mijn tafel gaat verborgen onder een stapel studieboeken van chirurgie, ook al ben ik daar al weg, en mijn aanrecht is bezaaid met afwas, waar ik geen zin in heb. Mijn bank lijkt wel een kledingkast, en ook mijn was heeft te lijden onder de lange dagen die ik maak. En nu, in mijn vrije weekend, is het huishouden wel het laatste waar ik zin in heb. Maar ik ga toch maar beginnen.

MAANDAG 6 APRIL

12:00 uur

Shit. Ik zat er faliekant naast. Jonathan en Bart hadden gelijk: Siem de Waal heeft een lumbale hernia L4-L5. 'Niet te missen op de scan', zei Jonathan toen ik vanochtend op de afdeling kwam. 'Het ziet ernaar uit dat je een beetje te snel je conclusies hebt getrokken, Femke. Niet alles van wat onze patiënten uitkramen is per definitie onzin.'

'Hij heeft óók psychoses!' bracht ik in, maar ik hoorde zelf dat het een beetje zwak klonk.

Jonathan knikte. 'Natuurlijk, maar...' Hij pakte het rapport erbij dat ik vrijdag over Siem de Waal had opgesteld en sloeg het open. 'Ik citeer: patiënt zit duidelijk in psychose en beeldt zich rugpijn in die door de door hem gevreesde straling zou zijn veroorzaakt.'

Jonathan keek me aan. Het was stil in de kamer. Bart had zich over de status gebogen en deed alsof hij niet luisterde, wat vrijwel onmogelijk was.

'Laat dit een les voor je zijn', zei Jonathan. Zijn gebruikelijke vriendelijkheid had plaatsgemaakt voor een hardheid die ik niet eerder bij hem had gezien.

Ik pakte mijn koffie en roerde erin, mijn blik strak op het kopje gericht. 'Oké, maar hij wás toch in de war?'

Jonathan kon mijn opmerking duidelijk niet waarderen. 'Als we meneer De Waal op jouw voorstel met antipsychotica hadden behandeld en hem hadden verteld dat we niet geloofden dat hij rugpijn had, hadden we niet alleen binnen no time zijn vertrouwen en daarmee ook zijn medewerking aan de therapie verspeeld, maar hadden we hem ook onnodig lang pijn laten lijden, wat in een medische instelling volkomen onacceptabel is. Dat de man in de war is, betekent niet dat je niet naar hem hoeft te luisteren, Femke. Knoop dat in je oren. Luisteren naar de patiënt is de basis, bij elke arts. Wie dat niet kan of wil, moet in het mortuarium gaan werken.'

Hij griste de status mee en beende de kamer uit. Ik bleef achter met Bart.

Een paar minuten lang was het stil in de kamer. Ik baalde van mijn foute diagnose en van het feit dat Jonathan zo kwaad was geworden. Maar ik kon hem geen ongelijk geven. Ik had een fout gemaakt. Klaar. En ik houd niet van fouten maken.

Uiteindelijk was het Bart die de stilte verbrak. 'Hij wás ook in de war', zei hij.

Ik schudde mijn hoofd en nam plaats op de stoel die Jonathan net had verlaten. 'Je hoeft het niet goed te praten, Jonathan heeft gelijk. Ik had beter moeten opletten. Ik heb de signalen gemist, die jij wel hebt opgepikt.'

'We hebben dezelfde signalen gekregen', zei Bart vergoelijkend. 'Maar we hebben ze anders geïnterpreteerd.'

Ik knikte gelaten. 'Hoe je het ook wilt noemen, het resultaat is hetzelfde. Een dokter had niet mogen concluderen wat ik heb geconcludeerd.'

'En daarom ben jij ook dokter in opleiding. Iedereen maakt fouten. Het belangrijkste is dat je ervan leert.'

Dat zal allemaal wel, maar toch baal ik als een stekker. Deze fout had ik niet mogen maken, en als ik beter had geluisterd was het ook niet gebeurd. Dan maar een uur extra kwijt aan een patiënt, maar dit gaat me niet nog een keer gebeuren. Mijn leerboek psychiatrie is vanaf nu mijn nieuwe vriend. Ik ga studeren tot ik erbij neerval.

WOENSDAG 15 APRIL

18:00 uur

Oké, ik heb geblunderd, maar je kunt niet zeggen dat ik er niets mee heb gedaan. Vanmiddag heb ik een intake volgens het boekje gedaan, al zeg ik het zelf. Het was nog een vrijwillige opname ook, en dat op de gesloten afdeling. Ik zou mezelf nooit vrijwillig op deze afdeling laten plaatsen, maar goed, ik heb zonder vooroordelen geluisterd naar de patiënt. Wat minder moeilijk bleek dan ik dacht.

'Het gaat om een veertiger met een tbs-verleden', zei Jonathan alleen. 'Een man. Verder weet ik niets.'

Tbs-verleden. Ik moest meteen aan al die commotie rond ontsnapte tbs'ers denken.

Eigenlijk heb ik nooit goed begrepen hoe tbs'ers kunnen ontsnappen, aangezien ze opgesloten horen te zitten. Wandelingetjes in de tuin, proefverlof – ik vind het altijd maar soft gedoe. Maar er zal wel weer een of andere regel zijn die voorschrijft dat mensen niet langer dan zo en zo lang binnen mogen zitten.

'Hij is hier over vijf minuten', zei Jonathan. 'Zijn broer brengt hem, op advies van de crisisdienst.'

'Oké.' Ik greep een boek over tbs uit de kast en sloot me op in een spreekkamer om snel mijn kennis bij te spijkeren, maar veel verder dan de verklaring van de afkorting, "ter beschikking stelling", kwam ik niet voor de man er was.

Even later zat hij tegenover me. Anton. Ik bekeek hem goed. In de veertig, licht kalend en een bange uitstraling. Zijn broer was niet meegekomen naar binnen, hij was door de verpleging opgevangen in een andere kamer.

'Ik heb hulp nodig', verklaarde Anton. 'Anders gaat het binnenkort helemaal fout. Dan maak ik er een eind aan. Vandaag stond ik met een mes in mijn hand, en ik wilde mijn pols doorsnijden, maar gelukkig kwam ik net op tijd bij mijn positieven.'

Een schreeuw om aandacht, hoorde ik Bart weer zeggen. De hele opname leek me één grote schreeuw om aandacht.

Nee, Femke, ópenstaan voor de patiënt, riep ik mezelf tot de orde. Hoe zegt Jonathan dat ook alweer? Luisteren is de basis, en daarna pas conclusies trekken.

Oké, ik lúísterde.

'Waarom?' vroeg ik. 'Wat bracht je ertoe het mes te pakken?'

Anton schudde zijn hoofd en liet het vervolgens in zijn handen rusten. Hij staarde naar beneden. 'Ik kan er niet mee leven. Sinds ik het heb gedaan, blijft dat moment zich in mijn hoofd herhalen. Het is bijna vijfentwintig jaar geleden en de herinneringen maken me gek. Tien jaar tbs heeft daar niets aan afgedaan. Ik kom niet van het schuldgevoel af. Ik ben boos op mezelf. En bang dat het opnieuw gebeurt. En boos op hem, dat hij zich die avond zo heeft gedragen. En daarna ben ik verdrietig dat hij dood is. Hij was wel een vriend van me. En dan voel ik me weer schuldig.'

Kan niet met emoties omgaan, schreef ik op mijn notitieblok. En daarachter: wie is "hij"?

Die vraag liet ik nog even rusten. Te confronterend.

Heel even flitste het door me heen dat ik een paar weken geleden de vraag wel zou hebben gesteld. Grote stappen, snel thuis. Meteen *to the point*. Maar dat zou hier niet werken.

'Je zegt dat je je schuldig voelt...' begon ik.

Anton knikte. 'Zonder mij had hij nog geleefd. Vanaf het moment dat het gebeurde, heeft het schuldgevoel me in zijn greep gehad. Ik was psychotisch, zei de psychiater. Daarom kreeg ik tbs en geen gevangenisstraf. Ik had gevangenisstraf gewild. Boeten voor wat ik had gedaan.'

Aha. Er was dus iets gebeurd waarbij iemand anders het leven had gelaten, door toedoen van Anton. En dat allemaal toen hij nog maar vijftien of zestien was.

Ongeluk, schreef ik op. Moord. Doodslag.

'Was je het eens met de diagnose?' vroeg ik. 'Psychotisch.'

Anton haalde zijn schouders op. 'Ik weet het niet. Ik weet eigenlijk niets meer van wat er die avond gebeurde. Het is een grote zwarte vlek. Toen ik weer bij mijn positieven kwam had ik een mes in mijn hand, waarvan het lemmet in zijn rug stak.'

Ik streepte "ongeluk" en "moord" weg.

'Dat moment.' Anton wreef over zijn voorhoofd. Ik zag zijn gele vingertoppen en afgebrokkelde nagels. Roken en nagelbijten. Hij was niet de enige op de afdeling. 'Dat moment blijf ik maar zien. Elke keer als ik mijn ogen dicht doe. Ik slaap al jaren niet meer zonder slaappillen. Maar ook als ik wakker ben. Zomaar ineens kan het beeld opkomen en dan voel ik me weer schuldig. Ik ben zo kwaad op mezelf. Ik heb zijn leven kapotgemaakt, en dat van mezelf ook. Ik ben niets waard. Ik wil dood. Echt. Dat is het enige wat ik wil.'

Dat laatste was niet waar, maar dat zei ik niet. Wat Anton wilde, was iemand die hem hoorde en hem zou helpen.

'Het is goed dat je naar ons bent gekomen', zei ik. 'Moedig, ook.'

Anton schudde zijn hoofd. 'Moedig... Laf, noem ik het eerder. Ik kom er zelf niet uit. Ik zou dood moeten zijn, niet hij.'

'Was hij een goede vriend?' vroeg ik.

Anton knikte. 'Eerst wel. Maar toen kregen we ruzie over niks. Het klikte niet meer. Die avond beledigde hij me, of eigenlijk het meisje op wie ik verliefd was. Het ging nergens over. Hij zei dat ze een hoer was, maar zo was hij. Grof in de mond. Ik ging door het lint, kreeg een waas voor mijn ogen en stak hem neer. Althans, zo moet het gegaan zijn. Ik herinner me alleen nog zijn opmerking en daarna het beeld van het mes in zijn rug en al het bloed. Zo veel bloed.'

Ik was even stil. Er waren mensen die om minder depressief raakten.

'Vanaf dat moment tot nu vraag ik me af waarom ik dat heb gedaan. Vijfentwintig jaar is dan een lange tijd.'

'Hoe vaak heb je deze gevoelens?' vroeg ik.

'Elke dag. Soms twee of drie keer, soms de hele dag door. Het wisselt.'

Ik heb niet de illusie dat we deze man tijdens zijn verblijf op de gesloten afdeling van zijn schuldgevoel af kunnen helpen, maar hij kan wel leren omgaan met zijn emoties. Hij kan leren dat hij zelfmoordgedachten kan hebben zonder die daadwerkelijk te willen uitvoeren.

Na een halfuur had ik het plaatje wel compleet. Anton wilde duidelijk weg uit deze ruimte, hij deed zijn best om mijn vragen te beantwoorden, maar keek voortdurend naar de deur.

'Ik vraag iemand om je naar de afdeling te brengen', zei ik. 'Dan ga ik overleggen met de psychiater in opleiding en mogelijk wil hij nog vragen stellen.'

Anton knikte. Hij leek ineens helemaal leeggezogen. Als een geknakte man sjokte hij achter de verpleger aan die hem naar de afdeling bracht.

Even later stond ik bij Jonathan in de kamer. 'En?' vroeg hij.

Ik deed mijn verhaal. Jonathan knikte. Toen ik klaar was keek hij me aan. 'Ik ben onder de indruk', zei hij.

Ik knikte. 'Ja, hè? Al bijna vijfentwintig jaar loopt hij hiermee rond. Maar dan nog is het een hele stap om je vrijwillig te laten opnemen op deze afdeling.'

Jonathan schudde zijn hoofd. 'Nee, ik ben onder de indruk van jouw opname. Je hebt geluisterd, je hebt de patiënt serieus genomen en je hebt op basis daarvan een weloverwogen oordeel gevormd. Mijn complimenten. Houd dit vol, ook bij andere disciplines.'

Ik knikte. Na de blunder met de hernia was Jonathans opmerking heel wat waard. Ik ben eigenlijk best trots op mezelf dat ik dit voor elkaar heb gekregen. Het leuke was dat Bart blijkbaar ook had gehoord dat Jonathan tevreden over me was. Net, voor ik wegging, kwam hij me complimenteren. Toch aardig van hem. Ik zal hem nog missen als ik over twee weken naar kinderpsychiatrie verhuis.

18:05 uur

Bij wijze van spreken dan.

18:06 uur

Denk ik.

18:07 uur

O nee, ik ga hem helemaal niet missen. Ik herinner me ineens dat hij ook naar kinderpsychiatrie in de Geesthoven Kliniek gaat, net als ik. Toch wel gezellig. Ik denk dat ik in het begin misschien iets te snel over Bart heb geoordeeld. Hij is best aardig en zijn aanpak van patiënten is misschien de mijne niet, maar hij oogst er wel succes mee.

Maar goed, nog twee weken langer met Bart. Geen straf.

Mei

VRIJDAG 1 MEI

16:00 uur

Ik ben vanmiddag nog even bij Siem de Waal binnen gelopen. Het gaat stukken beter met hem nu hij aan zijn hernia is geopereerd. Hij ziet zijn kinderen zelfs weer, en ik hoorde van Jonathan dat zijn vrouw elke dag langskomt. Ik heb zo'n gevoel dat hun huwelijk deze crisis wel zal overleven.

Net in de artsenkamer kwam ik Jonathan tegen. Hij was verdiept in een status, maar keek op toen ik binnenkwam. 'Je laatste dagje hier, hè. Net nu je eraan begint te wennen, ga je alweer weg.'

Ik knikte. 'Ja, jammer eigenlijk.'

Jonathan keek me onderzoekend aan. 'Volgens mij gaat er een andere Femke weg dan er binnenkwam.'

Dit kan echt alleen Jonathan zeggen.

Ik haalde mijn schouders op. 'Dat weet ik niet, hoor. Maar ik heb inderdaad wel veel geleerd. Psychiatrie leek me altijd een beetje zweverig, maar inmiddels kan ik wel veel van de verschillende aandoeningen benoemen en diagnosticeren.'

Jonathan hield zijn hoofd schuin en tikte met zijn pen tegen zijn neus. Ik wendde mijn blik af.

'Dat bedoel ik niet alleen', zei hij. 'Je kwam hier binnen als de arrogante chirurg die je graag wilt worden. Maar als ik nu naar je kijk, denk ik: je hebt geleerd dat patiënten mensen zijn.'

Ik vind het nog steeds niet heel leuk dat Jonathan me arrogant noemde, maar als ik erover nadenk moet ik hem wel gelijk geven.

'Misschien wel', zei ik uiteindelijk. 'Ik baalde ontzettend van die fout die ik heb gemaakt met meneer De Waal. Daarna heb ik geprobeerd patiënten in elk geval te laten uitpraten.'

Jonathan grinnikte. 'Niet allemaal, hoop ik voor je. Dan zit je hier elke avond tot middernacht. En ben je over het algemeen nog geen steek wijzer.'

Ik schoot in de lach. 'Weet je, ik ga ze nog missen, die patiënten.'

'Misschien kom je nog eens terug als psychiater in opleiding.'

Ik schudde beslist mijn hoofd. 'Nee, ik ga nog twee weken naar kinderpsychiatrie en dan richt ik me weer op de lichamen. Dat is toch meer mijn ding.'

'Jammer', vond Jonathan. 'Je zou een goede psychiater zijn geworden.'

Ondanks alles glom ik van trots.

22:00 uur

Bart sms't net dat hij toch niet naar kinderpsychiatrie in Geesthoven gaat, maar naar het kinderpsychiatrisch centrum van het Academisch Ziekenhuis Amstelstad. Ik baal, maar ik weet niet waarom. Misschien omdat ik tussen nieuwe gekken blij zou zijn met een vertrouwd gezicht?

Ik sms terug dat ik hem succes wens. Haast automatisch typ ik er een x achter, maar uiteindelijk haal ik die weer weg.

MAANDAG 4 MEI

12:30 uur

Kinderpsychiatrie is begonnen... Ik had verwacht dat het hetzelfde zou zijn als psychiatrie, maar dan met jongere patiënten. Maar nu ik op de afdeling ben, denk ik toch dat het een andere tak van sport is. Of in elk geval is een zestienjarige met zelfmoordneigingen iets heel anders dan een zesenvijftigjarige. Misschien omdat ik me nog zo goed kan herinneren dat ik zelf zestien was. Zelfmoord? Ik had amper van het woord gehoord!

Maar hier op de afdeling is het aan de orde van de dag. Zeker omdat vanochtend in de vergadering gesproken werd over een meisje dat misschien op de afdeling wordt geplaatst, omdat ze in het psychiatrisch centrum waar ze nu zit, niet kan blijven.

'Ze heeft samen met een clubje andere patiënten een soort zelfmoordpact gesloten.' Rienke, de psychiater in opleiding, beschreef de casus en keek naar psychiater Van der Wiel. 'Van de vijf patiënten is één geslaagd in zijn opzet. Hij is twee dagen geleden van een flatgebouw gesprongen en daarom moet dat clubje nu zo snel mogelijk uit elkaar.'

Van der Wiel wreef over zijn kin. 'Tja. Is het absoluut noodzakelijk dat ze bij ons komt? Ik wil het aantal gastplaatsingen zo veel mogelijk beperken.'

Van der Wiel is precies het type dat je je voorstelt bij een psychiater. Brilletje, grijze baard en grote, eveneens grijze, wenkbrauwen. Een corduroy broek en zwarte coltrui maken het plaatje compleet.

'Daar ben ik ook voorstander van,' antwoordde Rienke, 'maar bijna alle andere afdelingen in de regio zitten vol.'

Van der Wiel knikte. 'Het ziet ernaar uit dat we weinig keus hebben. Laat haar maar komen.'

Rienke maakte een aantekening in haar map. 'Oké, ik ga direct bellen.'

Ze stond op en pakte haar spullen bijeen. Dat betekende het einde van de vergadering. Ik nam mijn schrijfblok mee en holde achter de psychiater in opleiding aan.

'Heftig zeg, een meisje van zestien met zulke ideeën', zei ik.

Rienke knikte. 'Ja. Ze heeft een heel verleden van eetstoornissen en depressies. Ze is al heel jong in een pleeggezin terechtgekomen, en daarna in een instelling.'

Ik geef toe dat ik tot vanochtend wel eens heb gedacht: hoe erg kan het zijn, psychiatrische jongeren?

En ik geef ook toe dat ik daar behoorlijk van ben teruggekomen.

Van de zeven jongeren in de groep zijn er vijf psychotisch. Als ze niet naar school gaan, hangen ze wat rond en verkeren ze grotendeels in hun eigen wereld. Eén jongen heeft last van angststoornissen en depressies. Hij is het liefst zo veel mogelijk op zijn kamer. Allemaal blijken ze van plan mij zo veel mogelijk op de proef te stellen. Zodra ik de afdeling verlaat, heb ik meteen iemand achter me aan die probeert te ontsnappen. Gelukkig zijn er altijd de sociotherapeuten die hen bewegen terug te gaan. Maar ik moet voortdurend op mijn hoede zijn.

Net voor Rienke en ik de afdeling verlieten, klonk er een luid en vals Afrikaans gezang door de gang. Verschrikt keek ik op. Rienke liep gewoon door.

'Wat is dat?'

'Hè? O, dat is Ngole. Onze zanger. Hij staat bij voorkeur te zingen en te dansen voor de deur van de sociotherapeuten, omdat hij aandacht wil.'

Dat die mensen daar niet stapelmesjokke van worden. Opgelucht liep ik de deur door. Die viel met een ferme klik achter ons in het slot, waardoor het gezang werd gereduceerd tot een achtergrondgeluid.

'Ik ga de instelling bellen waar onze nieuwe patiënte nu zit en dan is de kans groot dat ze vanmiddag al hiernaartoe komt', zei Rienke. Daarna liep ze weg in de richting van haar kamer. Ik zit nu met de statussen van de patiënten in een lege spreekkamer.

Mijn telefoon trilt in mijn broekzak. Hopelijk is het Lucas, die ik ook alweer een eeuwigheid niet heb gesproken.

O. Het is Bart. *Hou je het nog een beetje vol daar?*

Toch wel leuk dat hij sms't.

Dezelfde gekken, andere leeftijd, typ ik terug.

Of komt dit wel erg luchtig en hard over? Voor de zekerheid typ ik erachteraan: *Heftig, zo jong en dan al depressief en psychoses. Hoe is het bij jou?*

Hij antwoordt vrijwel direct. *Hetzelfde. Er zit er hier eentje die een moord heeft gepleegd. Op zijn zeventiende! Andere co is wel minder leuk dan bij vorig coschap.*

Mijn hart slaat heel even over. Waarom vind ik dit leuk?

Ik weet niet wat ik moet antwoorden. En ik moet trouwens ook verder met de statussen die voor mijn neus liggen. Ik typ geen berichtje terug, al blijft mijn telefoon me aankijken.

O, hij piept weer. *Omdat het een man met een paardenstaart is die met een zwaar Pools accent praat.*

Ik moet lachen, hoewel ik ook een tikje teleurgesteld ben. En dat slaat echt nergens op, want waarom zou ik willen dat Bart me leuker vindt dan een andere co?

12:40 uur

Oké, ik geef het toe. Omdat ik hem misschien een heel klein beetje leuk vind.

14:00 uur

Ik was net verdiept in de statussen toen Rienke binnenkwam. 'Femke!' riep ze. 'Robin is nu onderweg hiernaartoe. Ze zal er over een uur zijn. Ik wil iedereen op de hoogte brengen van haar status, dus er is nu een vergadering met alle sociotherapeuten.'

Ik liep weer terug naar de afdeling. Er klonk een piepje toen ik mijn pas tegen het automatische slot hield en de deur schoof langzaam open. Ik liep door en wachtte daarna tot de deur weer in het slot was gevallen voor ik mijn weg vervolgde. Iets wat ik nu, na ruim zes weken gesloten afdeling, automatisch doe.

Ik liep het kamertje in waar de sociotherapeuten toevallig net met elkaar in overleg waren. 'Er komt een nieuwe patiënt op de groep', deelde ik hun mee. 'Vanmiddag al.'

De twee mannen en één vrouw keken op. 'Wat?' vroeg een van de mannen. 'Waarom? Ik dacht dat dat altijd wat langer van tevoren werd besproken.'

Weet ik veel. 'In de groep waar ze nu zit is de situatie niet langer te handhaven', zei ik uiteindelijk maar.

Het drietal knikte, maar was duidelijk niet blij met de situatie.

Er klonken voetstappen en Rienke verscheen. 'Sorry jongens, maar het kan niet anders', zei ze verontschuldigend. 'We kunnen de patiënte niet weigeren. Zodra het kan, gaat ze terug.'

Rienke ging aan tafel zitten, op de laatst beschikbare stoel, waardoor ik moest blijven staan. Ze nam de casus van het meisje met de therapeuten door. Ondertussen kwam de afdeling tot leven, omdat de middagpauze begonnen was en de patiënten terugkeerden naar de afdeling voor de lunch. De groepsleidster probeerde dat in goede banen te leiden, maar ik hoorde Ngole al luid zingen en twee jongens hadden ruzie. Er gaat hier maar weinig in goede banen, of normaal. Ik vraag me af of je niet langzaam gek wordt van de afdeling op zich.

Een uur later arriveerde onze nieuwe patiënte. Het zal er met haar komst niet direct gezelliger op worden, vrees ik.

Robin is stil, mager en ongelooflijk bleek. Ze is van top tot teen in het zwart gekleed, heeft gitzwart, overduidelijk geverfd haar en staart voortdurend strak naar de grond. Ze trekt haar mouwen de hele tijd over haar handen heen. Krassen, vermoed ik. Veel van de depressieve patiënten dragen uitsluitend lange mouwen en broekspijpen, zelfs als de mussen dood van het dak vallen. Ze snijden zichzelf namelijk zodra ze kunnen in hun armen en benen.

Automutilatie. Zelfbeschadiging. Op de gesloten afdeling aan de orde van de dag en de belangrijkste reden dat patiënten niets maar dan ook niets op hun kamer mogen bewaren dat scherp is.

Blijkbaar heeft Robin het in de vorige instelling wel voor elkaar gekregen om met grote regelmaat iets scherps mee naar binnen te slepen. De regels zijn eigenlijk ook te slap. Je mag patiënten niet aanraken, niet hun zakken doorzoeken of aan hun spullen komen. Het enige wat je mag doen, is vragen of ze misschien iets scherps bij zich hebben. Dat er nogal vaak over wordt gelogen, is geen verrassing.

'Hoi Robin, ik ben Rienke Willemsen, de psychiater in opleiding. En dit is Femke van Wetering, de coassistent.'

Robin gaf geen enkel teken dat ze het had gehoord. Ik had niet de indruk dat ze van plan was zich te gaan voorstellen.

Haar twee begeleiders droegen haar aan ons over en vertrokken. Robin gaf geen krimp. Ze liet zich door ons meenemen naar haar kamer en ging daar op het bed zitten. Uiteindelijk lieten we haar alleen.

Ik keek om toen we de gang op liepen. Zestien jaar en zo ongelukkig. Wat deed ik op mijn zestiende? Hard leren voor mijn vwo en winkelen met vriendinnen. Gearmd door de stad, giechelend om niets.

Niet op mijn bed zitten en wachten tot ik iets scherps vond om mezelf pijn mee te doen.

VRIJDAG 8 MEI

13:00 uur

Ik had gelijk. Robin is inderdaad een krasser, en wat voor eentje. Vandaag schoof haar mouw een stukje naar achteren toen ze haar arm optilde. Ik schrok van de talloze rode striemen, sommige zelfs bloedend.

Robin is geen makkelijke patiënt. Ze bezorgt niet alleen de therapeuten en de groepsleiders, maar ook Rienke en dokter Van der Wiel de nodige hoofdbrekens. Ze zegt geen woord, werkt niet mee met de behandeling en het enige waar ze warm voor lijkt te lopen is zichzelf continu pijn doen met scherpe voorwerpen die ze god weet waar vandaan haalt.

Tot mijn eigen verbazing heb ik met haar te doen. Hoewel ik vind dat ze best een beetje mee zou kunnen werken, kan zij er natuurlijk ook niets aan doen dat ze is zoals ze is. Maar ook met mij weigert ze contact te maken. Zelf al heb ik vandaag drie kwartier met haar doorgebracht op de eerste hulp.

We zaten vanochtend net aan de koffie, toen een van de groepsleidsters de kamer binnenkwam. 'Kom mee!' riep ze. 'Dit loopt uit de hand.'

Meteen holden Rienke en ik achter haar aan. 'Wat is er dan?'

'Robin. Ik weet niet waarmee ze het heeft gedaan, maar ze heeft zichzelf helemaal open gekrast. Haar voeten bloeden als een rund.'

Robin zat op haar bed met haar handen in haar mouwen. Ze keek naar haar voeten. Haar blik was neutraal. Niet bang of verdrietig of vergenoegd omdat het toch weer was gelukt, maar helemaal neutraal. Alsof het niet om haar ging en het bloed niet van haar voeten op de grond drupte.

Rienke keek naar mij. 'Wil jij dit verbinden? En dan daarna met haar naar de eerste hulp gaan?'

Ik pakte de EHBO-doos aan waar de groepsleidster mee aan kwam zetten, en maakte een pak gaasjes open. De wonden bleken oppervlakkig, maar wel diep genoeg om te bloeden.

Iemand had een rolstoel geregeld en ik duwde Robin door de gangen naar de eerste hulp. Het was een voordeel dat de instelling aan een ziekenhuis vast zat. Rienke had gebeld en gelukkig waren we meteen aan de beurt. Ik voelde er weinig voor om een uur met Robin in de wachtkamer te moeten zitten. Straks nam ze nog de benen, ondanks haar bloedende voeten.

Drie kwartier later gingen we weer op weg naar de gesloten afdeling. De wonden waren ontsmet en verbonden met hagelwit verband. Ik vermoedde dat het niet lang zou duren voor Robin het eraf zou halen en de boel weer zou openkrabben.

'Doet het pijn?' vroeg ik.

Robin schokschouderde.

'Als het pijn doet, kun je wel een pijnstiller krijgen. Dan slaap je vannacht beter.'

'Ik slaap niet.'

Ik wachtte even, maar dat was alles. 'Iedereen slaapt', zei ik uiteindelijk.

'Ik niet. Ik lig altijd wakker.'

'Waarom heb je het gedaan?'

Opnieuw haalde ze haar schouders op. Het gesprek was ten einde.

'Twee keer per week schoonmaken en opnieuw verbinden', zei ik tegen Rienke, toen we terugkwamen op de afdeling. 'En als het niet goed geneest moet ze naar de huisarts.'

Rienke knikte. 'Breng haar maar naar haar kamer.'

Ik duwde de rolstoel over de gang naar de kamer van Robin, helemaal in de hoek. Haar medepatiënten keken nieuwsgierig naar haar. Een paar maakten een opmerking, maar Robin reageerde niet.

'Wil je op je bed of liever op je stoel?' vroeg ik toen we in haar kamer waren. Behalve een bed, bureautje, stoel en een kast staat er niet veel. Robin koos voor haar bed. Ik hielp haar uit de rolstoel. Ze liet zich op haar bed vallen en krulde zich op als een kat.

In een opwelling zei ik: 'Doe het nou niet meer. Laat de wonden genezen.'

Robin keek me aan. Voor het eerst zag ik de blik in haar lichtbruine ogen. Ik schrok van de mengeling van pijn, angst en verdriet die eruit sprak. Ze schudde haar hoofd, maar ik wist dat ze het toch weer zou doen.

Met een onbestemd gevoel liep ik de gang op.

DINSDAG 12 MEI

22:00 uur

Eindelijk thuis. Een bizarre dag vandaag. Robin is nu echt helemaal de weg kwijt. Ik weet niet waarom, maar sinds ik met haar op de eerste hulp ben geweest voel ik me meer betrokken bij haar dan bij de andere patiënten. Na haar snijactie van vorige week werden er stukjes kerstbal ontdekt op haar kamer, waarschijnlijk meegesmokkeld vanuit de vorige instelling waar ze zat. In alle tumult rondom dat zelfmoordpact kan ze die makkelijk in haar zak hebben gestoken.

Eén ding weten we nu wel zeker: haar zelfmoordgedachten zijn niet zo sterk dat ze ze elk moment zou kunnen uitvoeren. Anders had ze wel in haar polsen gesneden en niet in haar voeten.

Maar toch blijft ze rare fratsen uithalen.

'We moeten nú naar het station!' Rienke kwam vandaag de artsenkamer binnen terwijl ik bezig was statussen bij te werken.

'Hoezo?'

‘Robin is weggelopen.’

‘Weggelopen? Hoe...’

Rienke schudde haar hoofd. ‘Ik leg het je straks uit. Kom nu mee.’

We sprongen in haar auto. Rienke gaf gas en toeterde luid toen een andere automobilist geen voorrang verleende.

‘Ze mocht onder begeleiding gaan wandelen. Maar de therapeuten hadden haar met een stagiaire meegestuurd en blijkbaar had die haar niet echt in de hand.’

‘En waar is ze nu?’

‘De stagiaire belde net vanaf het station.’

Ik slikte. ‘Shit.’

‘Ja, nogal. Vooral omdat we vanochtend een gesprek met haar hebben gehad waarin we haar hebben verteld dat ze borderline heeft. En daar was ze het niet mee eens.’

Borderline. Natuurlijk. Wisselende gedachten, impulsief gedrag, niet in staat haar emoties te reguleren. De diagnose lag voor de hand.

‘Eerst dacht ik dat ze aandacht wilde en daarin vrij ver ging, bijvoorbeeld met dat zelfmoordpact. Maar inmiddels lijkt het me niet ondenkbaar dat ze springt, als ze op het perron staat. De diagnose heeft iets bij haar losgemaakt. Ze vindt het echt vreselijk. Ik heb haar nog nooit zo fel zien reageren.’

Rienke werd gebeld. Ze schakelde de draadloze headset in en luisterde. Een paar keer zei ze ‘ja’ en ‘oké’ en toen hing ze op.

‘Ze hebben haar weggetrokken toen er een goederentrein langskwam’, zei Rienke.

Ik keek opzij. ‘Wie?’

‘De stagiaire met wie ze aan het wandelen was en de sociotherapeut die er inmiddels bij is. Eigenlijk mogen ze patiënten niet aanraken of wegtrekken, maar nood breekt wet.’

Op het station was een behoorlijke oploop ontstaan. De politie was inmiddels gearriveerd, met twee auto's maar liefst. Rienke praatte even met een agent en liep toen naar boven, het perron op. Ik volgde haar op de voet.

Robin zat op een bankje, geflankeerd door de sociotherapeut en de stagiaire. Voor haar stonden twee politieagenten. Ze zat diep weggedoken in haar jas, hoewel het niet eens echt koud was. Ze hield haar blik strak op de grond gericht en alles wat er gebeurde leek langs haar heen te gaan. Ik probeerde me een voorstelling te maken van wat er in haar hoofd omging, maar eigenlijk had ik geen idee.

Rienke probeerde even met haar te praten, maar ze hield uiteraard haar lippen stijf op elkaar. Uiteindelijk gaf Rienke het op. De politie nam Robin mee. Ze liet zich haast willoos meevoeren.

Op de terugweg was Rienke gefrustreerd. 'Ze weigert gewoon een woord met mij te wisselen. Als ik een gesprek met haar probeer te voeren, gaat ze een beetje uit het raam zitten kijken. En als ze al wat zegt, is het alleen maar om er zelf beter van te worden. Dan vraag ik of ze nog gaat krassen als ze een scherp voorwerp krijgt en dan zegt ze glashard nee.'

'Goede woordspeling', merkte ik op.

Rienke ging er niet op in. 'Op deze manier kunnen we haar natuurlijk nooit een keer behandelen. En dat terwijl ze best een normaal leven kan hebben ondanks haar borderline, maar dan moet ze er wel voor openstaan.'

Grappig hoe je definitie van "normaal" verandert als je op de gesloten afdeling werk. De zingende Afrikaan bijvoorbeeld kan naar maatstaven van de psychiatrische instelling een redelijk normaal leven leiden, aangezien hij in staat is elke ochtend op te staan zonder dat iemand op hem in hoeft te praten en hij, als hij echt zijn best doet, ook best een paar dagen achter elkaar voor zichzelf zou kunnen koken.

Daarna zou hij waarschijnlijk het gas aan laten staan en met lucifers gaan spelen, alleen maar om te kijken wat er zou gebeuren.

Maar goed. Normaal, dus.

Rienke zuchtte. 'Soms zou ik willen dat we de patiënt gewoon onder narcose konden brengen en behandelen.'

Blijken Rienke en ik toch opvallend hetzelfde te denken over geneeskunde. Behalve dan dat ik dat niet soms, maar vrijwel altijd wil.

Maar dat zei ik maar niet.

In plaats daarvan vroeg ik: 'Als ze zelf vindt dat ze geen borderline heeft, welke diagnose zou ze dan wel willen?'

Een zin waarvan ik dacht dat ik hem nooit zou uitspreken. Een diagnose is een diagnose. Punt.

Maar niet bij psychiatrie.

'Geen idee', zei Rienke. 'Als ik een keer echt met haar zou kunnen praten, zou ik daar misschien antwoord op kunnen geven.'

Ze parkeerde de auto. 'Kom mee, dan gaan we Robin vertellen wat de consequenties van haar gedrag zijn.'

'En die zijn?' vroeg ik, terwijl ik haar naar binnen volgde.

'Je kent het systeem van vrijheden toch? Zes betekent dat je weg mag wanneer je wil, één betekent dat je bijna niets mag. Robin zat op drie, maar gaat direct terug naar één.'

Ik denk aan Robin, die nu op haar kamer moet blijven, geen televisie meer mag kijken, niet mag computeren, niet mag sporten, niets. Ik weet niet of ze het mist. Ze houdt zich sowieso afzijdig bij dat soort activiteiten.

Maar welk meisje van zestien vindt het leuk om alleen maar op haar kamer te zitten en naar de vloer te staren? Niemand toch?

Opnieuw heb ik met haar te doen.

Mijn god, straks word ik nog sentimenteel.

ZATERDAG 16 MEI

18:00 uur

Daar zit ik dan weer. Thuis met mijn beste vriend, mijn studieboek. Mijn andere vriend, Lucas, heeft een of andere feestavond bij de roeivereniging. Ik probeer nogal hard me er niet aan te ergeren, maar dat lukt niet zo.

Eigenlijk ben ik nogal gefrustreerd. Zo veel tijd hebben we niet samen en dan geeft hij de voorkeur aan die stomme roeiclub. Terwijl de op de kop af zeventien minuten die ik met hem aan de telefoon heb gehangen, hem blijkbaar al te veel tijd kostten.

'Duurt dit nog lang?' vroeg hij, terwijl ik net in een verhaal over Robin zat. Ook al zit mijn coschap kinderpsychiatrie erop, ik kan haar maar moeilijk uit mijn hoofd zetten. Ik belde Lucas om, als co's onder elkaar, met hem te kunnen praten.

'Iemand die niet wil, kan niet geholpen worden', zei Lucas echter alleen maar. 'Als arts moet je daar je tijd niet aan verspillen.'

'Ja, maar de vraag is waarom ze niet geholpen wil worden. Volgens mij komt het allemaal voort uit angst.'

Lucas klonk kortaf. 'Waar maak je je nou zo druk om? Zo'n grietje loopt de hele boel te manipuleren en het probleem is dat niemand daar ooit iets van zegt. Het enige wat er gebeurt is dat er eindeloos tegen haar aan wordt geleuterd.'

'Wat moet je anders? Vroeg of laat zal ze toch moeten worden behandeld, maar daarvoor moet je haar eerst overhalen. Eerst zorgen dat ze genoeg vertrouwen krijgt om de behandeling aan te durven.'

'Jij hebt je door die psychfiguren behoorlijk laten inpakken. Ik dacht dat je het met me eens was dat er in de gezondheidszorg te veel wordt geluld en te weinig wordt gehandeld.'

'Dat vind ik ook nog steeds, maar in de psychiatrie ligt dat natuurlijk wel een beetje anders. Daar bestaat de behandeling nou eenmaal uit veel praten. En medicatie, natuurlijk, maar om vast te stellen wat iemand heeft zul je eerst veel met die persoon moeten praten.'

'Ik moet ophangen', zei Lucas alleen maar. 'Ik heb een afspraak.'

'O. Ik had gehoopt dat we misschien vanavond...'

'Nee, ik heb een feestje.'

En dat was het dus. Hij hing op zonder ook maar met één woord te reppen over morgen, als we allebei ook vrij hebben. Nou, dan niet. Als hij me wil zien, mag het initiatief van hem komen. Ik vermaak me heus wel zonder Lucas. Ik ga Natascha en Simone sms'en.

18:05 uur

Shit, die hebben allebei geen tijd. Iemand anders om de zaterdagavond mee door te brengen... Waarom komt nu alleen Barts naam in me op?

18:06 uur

Nee, doe normaal. Als één man al niet genoeg tijd kost. Ik heb trouwens nog lekkere pasta in de vriezer. En nu kan ik vanavond even lekker opschieten in het hoofdstuk over bloedziekten.

ZONDAG 17 MEI

12:00 uur

Uiteindelijk keek ik gisteravond naar de zoveelste herhaling van *The Bodyguard*. Ook wel eens lekker, een avondje voor de tv hangen. Maar daardoor heb ik nog weinig gedaan aan mijn studie, dus ik moet vandaag aan de bak.

Om tien uur belde mama. Of ik zin had om vanavond te komen eten.

'Ik heb het te druk met studeren', antwoordde ik meteen.

'Wat jammer. We zien je zo ontzettend weinig.'

'Ik weet het, mam', antwoordde ik met een licht schuldgevoel. 'Maar ik heb het gewoon vreselijk druk.'

'Jacco zit met een grote opdracht voor scheikunde waar hij wat moeite mee heeft. Hij hoopt dat jij hem kunt helpen.'

Door die opmerking voelde ik me nog schuldiger. 'Als mijn coschappen achter de rug zijn heb ik meer tijd', zei ik, hopend dat mama erover op zou houden.

'Ik weet het, schat', zei ze gelukkig begripvol. 'Ik ben ook heel trots op je dat je zo hard studeert. En ik weet zeker dat Jacco het ook begrijpt. Vind je het zwaar, de coschappen?'

'Het zijn wel lange dagen. Eigenlijk wil ik heel graag aan mijn specialisatie beginnen.'

'Het duurt je een beetje te lang?'

Ik keek naar de stapel studieboeken die ik nog moest doorworstelen. Ja, eigenlijk duurt het allemaal te lang. Dit gesprek, mijn coschappen en de tijd die Lucas nodig heeft om tot de conclusie te komen dat hij best wat meer moeite voor onze relatie mag doen.

Ik voel me nu best lullig over het gesprek. Waarom kan ik mijn broertje niet gewoon even helpen? Moet ik niet blij zijn dat hij tenminste gewoon naar school kan en niet net als Robin ergens op een gesloten afdeling zit met vrijheden-gradatie nummer één?

Robin. Ik vraag me af hoe het met haar is. Zou ze nog hebben gekrast? Zijn haar wonden weer open of kan ze er lang genoeg vanaf blijven om ze te laten genezen?

Ik schud mijn hoofd. Interne geneeskunde. Daar gaat het nu om. Morgen wacht het Academisch Ziekenhuis Amstelstad. Eindelijk weer echte geneeskunde, en het ziekenhuis ligt ook nog eens dichterbij dan de Geesthoven Kliniek. Minder reistijd, meer tijd om te studeren, dus.

MAANDAG 18 MEI

8:00 uur

Kom ik net de afdeling interne geneeskunde op, staat Bart ineens voor mijn neus. Ik wist wel dat hij naar interne geneeskunde ging, maar ik had hem niet eens gevraagd in welk ziekenhuis. Dit ziekenhuis dus, AZ Amstelstad.

Ik denk dat ik het leuker vind dan ik het zou moeten vinden.

10:00 uur

Bart en ik hebben niet hetzelfde rooster. Bij interne geneeskunde moet je altijd maar afwachten op welke afdeling je precies terecht komt – er zijn er nogal veel. Ik heb mazzel, Bart niet. Hij gaat naar MDL, ik naar hematologie. Ik ben blij dat het niet andersom is. Maag-darm-lever, het is mijn hobby niet.

De hematoloog lijkt me een aardige man. Hij kwam zowaar naar me toe om me een hand te geven. Maar aangezien dit een groot academisch ziekenhuis is, zal ik met hem weinig te maken hebben. Met de arts-assistenten des te meer. Gelukkig denk ik dat ik het met Laura, de assistent die vandaag dienst heeft, wel kan vinden. Ze heeft me verteld dat ze eigenlijk chirurg wilde worden en nog steeds een grote voorliefde voor dat vak heeft, maar dat ze na drie afwijzingen toch maar voor iets anders heeft gekozen.

'Baalde je?' vroeg ik.

Laura knikte. 'Verschrikkelijk. Ik heb een week lang gehuild toen ik het wéér niet was geworden. Maar daarna heb ik me eroverheen gezet en ben ik naar hematologie gegaan. Ik ben nu twee jaar bezig en nog steeds kan ik best jaloers naar de chirurgen kijken, maar dit is óók een ontzettend boeiend vakgebied.'

'Ja', zei ik, omdat ik niet wist wat ik anders moest zeggen. Als ik Laura was, had ik een vierde keer geloot en daarna een vijfde.

Alhoewel... Al die jaren wachten voor je eindelijk mag beginnen. Voor je het weet ben je vijfendertig en ben je nog steeds niets anders dan basisarts.

En misschien heeft Laura gelijk. Misschien zijn andere vakgebieden ook interessant. Neem Robin. Ze kwam binnen als een lamgeslagen vogeltje met gitzwarte haren en overal krassen. Het zou super zijn om haar te zien opknappen en uiteindelijk misschien wel naar de open afdeling te kunnen sturen. Geeft dat minder voldoening dan iemand die je één keer hebt gezien van een ontstoken appendix afhelpen?

Misschien juist wel méér.

Ik schud mijn hoofd. Ik moet echt ophouden over Robin. Ze is verleden tijd. Ik moet de statussen van de patiënten lezen en straks met Laura en dokter Riemersma de visites lopen.

19:00 uur

Kom net uit het mortuarium. Vanochtend overleed een patiënt op de afdeling, maar waaraan is onduidelijk. Hij was helemaal opgeblazen en uiteindelijk vrij onverwacht overleden. Riemersma heeft hem voor obductie gestuurd om te weten te komen wat hij heeft gehad.

Laura vertelde dat dat wel vaker gebeurde. Veel patiënten overlijden uiteindelijk aan een complicatie die ze krijgen als gevolg van hun ziekte, en soms is het niet duidelijk wat die complicatie precies is. Een ontsteking, een griepvirus – als je weerstand nul is door de behandelingen loop je heel snel iets op.

Ik heb een hoop zieke mensen gezien, maar zo ziek als ze op hematologie zijn, dat heb ik nog niet vaak meegemaakt. De visiteronde was een aaneenschakeling van acute leukemie, ziekte van Hodgkin en verschillende andere kwaadaardige lymfomen. De ene bleke, magere patiënt na de andere. Laura kent er veel bij de voornaam, omdat ze vaak lang blijven. Ze kennen elkaar ook, inmiddels. Als er een overlijdt, is de onrust op de afdeling groot. Zoals vandaag.

In het mortuarium heerste echter de gebruikelijk rust. Sky Radio speelde op de achtergrond en de geur van formaldehyde drong mijn neus binnen zodra ik een stap over de drempel zette. Net de snijzaal.

De roestvrijstalen tafels waren leeg, op één na. Het was een bizar gezicht om een patiënt te zien die zo opgeblazen is. De man die op de tafel lag was zeker twee keer zo groot als normaal.

De mortuariumassistent had de organen uit het lichaam gehaald en opengesneden voor ons klaargelegd. 'Dokter Van der Meijden komt eraan', zei hij.

Ik keek Laura aan. 'De patholoog-anatoom', verduidelijkte ze.

In mijn eerste jaar coschappen had ik twee weken het keuzecoschap forensische pathologie gevolgd, oftewel CSI voor beginners. Op zich interessant en een feest voor iemand die graag wil snijden, zoals ik, maar ik had meteen besloten dat pathologie-anatomie mijn vak niet wordt. Ik hoef niet direct patiënten die de oren van je kop lullen, maar een patiënt bij wie de aders nog kloppen is toch wel het minste.

Dat neemt niet weg dat ik, anders dan andere co's, het mortuarium geen vervelende plek vind. Ik vind het niet vies of eng, maar juist boeiend. Het is dé plek om de anatomie goed te kunnen bekijken en bovendien is het echt interessant om te zien hoeveel informatie je kunt halen uit een dood lichaam. Dat helpt niet alleen de familie van de patiënt van een heleboel vragen af, maar draagt ook bij aan de wetenschap. Niet voor niets kwam Riemersma hoogstpersoonlijk naar het mortuarium om zijn dode patiënt te bekijken.

'De darmen en de milt hebben een normaal aspect', zei de patholoog-anatoom, die ondertussen zijn entree had gemaakt. Hij pakte een roestvrijstalen schaal met daarin een in plakken gesneden lever. 'Maar hier zie je een duidelijk vergrote lever met verschillende maligne haarden. Daarnaast zat de buik vol met ascites.'

Riemersma boog zich over het orgaan heen. Laura en ik stonden achter hem en keken mee. Nu de patholoog-anatoom het had aangewezen, waren de afwijkingen in de lever inderdaad duidelijk zichtbaar.

'Dus inderdaad is er sprake van uitgebreide metastasering en tekenen van orgaanfalen', zei Riemersma.

Mijn telefoon trilde in mijn zak. Onopvallend keek ik wat het was. Een sms'je. Van Bart. *Sta hier bij de zesde kotsende patiënt van vandaag. Hopelijk is hematologie minder ranzig.*

Ik glimlachte en sms'te terug. *Sta in het mortuarium een in plakken gesneden lever te bekijken. Hoef morgen geen worst op brood. Win ik nu?*

Het antwoord liet niet lang op zich wachten. *Jij wint definitely. Zin om woensdag samen te lunchen? Geen worst. Beloofd.*

Ik grinnikte hardop. Het geluid weerklonk tegen de betegelde muren. Laura keek me bevreemd aan. Snel hield ik mijn mond.

Ik typte een berichtje terug. *Deal.*

Ik heb er nu al zin in.

DINSDAG 19 MEI

6:15 uur

Niets. Ik heb gisteravond Lucas ge-sms't. Niets bijzonders. Gewoon hoe het gaat en of hij het druk heeft. Blijkbaar wel, want hij stuurt niets terug.

6:45 uur

Nog steeds niets. Ik ben met de tram onderweg naar het ziekenhuis en staar hypnotiserend naar mijn telefoon. Maar die doet niets.

10:30

Koffiepauze en een sms. Marjolein. Wanneer mama ophoudt met zeuren over Leandro. *Als je het uitmaakt*, sms ik terug.

12:45

Niet te geloven, een sms van Lucas. En niet zomaar een bericht, hij zegt dat hij vanavond tijd heeft en wil eten bij Confusion, bij mij op de hoek.

Ben zeer blij. Ik sms direct terug dat ik er om acht uur ben.

Status: op de goede weg.

22:00 uur

'Ja, en?'

Dat was het enige wat hij zei. Serieus. Ja, en?

'Nou,' zei ik, 'de "en" is dat ik mijn spaarzame vrije tijd opoffer om met jou af te spreken en dat jij me nu al een uur laat wachten. En dat ik jou moet bellen in plaats van andersom.'

'Ik heb het druk.'
'Ja, en?'
Lucas raakte geïrriteerd. 'Jezus, Fem, ik mocht assisteren bij een transvaginale supraspinale fixatie en jij gaat lopen zaniken over een eetafspraak. Ik heb gezegd: als ik tijd heb, kom ik.'
'Nee, je hebt gezegd: ik heb tijd, dus ik kom.'
'*Whatever.* Uitgerekend jij zou toch moeten begrijpen dat je in het ziekenhuis nooit iets kunt voorspellen. Als je daar niet tegen kunt, moet je lekker op een kantoor gaan werken.'
'Hoezo: als ík daar niet tegen kan?' vroeg ik nog, maar Lucas had al opgehangen. Ik rekende de Spa Rood af, verontschuldigde me bij de ober die mijn verhaal over mijn vriend die in het ziekenhuis werkt en daarom niet kon komen duidelijk niet geloofde en ging naar huis. De rest van de avond hoorde ik niets van Lucas, net als de hele ochtend en middag.
Natuurlijk, iedereen weet dat coschappen twee slopende jaren zijn waarin alles behalve het ziekenhuis naar de achtergrond verdwijnt. Zelf heb ik toch ook Natascha en Simone al weken niet meer gezien? Om het maar niet te hebben over Jacco's scheikundeopdracht.
Maar dan nog dóé je dit gewoon niet. Hij heeft me keihard laten zitten. En ik heb even keihard genoeg van hem.

WOENSDAG 20 MEI

10:00 uur

Eindelijk een rustige plek gevonden om het hoofdstuk over leukemie nog eens extra door te nemen, geen overbodige kennis voor op de afdeling hematologie. De Leidraad Interne Geneeskunde ligt open op mijn schoot, maar elke keer dwalen mijn gedachten af.

Gisteravond belde Marjolein. Het is alweer even geleden dat ik haar over Lucas vertelde en volgens de maatstaven van Marjolein mag er dan nu wel zo'n beetje getrouwd worden. Ik deed er luchtig over, wuifde al haar vragen weg. Nee, we zagen elkaar niet heel veel. Ja, daar voelden we ons prettig bij. Wij hebben nou eenmaal carrières. Wij zijn niet klef, wij hebben het druk. Dat soort dingen.

Uiteindelijk vroeg ze: 'Gaat het eigenlijk wel goed tussen jullie?'

Ik antwoordde snel dat het natuurlijk allemaal prima ging. Maar eigenlijk weet ik het niet. Vast niet, als hij mij laat zitten in een restaurant, geen sms'jes beantwoordt en ik hem niet durf te bellen omdat ik bang ben dat ik hem dan stoor.

Ik moet echt verder met studeren. Leukemie, dus. Acute lymfatische leukemie is een aandoening waarbij maligne cellen (blasten) woekeren in het beenmerg, waardoor de normale bloedaanmaak verdrukt wordt, lees ik. Hematologie draait voor een groot deel om leukemie, hodgkin en andere kankersoorten van het bloed en de lymfeklieren.

Shit, mijn pieper gaat. En ik heb nog maar een klein stukje gelezen. Tijdens de lunch heb ik ook geen tijd voor studie, want ik lunch met Bart.

16:00 uur

Het is verschrikkelijk! Er is iets met Jacco. Mama belde net tien keer achter elkaar. Dat is niets voor haar, dus vluchtte ik naar het toilet en belde haar terug.

Hysterisch was ze. 'Ik zit in de ambulance met Jacco! Een ongeluk! We moeten naar het ziekenhuis!'

Ik kon haar bijna niet verstaan door het geloei van de sirenes.

'Hè?' vroeg ik nogal onnozel. 'Hoe bedoel je?'

'Een ongeluk! Hij heeft een ongeluk gehad! Papa komt er ook aan. We moeten naar het Academisch Ziekenhuis Amstelstad. Het is echt ernstig!'

'Ik ga nú naar de SEH!'

'Wat?'

Ik besefte dat ik in ziekenhuistaal praatte. 'De spoedeisende hulp. De eerste hulp, bedoel ik. Ik zie je zo.'

Mama hing op. Snel rende ik naar de artsenkamer, waar Laura bezig was statussen bij te werken. 'Ik moet weg!' riep ik paniekerig. 'Mijn broertje! Hij...'

Gealarmeerd schoot Laura overeind. 'Wat bedoel je? Is er iets met een patiënt?'

'Nee, het is mijn broertje! Mijn moeder belde net vanuit de ambulance. Ze komen hier naartoe. Ik moet naar de SEH.'

'Ga snel!' riep Laura.

Ik holde de gang door, moest mijn pas inhouden voor de deuren naar de gang die maar langzaam open schoven. Ongeduldig ramde ik op het knopje van de lift.

Net op dat moment liep Bart voorbij. 'Zo, jij hebt haast', riep hij vrolijk. 'Patiënt?'

Even flitsten mijn gedachten terug naar de lunch van vanmiddag. Bart had woord gehouden en getrakteerd op een salade waarvan ik geen idee had waar hij die vandaan had gehaald, want het restaurant van het ziekenhuis is over het algemeen niet zo verfijnd.

Maar nu had ik geen tijd voor hem. 'Ja, een patiënt!' riep ik nog net, voor de deuren van de lift dicht schoven.

Het duurde minder dan een minuut voor de deuren op de begane grond weer open gingen, maar het leek wel een uur.

Ik rende door de gang, zo de spoedeisende hulp op. Een verpleegkundige keek me bevreemd aan. 'Kan ik...' begon ze, maar ik holde haar voorbij.

'Jacco van Wetering', hijgde ik bij de balie. 'Waar is hij?'

'Wie?' De verpleegkundige pakte meteen een klembord met een lijst. 'Wetering, zei je?'

'Ja. Hij is net met de ambulance binnengebracht.'

Ze liep de lijst langs. 'Nee, geen Jacco van Wetering. Weet je zeker dat de ambulance er al is?'

'Nee. Zijn er ambulances onderweg?'

Ze keek me bevreemd aan. 'Er zijn hier altijd ambulances onderweg.'

Waarschijnlijk dacht ze dat Jacco een patiënt van mij was, te oordelen naar mijn witte jas. En waarschijnlijk dacht ze ook dat ik een beetje was doorgeslagen in mijn betrokkenheid bij de patiënten. 'Hij is mijn broertje', verklaarde ik. 'Hij heeft een ongeluk gehad.'

De uitdrukking op haar gezicht veranderde op slag. 'Sorry, ik dacht... Laat maar. Er zijn drie ambulances onderweg. Eén met een hartinfarct en twee met een ongevalsslachtoffer. Verschillende ongevallen. Eén heeft een aanrijdtijd van twee minuten, de ander van zeven.'

Mama had niets gezegd over waar ze waren.

'Je kunt het beste hier wachten', zei de verpleegkundige. 'Iedereen komt via die deur binnen.' Ze wees naar de schuifdeur recht tegenover de balie. 'Als je hier blijft staan, kun je hem niet missen.'

Ik moet als een kip zonder kop rondjes hebben gelopen voor de balie. De deuren schoven voortdurend open, omdat ik er zelf te dicht langs liep. En elke keer schoot mijn hart in mijn keel. Zo moeten familieleden van de SEH-patiënten zich dus voelen. Een paar keer werd ik door artsen en verpleegkundigen bevreemd aangekeken. Een beetje zoals ik zelf wel eens naar ongeruste familieleden heb gekeken, moet ik toegeven.

Uiteindelijk kwam er een brancard de gang in, geflankeerd door twee ambulancemedewerkers. Ik hield mijn adem in, maar toen ze dichterbij kwamen zag ik het. Het was een oudere man met elektroden op zijn borst die aangesloten waren op een monitor.

Het hartinfarct was gearriveerd.

De man werd naar een kamer gereden en direct liepen er twee arts-assistenten achter hem aan.

Ik richtte mijn blik weer op de deur. Vrijwel direct kwam het tweede ambulanceteam de afdeling op. Deze keer zag ik direct mama, die erachteraan rende. Ik schrok meer van haar gezicht dan van Jacco, die met een nekkraag om en bloed op zijn hoofd op de brancard lag. Hij lag er levenloos bij. Mama was helemaal bleek en begon te huilen zodra ze mij zag.

'Wat is er gebeurd?' vroeg ik paniekerig. 'Hoe gaat het met hem?'

'Ik weet het niet. Hij is aangereden aan het eind van de straat. De buurvrouw kwam aangerend en zei dat ik mee moest komen. Toen was de ambulance er al.'

Ik gaf geen antwoord, maar holde achter het ambulancepersoneel aan de traumakamer in. Mama volgde mij op de voet. Ik had geen tijd om haar bij te staan. Ik wilde eerst weten hoe het met Jacco was.

Er stond meteen een compleet traumateam om hem heen, dat hem aan mijn zicht onttrok. Mama had mijn arm vastgegrepen en kneep hem bijna fijn.

Er kwam een verpleegkundige naar ons toe. 'U bent familie?' vroeg ze aan ons.

'Ja!' riep mama. 'Hoe gaat het met hem? Hoe... Ik...'

'Komt u maar mee', zei de vrouw. 'U kunt beter even in de wachtkamer gaan zitten.'

Ik weet dat dit gebruikelijk is. Voor familie is het niet prettig om de behandelingen te zien en de gesprekken op de traumakamer te horen, en voor het traumateam is het niet handig als de familie in de weg loopt. Paniekerige familie met honderdduizend vragen, ook nog eens.

Maar nu ik zag hoe mama eraan toe was, vond ik het een debiele regel. Waarom mocht zij niet naast haar zoon staan, nu hij haar nodig had? Waarom mocht ze niet zien wat er met hem gebeurde?

Omdat hij nu aan alle kanten werd geprikt, gefotografeerd en onderzocht, beantwoordde ik mijn eigen vraag.

'Wat doen ze nu?' Mama kon geen seconde blijven zitten. Gelukkig was er verder niemand in de wachtkamer.

'Ze zijn nu bezig met het traumaprotocol', zei ik. Het klonk ineens als iets uit een andere wereld. Traumaprotocol? Foto's, bloedprikken, hartslag, bloeddruk – hallo, het ging hier wel om mijn kleine broertje! Ze moesten voorzichtig met hem zijn. Hij mocht dan zestien zijn en best groot, maar als het erop aankwam was hij doodsbang voor naalden. Vroeger, als ik deed alsof ik hem ging inenten met een potlood, rende hij gillend weg. En die keer dat hij geopereerd moest worden aan zijn gebroken pols, krijste hij het hele ziekenhuis bij elkaar toen er een infuus werd geprikt.

Vanuit een andere kamer klonk schril geschreeuw, van een kind. Mijn nekharen gingen overeind staan en ik rilde van het kippenvel.

'Wat is er gebeurd?' vroeg ik weer.

'Ik weet het niet.' Ze veegde langs haar ogen. Er bleven zwarte strepen mascara achter op haar wangen. 'Hij ging naar voetbaltraining. En een paar minuten later kwam de buurvrouw eraan. Jacco lag op de grond met overal bloed en...' Ze begon weer te huilen. 'Er was ook een auto. Die stond een beetje verderop. Iemand zei dat Jacco aangereden was en dat hij geen voorrang had gekregen. Maar ik weet het niet precies.'

'Was hij nog bij kennis?' De dokter uithangen maakte me rustiger. Het was de enige manier om grip op de situatie te houden.

Maar mama raakte ervan in paniek. 'Ik weet het niet', zei ze met een rare hoge stem. 'Ik denk het niet. Ik heb wel tegen hem gepraat, maar hij gaf geen antwoord. En overal was bloed.'

'Rustig maar', zei ik. Ik pakte haar hand en kneep er zachtjes in. 'Het komt heus wel goed. Ze zijn hem nu aan het onderzoeken en dan gaat het straks vast een stuk beter met hem.'

'Maar hij was bleek en dan dat bloed...' Ze sloeg haar handen voor haar gezicht. Haar schouders schokten.

Ik wist niet wat ik moest doen. Ik beet op mijn lip. De paniek kroop als een sluipmoordenaar door mijn lichaam. Allerlei termen schoten door mijn hoofd. Hersenletsel, gebroken nek, totale paralyse, inwendige bloedingen, coma.

Nee!

Jacco zou er bovenop komen. Zelfs als hij in coma zou raken, zou hij uiteindelijk wakker worden en helemaal herstellen. Aan welke andere mogelijkheid dan ook wilde ik niet denken.

'Wat als hij in coma raakt?' vroeg mama, alsof ze mijn gedachten kon raden. 'Misschien blijft hij wel jaren...'

'Houd op!' Ik drukte mijn handen tegen mijn oren. 'Zo moet je niet denken. We moeten nu positief blijven.'

'Ja, maar...'

'Nee!' Ik sprong op en pakte haar bij haar schouders. 'Je mag dat niet zeggen! Je mag het niet eens denken!'

Ze knikte en schudde haar hoofd en keek me radeloos aan. 'Maar wat áls...'

De vraag bleef tussen ons in hangen.

Achter ons klonk een stem. 'Hier zijn...'

'Margreet!'

Ik draaide met een ruk om. Papa stond in de deuropening, samen met een verpleegkundige. In twee stappen was hij bij mama en toen sloeg hij zijn armen om haar heen, om haar direct daarna weg te duwen en aan te kijken. 'Wat is er gebeurd?'

'Hij heeft een ongeluk gehad!'

'Pap, ik...' begon ik, maar hij leek me niet op te merken.

'Wat voor ongeluk? Hoe bedoel je?' Ik had papa nog nooit zo wanhopig gezien. 'Waar is hij nu? Hij is toch niet...'

'Nee!' Het klonk als een rauwe schreeuw. 'Nee, hij is niet dood. Hij is... Hij is...'

'Hij is in de traumakamer', maakte ik haar zin af. 'Ze zijn met hem bezig met het traumaprotocol.'

'Traumaprotocol?' herhaalde papa. 'Wat is dat in godsnaam?'

'Dat betekent dat hij helemaal wordt onderzocht.' Ik keek hulpzoekend naar de verpleegkundige in de deuropening. Gelukkig begreep ze wat ik bedoelde.

'Meneer Van Wetering, de artsen zijn op dit moment met uw zoon bezig. Ik weet dat het moeilijk is, maar u kunt even niets anders doen dan hier zitten en wachten. Zodra er nieuws is, komt er iemand naar u toe.'

'Ik wil hem zien!'

'Dat kan niet, pap.'

'Ik wil hem zien!' Zijn stem klonk schril. Toen zag ik voor het eerst in mijn leven tranen in papa's ogen.

Ik keek er met open mond naar. Mijn onderlip begon te trillen en ik slikte, maar het brok in mijn keel verdween niet. Papa, die nooit huilde, die altijd voor alles een oplossing wist, die mijn speelgoed repareerde en met een kus op mijn knie de pijn van een schaafwond wegnam. Papa die ervoor zorgde dat ik elke avond rustig kon gaan slapen, gewoon omdat hij er was. En nu biggelden de tranen over zijn wangen.

Ik slikte nog een keer en nog eens, maar het had geen zin. Er rolden tranen over mijn wangen. Ik knipperde om ze weg te krijgen, maar ze bleven komen.

Jacco.

Jacco!

Had ik hem de laatste tijd niet een beetje verwaarloosd? Ik had hem meer aandacht moeten geven, vaker moeten bellen hoe het met hem ging. Ik had hem bij mij thuis moeten uitnodigen en écht interesse in hem moeten tonen. En boven alles had ik hem moeten helpen met zijn scheikundeopdracht.

Maar nu lag hij hier op een roestvrijstalen tafel en prikten artsen allerlei naalden in zijn lijf en was het nog maar de vraag of ik na deze dag nog een broertje had.

17:30 uur

Jacco moet geopereerd worden. Iets met zijn hersenen. Een zwelling. Hoe heet zo'n ding ook alweer? Ben zo ondersteboven dat ik dat niet eens meer weet. Het is echt ernstig.

18:00 uur

Ik word gek. Wachten duurt zo lang.

18:05 uur

Papa vroeg of we iets wilden eten. Mama gaf geen antwoord. Ik heb geen honger. Toen ging hij alleen. Ik voel me schuldig dat ik niet mee ben gegaan. Ik wil niet dat hij alleen is, of eenzaam. Er moet iemand bij hem zijn. Straks heeft hij nog maar twee kinderen en ik wil niet dat hij denkt dat die er niet voor hem zijn.

18:06 uur

Hij heeft drie kinderen. Punt uit.

18:07 uur

Heb je nog drie kinderen als er één dood is? Ik herinner me een moeder die huilend dezelfde vraag stelde, nadat haar kindje net was overleden op de kinderafdeling. De arts-assistent troostte haar, maar wist het antwoord ook niet.

Eerlijk gezegd vond ik het een rare vraag.

Maar nu begrijp ik hem. Want het is belangrijk.

18:30 uur

Nee, het is helemaal niet belangrijk, want het gaat niet gebeuren. Papa is terug met een patatje voor zichzelf en een broodje voor mama. Hij is niet eenzaam en hij heeft gewoon drie kinderen. Ik wil niet dat er iets verandert. Ik wil het niet.

19:00 uur

Wachten duurt echt veel te lang. Ik belde Lucas net, maar hij nam niet op. Hij luistert zijn voicemail nooit af, dus heb ik niets ingesproken. In plaats daarvan heb ik een sms gestuurd dat er iets vreselijks is gebeurd dat hij me zo snel mogelijk moet bellen.

19:15 uur

Wat hij dus niet doet.

19:20 uur

Misschien is de sms niet aangekomen. Ik probeer het opnieuw.

19:30 uur

Niets. Niets van Lucas en niets over Jacco. Ik word echt gek.

22:30 uur

De operatie is eindelijk achter de rug. Dokter Sijmens, de neuroloog, kwam met ons praten.

'Gaat u zitten.'

Ik keek naar de lege plek naast de specialist. Het was raar om niet daar plaats te nemen, maar tegenover hem op de bank. Ik wierp een blik naar rechts, op papa's gespannen gezicht. Mama bette haar ogen met een zakdoekje. Ze waren rood en gezwollen. Ze leek in de afgelopen uren tien jaar ouder te zijn geworden.

Op het laatste moment kwam een coassistent binnen, die naast Sijmens ging zitten. Ik kende hem niet. Hij mij ook niet, want hij schudde me neutraal de hand.

Mijn witte jas had ik uren geleden al uitgetrokken. Laura had me, toen ik terugkwam, direct weggestuurd van de afdeling om bij Jacco en papa en mama te kunnen zijn. Vooral bij papa en mama eigenlijk, want Jacco was van de SEH direct naar de OK gestuurd.

Intracranieel hematoom, luidt de diagnose. Bloeduitstorting onder zijn schedel. Meteen kwam er van alles uit mijn leerboek neurologie bij me op. Uitvalsverschijnselen, verhoogde intracraniële druk, epileptische aanvallen.

Blijvende invaliditeit. Ik zag Jacco voor me in een rolstoel met een hangende mondhoek en een straaltje kwijl dat naar beneden drupt.

'De operatie is op zich goed verlopen', haalde Sijmens me terug in de werkelijkheid. 'Maar er is wel een complicatie opgetreden. Door de operatie is er cerebraal oedeem ontstaan.'

Ik schrok en keek naar papa en mama. Dat betekende dat Jacco nog altijd in levensgevaar verkeerde!

Ik zag dat mama hulpzoekend naar papa keek. Hij keek naar de arts. Aan de radeloze blik in zijn ogen zag ik dat hij schrok van wat Sijmens zei, maar dat hij niet wist wat het inhield.

'Dat betekent dat er een zwelling in zijn hersenen is ontstaan', zei ik snel. Waarom kon Sijmens het niet zo uitleggen dat papa en mama begrepen wat er met hun kind aan de hand was?

Mijn blik ontmoette even die van de coassistent. Zijn rol was naast Sijmens zitten en af en toe knikken, vooral bij de medische termen.

Was ik ook zo?

Sijmens keek me aan. 'Je weet er veel van?'

'Ik ben coassistent.'

'Hier?' Sijmens trok zijn wenkbrauwen op. Ik kon de vraagtekens in zijn ogen zien. Moet ik die kennen?

'Nee, niet op neurologie. Op hematologie. Ik heb vorig jaar neuro in het Sint Paulus gedaan.'

De afkeuring was van Sijmens' gezicht af te lezen. Zoals elke specialist in een academisch ziekenhuis keek hij neer op de streekziekenhuizen.

'Maar mijn broertje...', zei ik, om het gesprek terug te brengen op het enige onderwerp dat telde.

'Ja. Het probleem is dus dat hij door de klap een hematoom in de motorische cortex heeft gekregen, en daarom hebben we tijdens de operatie dat gebied moeten vrij leggen om het te kunnen herstellen.'

Ik keek naar de coassistent. Hij luisterde naar de specialist en leek verder weinig geïnteresseerd in hoe het nieuws bij ons aankwam.

Kon hij nou niet íéts meer medeleven tonen?

'Maar wat betekent dat voor de toekomst? Wordt hij nog wakker?' vroeg papa uiteindelijk.

Sijmens knikte. 'Hij wordt wakker als wij hem wakker maken. We houden hem nu gesedeerd. Als we daarmee stoppen, wordt hij wakker.'

'Waarom doen jullie dat dan niet?'

'Omdat we de zwelling de tijd geven om kleiner te worden en dat gaat beter als de patiënt niet bij bewustzijn is.'

De patiënt, de patiënt. Je hebt het wel over mijn broertje, wilde ik Sijmens toeschreeuwen. Maar ik beet op mijn lip en hield me in.

'En wanneer maken jullie hem dan wakker?'

Sijmens keek moeilijk. 'Dat is nu echt nog niet te zeggen. Door middel van een MRI-scan kunnen we de grootte van de zwelling bekijken en zodra deze genoeg is afgenomen, zullen we uw zoon uit zijn slaap halen. Maar dan is het natuurlijk nog zeer de vraag hoe hij wakker wordt.'

Nu keken papa en mama met grote ogen naar de specialist. Ik vond ook dat Sijmens het in eerste instantie had laten klinken als "hij wordt wakker, rekt zich uit en staat op", maar helaas zat het toch een beetje anders.

'Hoe bedoelt u?' vroeg mama met trillende stem.

'We weten nu nog niet in hoeverre het intracranieel hematoom schade heeft veroorzaakt in de motorische cortex en de omliggende gebieden. Dat kunnen we pas bepalen als hij wakker is.'

'En die schade aan die motorische cortex', zei papa. Hij sprak het uit alsof het een of andere buitenlandse taal was. 'Wat betekent dat?'

'Dat hersengebied stuurt bewegingen aan. Uw zoon zou dus al moeite kunnen hebben met de kleinste beweging. Dat kan van tijdelijke aard zijn, of voor altijd. Ik kan daar nu nog geen enkel uitsluitsel over geven. We moeten eerst afwachten hoe het verloopt met de zwelling.'

'Is mijn zoon in levensgevaar?' vroeg papa recht op de man af.

Sijmens wreef over voorhoofd alsof dit soort moeilijke vragen hem hoofdpijn bezorgden. Ik duwde mijn nagels in mijn handpalmen van woede. Hoe durfde hij op deze manier tegen ons te praten? Net of dit gesprek een lastige verstoring van zijn uiterst belangrijke werkzaamheden was.

'Ja,' zei hij toen, 'uw zoon is in levensgevaar. De eerste uren na de operatie zijn kritiek. Als hij die doorkomt, wordt de kans dat hij het redt groter. We zullen moeten afwachten.'

We zullen moeten afwachten. Ik had specialisten en arts-assistenten dat zinnetje zo vaak horen zeggen. Soms met veel medeleven, vaker bijna achteloos. Alsof afwachten iets makkelijks was, iets wat je zomaar even deed.

Ik wilde helemaal niet afwachten. Ik wilde niet met papa en mama rond Jacco's bed zitten en wachten op... Ja, waarop eigenlijk? Wachten of hij dood zou gaan of niet?

Later, toen Sijmens en zijn coassistent met wapperende witte jassen vertrokken waren, liepen we met z'n drieën achter een verpleegkundige aan die ons naar Jacco bracht.

Hij lijkt wel dood, was het eerste wat ik dacht toen ik hem zag. Mijn broertje had een wit verband om zijn hoofd, misschien kwam het daardoor dat zijn gezicht zo intens bleek leek. De piepjes van de hartbewaking doorbraken de stilte. Ik had ze zo vaak gehoord en er nooit echt acht op geslagen, maar ineens klonken ze als kanonschoten die mijn trommelvliezen lieten trillen.

Ik stapte naar voren en pakte zijn hand, die koud was. Mama kwam naast me staan en stak voorzichtig de hare uit. Ik legde Jacco's hand erin. Er drupten tranen op de deken en het duurde even voor ik me realiseerde dat die van mij waren.

'Hij redt het wel', fluisterde ik met dichtgeknepen keel. 'Hij gaat niet dood. Hij mag niet dood.'

Mama zei niets. Ze was bleek. Papa ging naast haar staan en hield haar vast. Ik staarde naar Jacco's gezicht. Het trillen van een ooglid, een minuscule trek van zijn lippen, een beweging van zijn met sproeten bedekte neus – ik verlangde naar íets wat zei dat hij ons kon horen. Maar niets bewoog.

Ik deed een stap opzij en raakte aarzelend zijn gezicht aan. Zijn voorhoofd voelde warm aan. Misschien had hij wel koorts. Koorts, meningeale prikkeling en verhoogde intracraniële druk, schoot het door me heen. Wat als de druk daardoor nog verder opliep? Moest hij dan opnieuw worden geopereerd? Zou hij een nieuwe operatie wel overleven...?

Een golf van misselijkheid overspoelde me. Ik wilde het niet denken en toch deed ik het. Ik draaide me om en rende naar het dichtstbijzijnde toilet, waar ik kokhalzend op mijn knieën viel. Uiteindelijk bleef ik met mijn verhitte hoofd tegen de koele tegels zitten, hevig trillend en niet in staat op te staan.

Na een hele tijd ging de deur open. 'Femke?' Het was mama. 'Waar ben je?'

'Hier.' Ik stond op, moest me even vasthouden aan de deurknop, maar stapte uiteindelijk het hokje uit. Mama keek me aan. Ze zei niets, maar stak haar armen uit. Ik vluchtte erin en begon te huilen.

'W-wat als... als hij d-dood gaat?'

Mama wreef over mijn rug. 'Hij gaat niet dood. Ik geloof het niet. Hij is jong en sterk en hij vecht.'

'Maar hij...'

'Sst. Hij vecht voor zijn leven. Hij is een vechter.'

Heel lang zeiden we niets. Ik bleef staan met mijn gezicht tegen de natte plek op mama's schouders, net als vroeger. Uiteindelijk maakte ik me los.

'Weet Marjolein het al?'

Mama knikte. 'Ik heb haar gebeld. Ze wil naar Nederland komen. Ze is nu bezig een vlucht te zoeken.'

Ik knikte.

'Ik ga terug naar Jacco', zei mama. 'Ga je mee?'

'Ik kom eraan. Nog even iemand bellen.'

Toen mama weg was, belde ik Lucas. Hij nam op vlak voor de voicemail erop sprong. 'Hallo?'

'Met mij. Waar ben je?'

Ik hoefde het niet te vragen. De muziek en het geroezemoes zeiden genoeg. Het studentencafé.

‘Kun je hierheen komen? Mijn broertje heeft een ongeluk gehad.’

‘Wat?’ vroeg Lucas hard. ‘Ik kan je niet verstaan.’

‘Mijn broertje! Hij heeft een ongeluk gehad!’

‘O. Ernstig?’

‘Ja, heel ernstig. Kun je...’

‘Rot voor je’, onderbrak hij me. ‘Maar ik kan je bijna niet horen. Ik ga ophangen, hoor, de verbinding is heel slecht.’

Daarna was hij weg. Ik staarde heel lang naar mijn telefoon.

DONDERDAG 21 MEI

5:00 uur

Ik kan niet slapen. Maar ik wil niet wakker zijn. Papa en mama zijn om de beurt bij Jacco, maar mama wil niet dat ik ook kom. Ik heb mijn slaap nodig, zegt ze. Alsof ik weer twaalf ben.

Ik houd het niet meer uit in het piketkamertje waar ik lig. Ik pak mijn telefoon. Lucas heeft niets van zich laten horen. Ik denk dat hij nog in het café is. Te dronken om zich iets van ons gesprek te kunnen herinneren.

5:10 uur

Ben toch maar uit bed gegaan en naar de IC gelopen. Papa zat bij Jacco, mama was naar huis om een poging te doen om te slapen. Dat zegt de verpleging altijd: ‘Als hij wakker wordt, heeft hij u nodig, dus kunt u nu maar beter naar huis gaan om te rusten.’

‘En?’ vroeg ik met een schorre stem.

Papa keek op. Zijn ogen waren roodomrand. ‘Geen verandering.’

Dat is goed. Denk ik. Geen verandering betekent ook: geen verslechtering.

'Ik blijf wel bij hem', zei ik. 'Ga maar even naar huis.'

'Maar als hij wakker wordt...' protesteerde papa.

'Hij wordt niet wakker tot de neuroloog hem wakker maakt.'

'Dat weet ik wel, maar ik laat hem liever niet alleen.'

'Ik ben er toch?'

Uiteindelijk ging papa weg. Net toen hij vertrokken was, piepte mijn telefoon. Ik schrok. Je mag helemaal geen mobiele telefoons gebruiken op de IC, omdat ze storing kunnen veroorzaken op de apparatuur.

Ik liep snel de gang op, weg van de IC. Eigenlijk wilde ik Jacco niet alleen laten, maar ik hoopte dat het berichtje van Lucas was en dat hij hierheen kwam.

Het was niet van Lucas, het was van Marjolein die gisteravond door mama op de hoogte was gesteld en meteen terug wil naar Nederland. *Pas zaterdag een vlucht. Word gek hier. Hoe is het met hem?*

Ik typte een berichtje terug. *Geen verandering. Ben blij dat je komt. Heb je nodig.*

Het is ook zo. Ik heb iemand nodig om bij uit te huilen. Iemand anders dan mijn moeder, die nu genoeg heeft aan haar eigen verdriet.

Ik mis Lucas. Ik mis hem zo erg dat het pijn doet om aan hem te denken. Ik wou dat ik hem gisteravond niet had gesproken, dat ik mezelf nog kan wijsmaken dat hij niet heeft gezien dat ik heb gebeld, dat zijn telefoon stuk is of gestolen of dat er een andere technische reden is waarom hij niet heeft teruggebeld.

Maar nee. Met techniek heeft het niets te maken. De simpele waarheid is dat hij me gewoon laat zitten. Het interesseert hem niet. Rot voor je, is het enige wat hij heeft gezegd.

Rot voor je. Dat zeg je als iemand z'n teen heeft gestoten. Of z'n trein gemist. Rot voor je, dat je daardoor te laat bij die vergadering kwam. Rot voor je, dat je nagel is gebroken.

Maar niet: rot voor je, dat je broertje levensgevaarlijk gewond op de intensive care ligt.

7:00 uur

Ik word gek van de piepjes van de hartbewaking. En tegelijkertijd ben ik zo bang dat ze er straks niet meer zijn. Dat het één lange piep wordt, of helemaal geen piep.

Ik wil hier weg en tegelijkertijd wil ik Jacco niet alleen laten.

Jacco. Ik herinner me nog dat hij net was geboren. Hij lag in een wiegje in de oude, helemaal opgeknapte rommelkamer. Ik was elf, Marjolein negen. We stonden aan weerszijden van de wieg en keken naar de baby. Het was bizar mama eerst met een dikke buik te zien en daarna uitgeput in bed, met de baby naast zich. Tot dat moment was "de baby in mama's buik" een abstract begrip voor mij geweest. Maar toen Jacco er eenmaal was, was het direct alsof hij er altijd was geweest.

Eigenlijk had Jacco drie moeders.

Heeft! Niet "had".

Hij heeft drie moeders. Toen hij begon met lopen zat ik in de brugklas. Als ik klaar was met mijn huiswerk, nam ik hem mee naar het park om de eendjes te voeren. En ik heb hem eigenhandig leren fietsen.

De fiets. Hij zat op de fiets toen hij werd aangereden. Jacco was al een lefgozertje vanaf het moment dat hij kon fietsen. Zonder handen, keihard trappen en dan keihard remmen, door rood licht – om een of andere reden was hem niet bij te brengen dat hij voorzichtig moest zijn en rustig aan moest doen. En dat terwijl hij op andere vlakken over engelengeduld beschikt. Uren kon hij bezig zijn met het juiste Legoblokje zoeken dat zijn kasteel compleet zou maken. Of met de camera die hij kreeg voor zijn twaalfde verjaardag in de tuin liggen en wachten tot er een vogel vlak voor de lens landde. Eén keer maakte hij een foto van een vogel die door een kat was aangevallen en behoorlijk gehavend was. Oneerlijk vond hij dat, zo'n groot beest tegen een weerloos vogeltje.

Jacco vindt eigenlijk alles oneerlijk. Hij heeft een doorgeslagen rechtvaardigheidsgevoel. Dat hij vorig jaar aankondigde advocaat te willen worden, was dan ook geen verrassing. En Jacco is slim. Op zijn sloffen haalt hij hoge cijfers op het vwo. Ik twijfel er geen moment aan dat hij glansrijk zal slagen voor zijn rechtenstudie.

'We weten niet hoe hij wakker wordt.' De stem van Sijmens kwam terug in mijn gedachten. Misschien herinnert hij zich wel helemaal niets meer. Kan hij niet meer praten of lopen, of leren.

Met een ruk stond ik op en liep naar het raam. Ik schoof het gordijn een stukje opzij en het ochtendlicht stroomde naar binnen. Het komt ook door het ziekenhuis dat ik me zo voel. Pessimistisch word je er van. Om niet te zeggen: depressief. Waarom is het ziekenhuis zo'n steriele, koude plek?

Waarom wil ik hier werken?

VRIJDAG 22 MEI

11:00 uur

De afdeling hematologie lijkt wel een grote huiskamer. Of meer een jeugdherberg, met overal bedden waarin mensen hun kamp hebben opgeslagen. Wel een medische jeugdherberg, want bijna alle gasten hebben een infuus in hun arm en overal hangen dispensers met handenalcohol voor de laboratoriummedewerkers die in en uit lopen om bloed te prikken.

Laptops, stapels boeken, tassen met kleding – deze mensen zijn hier niet voor één of twee dagen. De vele bleke, kale patiënten blijven weken-, soms maandenlang in het ziekenhuis. Sommige hebben zich erbij neergelegd en doden de tijd met lezen, kletsen met anderen en wachten tot het later wordt. Maar je hebt ook gestreste managers die vanuit hun ziekenhuisbed proberen een bedrijf te runnen. Ik vraag me af of het lukt. In gedachten zie ik de medewerkers propjes naar elkaar schieten en e-mails van de baas uit het ziekenhuis negeren.

Laura keek verbaasd toen ik vanochtend de afdeling op kwam lopen. 'Wat kom je doen?'

'Ik loop hier mijn coschap.'

'Dat weet ik. Maar wil je niet bij je broertje zijn?'

Ik haalde mijn schouders op. 'Aan de ene kant wel, maar tegelijkertijd word ik ook gek van het wachten. Ik weet niet eens waaróp we wachten. Dokter Sijmens heeft gezegd dat Jacco de komende paar dagen nog in slaap blijft. Gisteren is er weer een scan gemaakt.'

Ik had Laura kort verteld wat de status van mijn broertje was. Het voelde raar om over hem te praten als elke andere patiënt. 'Cerebraal oedeem in de primaire motorische cortex als gevolg van een intracranieel hematoom. Hij wordt nu gesedeerd gehouden. Prognose onbekend.'

'En?' vroeg ze.

'De bloeding is gestopt, maar de zwelling neemt niet af. Sijmens zegt dat het even kan duren.'

Laura knikte. 'Ik vind het dapper van je dat je er weer bent, maar je moet alleen komen als je zeker weet dat het niet te veel voor je is.'

Ik schudde mijn hoofd. 'Afleiding, daar heb ik behoefte aan.'

Laura pakte haar klembord. 'Ik wilde net een ronde gaan lopen. Ga je mee?'

Deze keer liet Riemersma zich niet zien. Laura liep voorop, samen met twee verpleegkundigen. De andere co's waren er niet.

'Je zult de patiënten snel genoeg bij hun voornaam gaan noemen', zei Laura, toen ze zich naar me omdraaide. 'Van de meeste ga je zelfs het bezoek herkennen.'

'Blijven ze zó lang?'

Laura knikte. 'Ja, sommige wel.'

We liepen een kamer binnen waar drie mannen en twee vrouwen lagen. Laura stelde hen aan mij voor. 'Meneer Visser, Evert, heeft de ziekte van Hodgkin', zei Laura bij de derde patiënt. Hij was de tweede al op deze kamer, de man in het bed naast hem had hetzelfde. De ander, een vrouw, had leukemie. Laura vertelde dat Evert al twee jaar ziek was en onlangs voor de vijfde keer dit jaar was opgenomen. Het viel me op dat ze niets zei over prognoses waar de patiënten bij waren. Ik vroeg er ook niet naar.

'En dit is Sven', zei ze bij het vierde bed. Ik keek naar de patiënt. Hij was opvallend jong. Ik schatte hem niet veel ouder dan mezelf.

'Sven Duijnkerken, dertig jaar, non-hodgkin', vertelde Laura. Non-hodgkin lymfoom, een vorm van lymfeklierkanker. 'Hij is hier voor zijn zesde chemokuur in twee jaar tijd.'

Ik keek Sven aan. Zijn hoofd was kaal, hij had geen wimpers en wenkbrauwen. Het gaf zijn gezicht de typische aanblik van een kankerpatiënt.

Maar in zijn ogen was levenslust te zien. Hij glimlachte.

'Ja, dat ben ik.'

'Nee, dat is je medisch dossier', zei ik in een opwelling. 'Ik hoop dat je meer bent dan dat.'

Laura trok haar wenkbrauwen op, maar Sven moest erom lachen. 'Je bent de eerste dokter die dat tegen me zegt.'

En jij de eerste patiënt tegen wie ik dit zeg, dacht ik, maar dat sprak ik maar niet uit. Ik weet niet eens waarom ik het zei.

'Hoe heet je?' vroeg Sven.

'Femke.'

'Dokter Femke.'

'Dat duurt nog een paar jaar. Vooralsnog ben ik coassistent.'

Toen we wegliepen keek Laura me aan. Ze zei niets. Ik deed alsof ik haar onderzoekende blik niet opmerkte.

12:30 uur

'Ach, je kunt wel klagen over wat je moet doorstaan, maar uiteindelijk gaat het erom dat je vooruit blijft kijken. Dat je nooit je doel uit het oog verliest.' Sven staarde uit het raam terwijl hij praatte.

'Wat is je doel?'

'Tachtig worden.'

Ik glimlachte. Leven, overleven, dat was het enige wat voor Sven telde. Andere mannen van zijn leeftijd gingen voor de duurste leaseauto, de nieuwste telefoon of zo snel mogelijk de baas worden bij het fancy kantoor waar ze werkten. Overleven was een randvoorwaarde, geen doel op zich.

Ik trok de stuwband rond Svens bovenarm aan en klopte aan de binnenkant van zijn elleboog om een ader omhoog te laten komen. Zijn huid was bezaaid met puntjes, sommige met korstjes erop. Patiënten als hij waren bijna niet te prikken.

'Wist je dat je als je autorijdt en een stuurfout maakt, altijd moet kijken naar waar je uiteindelijk naartoe wilt? Dan stuur je automatisch daarheen.'

Ik trok mijn wenkbrauwen op en keek naar de blauwe aderen. 'O ja?'

'Ja. Veel mensen die een ongeluk krijgen, kijken naar waar ze níét heen willen. Een boom, een sloot, een andere auto. En dan sturen ze automatisch juist daar naartoe. Zo is het ook met het leven.'

Ik gaf geen antwoord, maar prikte het enige goede vat aan. Sven gaf geen krimp. Ik trok de stuwband los en het bloed stroomde netjes het buisje in.

'Als je maar blijft kijken naar waar je naartoe wilt, dan kom je daar ook. Je moet je niet richten op wat je allemaal niet wilt. Als je dat doet, stuur je zonder het te merken daar juist op af.'

Ik verwisselde het buisje en richtte mijn blik strak op de naald. Hij had gelijk. Natuurlijk had hij gelijk.

'Denk je dan nooit aan de dood?' vroeg ik.

Hetzelfde moment had ik alweer spijt van mijn vraag. Een ernstig zieke patiënt stel je niet dit soort vragen!

'Sorry', zei ik meteen. 'Ik moet dat niet vragen.'

Sven trok een rimpel in zijn voorhoofd. Normaal gesproken zouden zijn wenkbrauwen nu omhoog zijn geschoten, ware het niet dat hij die niet had. Het zag er een beetje vreemd uit.

'Hoezo niet?' vroeg hij. 'Het lijkt me een heel normale vraag. En ja, natuurlijk denk ik aan de dood. Als je deze ziekte hebt, moet je wel. Maar ik probeer het niet te doen. Je schiet er zo weinig mee op en echt vrolijk word ik er ook niet van. Jij?'

'Van aan de dood denken?' Het beeld van een bleke Jacco met een verband om zijn hoofd flitste door me heen. 'Nee, dat doe ik niet vaak.' Ik trok met een resoluut gebaar de naald terug en drukte de plek op Svens arm dicht met een gaasje.

'En wat is jouw verhaal?' Sven leunde achterover in zijn kussens en keek me aan.

'Hoe bedoel je?'

'Zoals ik het zeg. Die ene dokter heeft je vanochtend aan mij voorgesteld, maar je vergeet dat je me vorige week al hebt gezien. Toen stond je met zo'n serieus doktershoofd naast mijn bed en luisterde naar dokter Riemersma.'

'Wanneer?'

'Dinsdag, geloof ik. Riemersma maakt zijn ronde altijd met zo'n heel gevolg in zijn kielzog en daar hoorde jij ook bij. Je had zo'n gefixeerde blik in je ogen. Zo'n typische, geobsedeerde coassistenten blik. Zo van: valt hier nog wat carrière te maken of hoe zit dat?'

Had ik hem eerder gezien? Bij een ronde?

Verrek, hij had gelijk. De ronde van Riemersma. Het moordende tempo van zijn visites had ertoe geleid dat ik geen tijd had gehad om ook maar één van de patiënten te onthouden.

'Maar nu,' ging Sven verder, 'kijk je verdrietig. En is je serieuze doktershoofd verdwenen. Ik vraag me af waarom.'

Ik keek Sven met open mond aan. Mijn god, was ik zo doorzichtig?

'Er is helemaal niets', beweerde ik. 'Ik heb nog steeds een doktershoofd en ben nog steeds uiterst serieus. Ik zal proberen niet zo geobsedeerd te kijken, oké?'

Ik probeerde een halfslachtig glimlachje, maar hij ging er niet op in. Ik had het idee dat hij recht door me heen keek. Misschien ontwikkel je daar een radar voor als je lang in het ziekenhuis ligt.

Ik pakte het rek met de buisjes bloed en stond op. 'Ik breng dit naar het lab. Is er verder iets wat ik voor je kan doen?'

Sven schudde zijn hoofd en pakte zijn iPod. Hij stak zijn hand op.

'Niet vergeten, hè? Niet naar de bomen kijken.'

Ik glimlachte toen ik de gang op liep.

17:00 uur

Waarom moest ik net nu Bart tegenkomen?

Nadat ik de buisjes bloed naar het lab had gebracht, kwam Laura naar me toe. 'Je ziet eruit alsof je elk moment kan instorten.'

'Ik voel me...'

'Femke, het lijkt me beter als je de rest van de dag naar je broertje gaat. Of ga naar huis, probeer te slapen. Je ziet bleker dan het grootste deel van de patiënten op deze afdeling en dat wil wat zeggen.'

Hm, misschien keek Sven dan toch niet dwars door me heen. Hij keek gewoon recht tegen me aan. Net als Laura. Blijkbaar kan ik het slaapgebrek niet langer verbergen.

Ik zag op tegen de middag die voor me lag. Wat moest ik thuis doen? Maar samen met papa en mama de wijzers van de klok vooruit kijken op de intensive care zag ik ook niet echt zitten.

Ik gedachten verzonken liep ik naar de IC. Mijn hand rustte op mijn telefoon in de zak van mijn witte jas, maar ik wist nu al dat ik toch niet ging bellen.

'Zo, jij hebt haast.' Een hijgende stem klonk ineens vlak achter me. Met een ruk draaide ik me om.

Bart.

'Hoorde je me niet? Ik riep je, maar je liep stug door. Of rende door, kan ik beter zeggen.'

'Ik rende niet.'

'Je liep anders wel hard. Heb je haast?'

'Nee, ik ga naar...' Ik slikte de rest van mijn zin in. 'Ik heb geen haast.'

Bart keek me aan met dezelfde onderzoekende blik die ik eerder bij Sven had gezien. 'Is er iets met je?'

'Begin jij nou ook al?' reageerde ik geërgerd. 'Laat me toch met rust!'

Meteen daarna had ik spijt van mijn uitbarsting.

'Sorry', mompelde ik. 'Ik ben gewoon een beetje moe.'

'Ja, en ik ben Sinterklaas', antwoordde Bart. 'Kom mee. We gaan samen koffie drinken.'

Ik liet me meevoeren naar beneden, naar het restaurant. Bart haalde twee kopjes koffie uit de automaat en ging tegenover me zitten. Hij keek me aan. 'Je ziet eruit alsof je zes nachten niet hebt geslapen.'

Opeens wilde ik hem alles vertellen. Wilde ik dat hij me gerust zou stellen, dat hij zou zeggen dat het vast allemaal goed zou komen en dat Jacco natuurlijk over een week weer thuis zou zijn. Of een maand, of een halfjaar. Het kon me niet schelen, als hij maar weer thuiskwam.

'Mijn broertje heeft een ongeluk gehad', begon ik. Verder kwam ik ook niet. Mijn keel werd dichtgesnoerd en de tranen stroomden over mijn wangen. Met een driftig gebaar veegde ik ze weg, maar ze bleven komen.

'Ho ho', zei Bart. Hij stond op en kwam naast me zitten. Zijn arm voelde warm en vertrouwd en ondanks mijn verdriet voelde ik mijn hart overslaan toen Bart me tegen zich aan trok.

'Rustig maar', zei hij sussend. 'Het komt vast allemaal goed. Ik ben er voor je als je me nodig hebt.'

Ik ontspande een beetje. Barts warmte was aangenaam en...

Waar was ik mee bezig? Jacco lag hier te vechten voor zijn leven en zijn zus wist niets beters te doen dan in het restaurant... Ja, wat eigenlijk?

Daar had ik nu al helemaal geen tijd voor, om na te denken. Ik stond met een ruk op. 'Ik moet weg. Jacco, hij... Ik moet naar de IC.'

Met grote passen beende ik weg, ondertussen mijn wangen droog vegend. Ik keek niet om, maar kon Barts verwarring bijna voelen.

ZONDAG 24 MEI

11:00 uur

Eindelijk, Marjolein is er. Je hebt geen idee hoe blij ik was haar te zien op Schiphol.

'Hier!' Ik zwaaide, maar Marjolein bleef zoekend om zich heen kijken. 'Mar! Hier ben ik!'

Eindelijk een blik in mijn richting, maar nog steeds zag ze me niet. Ik baande me een weg naar voren door de mensenmassa. 'Marjolein!'

'Fem!' In een halve looppas, zeulend met haar enorme rugzak, kwam ze mijn kant op. Ze is enorm bruin geworden.

Het volgende moment sloeg ik mijn armen om haar heen. Ze was dunner geworden, en haar haar was lang.

'Hoe is het met hem?' was het eerste wat ze vroeg.

'Het gaat. Eigenlijk is er geen verandering. Vandaag komt de dokter weer praten, want er is opnieuw een scan gemaakt.'

'Denk je dat hij dood gaat?' Laat het maar aan Marjolein over de dingen bij hun naam te noemen.

Ik slikte. 'Nee, natuurlijk niet', zei ik, een stuk zekerder dan ik me voelde. Maar ik wilde haar niet bang maken.

'Het is wel heel ernstig toch?' Ze keek me aan, haar bruine ogen groot van angst.

'Ja, het is heel ernstig. Maar Jacco is jong en gezond en hij vecht voor zijn leven. Ik weet zeker dat hij sterk genoeg is om het te redden.'

Gelukkig leek Marjolein me te geloven.

'Geef mij je rugzak', zei ik. 'Dan gaan we naar de auto. Zullen we eerst je spullen bij papa en mama neerzetten en dan naar het ziekenhuis?'

'Ik wil meteen naar het ziekenhuis.'

'Ook goed.' We liepen naar de parkeergarage. 'Kon Leandro niet mee?' vroeg ik, voornamelijk om de stilte te verbreken en te voorkomen dat Marjolein allerlei vragen zou stellen over Jacco die ik niet kon beantwoorden.

Ze schudde haar hoofd. 'Hij kan niet zomaar van zijn werk wegblijven en bovendien is een ticket veel te duur. Hij heeft me laten beloven dat hij op een dag Jacco kan ontmoeten. Ik heb het beloofd.'

Ze keek me aan. De blik in haar ogen was wanhopig. 'Ik wil die belofte houden, Fem. Het móét gewoon.'

Ik pakte haar hand en kneep erin. Even was ik weer haar grote zus, die haar vroeger bij de hand pakte als ze het eng vond om in de zweefmolen te gaan. Ik zei niets. Marjolein ook niet.

Ik parkeerde papa's auto precies waar hij eerder ook had gestaan en liet de koffer liggen. Nu we bij het ziekenhuis waren, aarzelde Marjolein.

'Ga je mee?' vroeg ik, toen ze bleef zitten.

Ze knikte. 'Ja. Ik kom eraan. Ga anders maar vast zonder mij.'

'Ik ga helemaal niet zonder jou.'

Met een ruk keek ze opzij. 'Zie je bloed?'

'Wat? Bij jou? Heb je je gestoten of zo?'

'Nee, bij Jacco natuurlijk. Zie je nog bloed van het ongeluk?'

Ze was doodsbang. Haar door de Surinaamse zon gebruinde huid was bleek. Ik was al half uitgestapt, maar ging weer zitten. 'Nee, je ziet geen bloed. Je ziet gewoon Jacco, maar dan met een verband om zijn hoofd. En in plaats van dat hij je bij binnenkomst meteen bestookt met allerlei wereldnieuws waar hij zich druk over maakt, ligt hij op zijn rug in een bed en heeft hij zijn ogen gesloten. En verder is hij precies dezelfde Jacco die hij altijd al was.'

Ik zei maar niet dat ons broertje een witte, bijna doorschijnende huid heeft en enorm is afgevallen. En ook niet dat ik elke keer als ik hem zie meteen op de hartbewakingsmonitor kijk om te checken of hij nog wel leeft, omdat hij liggend in dat bed wel dood lijkt. Dan kreeg ik Marjolein nooit uit de auto.

'Oké', zei ze. Ze sloeg een trillende zucht en maakte het portier open. 'Laten we maar gaan.'

Ik liep naast mijn zusje het ziekenhuis in. Allebei met een kaarsrechte rug, maar eigenlijk doodsbang.

20:30 uur

Ineens stond Bart voor mijn neus. Ik schrok me rot.

'Je ontloopt me', zei hij, toen ik de IC verliet om iets te eten te gaan halen. Marjolein was met mama mee naar huis gegaan, papa was bij Jacco.

Bart stond tegen de muur geleund en droeg geen witte jas. Ik keek op mijn horloge. Het was ver na zevenen. Zijn dag zat er al op.

'Ik ontloop je niet.'

'Jawel. Dat doe je wel.' Het was een constatering, geen verwijt. 'En ik begrijp het wel. Ik wil je alleen laten weten dat ik er voor je ben als je me nodig hebt.'

Hij raakte even mijn arm aan en liep daarna weg. Ik keek hem na. Twee keer haalde ik adem om hem terug te roepen, maar ik deed het niet. Niet nu. Het was allemaal te ingewikkeld.

Nadat ik met lange tanden een salade had weggekauwd en mama en Marjolein terug waren gekomen, hadden we een gesprek met een arts-assistent, die de uitslag van de scan had.

'Het oedeem in de motorische cortex is niet afgenomen. Hierdoor is de intracraniële druk nog te hoog.'

Hij keek er ernstig bij. Ik liet de informatie op me inwerken.

'Wat zegt hij?' vroeg Marjolein zacht. 'Ik begrijp er niets van.'

Toen de arts-assistent even zweeg, zei ik: 'Zeg gewoon dat de zwelling in zijn hersenen niet afneemt, waardoor de druk binnen in zijn hoofd nog te hoog is en de kans groter is dat er blijvende schade ontstaat.'

De arts-assistent keek me vernietigend aan. 'Sorry, maar u bent arts?'

Ik keek uitdagend terug. 'Coassistent. Maar vooral ben ik Jacco's zus en zie ik dat mijn ouders geen moer begrijpen van uw uitleg over zijn toestand.'

De man hield mijn blik even vast, maar keek toen mijn ouders weer aan. 'Het is te kort door de bocht te stellen dat de kans op blijvende schade zou zijn toegenomen. Maar wel gaan we het aantal scans dat uw zoon krijgt verhogen, zodat we hem nog beter in de gaten kunnen houden. Mocht de zwelling in de komende achtenveertig uur niet gaan afnemen, dan ga ik samen met de specialist kijken naar de volgende stappen. Eventueel zou dat een nieuwe operatie kunnen betekenen, waarbij we zullen proberen de druk op de hersenen te verlichten.'

Ik knikte. Deze taal was tenminste voor iedereen begrijpelijk. Wat kon het papa en mama nou schelen wat de precieze namen van de hersengebieden waren? Ze wilden alleen maar weten hoe het met hun kind ging.

DONDERDAG 28 MEI

5:30 uur

Ik werd wakker omdat mijn telefoon trilde. Slapen is sowieso de laatste dagen niet mijn sterkste punt. Ik ben veel te bang dat er iets met Jacco zou gebeuren en dat ik een telefoontje zou missen.

Maar de vermoeidheid doet zijn werk en vannacht rond half drie dommelde ik in.

Ik pakte snel mijn telefoon en hield hem onder de dekens om Marjolein, die naast me in mijn tweepersoonsbed lag, niet wakker te maken met het licht ervan. Ze logeert bij papa en mama, maar wilde vannacht bij mij slapen. Ik denk dat ze wilde praten, niet alleen over Jacco maar ook over Leandro en papa en mama en over hoe haar vriendje nog niet één keer ter sprake is gekomen. Maar uiteindelijk was ze gisteravond om half negen doodop en ging ze naar bed.

Mama is de hele nacht bij Jacco geweest. Ik dacht dat het berichtje van haar zou zijn, maar het was van Bart.

Hij heeft een goede nacht gehad. Alles rustig. Maak je geen zorgen. Ook als je er niet bent, wordt er goed voor hem gezorgd. Ik hou het persoonlijk in de gaten. xBart

Ik las zijn woorden een paar keer, tot mijn blik vertroebeld raakte door tranen. Was Bart echt tijdens zijn nachtdienst naar de IC gegaan om te kijken hoe het met mijn broertje was?

Waarom was hij zo aardig? Waarom was hij zo betrokken, en Lucas niet?

Ik schudde mijn hoofd. Dit soort gedachtes werkten alleen maar verwarrend. Ik wilde ze niet hebben.

Marjolein opende sloom haar ogen. 'Wie is dat?' vroeg ze slaperig. Het klonk meer als 'wiezda?'.

'Niemand.' Ik legde snel mijn telefoon weg en draaide me om. Een paar minuten hoorde ik niets. Maar Marjolein was nu wakker. Ze hees zich overeind.

'Zullen we nog even gaan slapen?' vroeg ik.

Ze negeerde mijn vraag. 'Met wie sms jij om half zes 's ochtends?'

'Niemand.'

'Is het Lucas? Je dokter?'

Ik kreunde zacht. Als Marjolein een van haar volhardende buien heeft, ben je niet van haar af tot ze het naadje van de kous kent. Ik wilde dat ik haar nooit over Lucas had verteld.

'Nee, het was niet van Lucas', antwoordde ik braaf.

'Hoe zit het eigenlijk met Lucas?'

Ik wendde mijn blik af. Status: onbetrouwbaar, gevoelloos, slappe zak.

'Ik weet het niet', zei ik maar. 'Hij laat weinig van zich horen, terwijl hij weet wat er met Jacco is gebeurd. Eigenlijk heb ik hem al meer dan twee weken niet gezien.'

'Klootzak', was Marjoleins commentaar. 'Dumpen, die hap.'

Ik ging er niet eens tegenin.

'Maar van wie was dat sms'je nou?' drong Marjolein aan.

'Van niemand.'

'Bullshit. Waarom wil je het niet vertellen?'

'Ik wil het wel vertellen, maar het is niet belangrijk. Een collega.'

Marjolein trok een rimpel in haar neus. 'Op dit tijdstip?'

'Het ziekenhuis gaat vierentwintig uur per dag door.'

'Maar jij hoeft toch niet om half zes in de ochtend te horen hoe het met Pietje Puk op kamer 12 gaat? Of wel?'

Ik grinnikte. 'Oké, je hebt gelijk. Dat hoef ik inderdaad niet te horen.' Ineens had ik heel veel zin om haar in vertrouwen te nemen. Als er iemand is met wie ik kan praten, is zij het.

'Ik vertel het je, maar je moet beloven dat je je mond houdt tegen papa en mama, oké?'

'Beloofd.'

'Oké.' Ik zette mijn kussen tegen de muur en leunde er tegenaan. 'Dat sms'je is van Bart. Een collega. Een leuke collega.'

'Hoe leuk?'

'Leuk genoeg om zich door mij te laten afsnauwen en daarna tijdens zijn nachtdienst naar de IC te gaan en mij te laten weten dat Jacco een goede nacht heeft gehad.'

'Leuk, dus', concludeerde mijn zusje. 'Een stuk leuker dan die egoïstische Lucas van je.'

Ik knikte.

'En nu?' vroeg Marjolein.

Ik gaf geen antwoord.

En nu? Geen idee.

In een opwelling pakte ik mijn telefoon en stuurde een sms'je terug om Bart te bedanken. Marjolein keek goedkeurend toe.

VRIJDAG 29 MEI

17:00 uur

Sven mag naar huis. Althans, voor twee weken. Ik hoorde het vanochtend toen ik de afdeling op kwam, nadat ik Laura had moeten bezweren dat ik er echt klaar voor was om weer mee te draaien. Ik vind het fijn om in het ziekenhuis bezig te zijn en af en toe naar Jacco te kunnen gaan.

'Wel goed voor mijn plant zorgen, hè?' vroeg Sven met een glimlach toen ik even langsliep om hem gedag te zeggen. Hij zat met zijn gewone kleren aan op de rand van zijn bed. Ik herkende hem bijna niet zonder zijn pyjama.

'Ik beloof het', zei ik. 'Maar ik moet je waarschuwen dat ik in staat ben een cactus te laten verdrogen.'

'Als je maar niet denkt dat ik tussendoor terugkom om hem water te geven', zei Sven. Zijn glimlach kostte hem moeite, zag ik.

Ik ging naast zijn bed op een stoel zitten. 'Doe je het wel een beetje rustig aan als je thuis bent?'

Hij trok een gezicht. 'Ik wilde eigenlijk gaan trainen voor de halve marathon, als je het niet erg vindt.'

Ik keek naar zijn gezicht, dat ongelooflijk bleek was. Iets simpels als aankleden had hem meer energie gekost dan hij had. De chemokuur had alles in zijn lichaam kapot gemaakt. Kankercellen, maar ook goede cellen.

'Als je maar onthoudt waar je heen wilt', zei ik. 'Je hebt het zelf gezegd.'

Sven keek me aan. Hij hield mijn blik lang vast. Allebei zeiden we niets.

Uiteindelijk was hij het die de stilte verbrak. 'Je leert veel als je ziek bent, weet je dat. Het is dat je je er zo verrekte klote door voelt en dat het allemaal best veel pijn doet, anders zou ik zeggen dat iedereen één keer in z'n leven doodziek zou moeten zijn. Dan pas ga je inzien wat echt belangrijk is.'

Ik dacht aan Jacco. Zou hij dat straks ook zeggen?

Ik klopte op Svens arm. 'Doe voorzichtig, hè. En geniet van je tijd thuis.'

Er blonken tranen in zijn ogen. 'Dank je wel.'

Juni

maandag 1 juni

15:00 uur

Eindelijk gaat het beter met Jacco! Mama belde toen ik net na de lunch de afdeling weer op kwam. Ik wist niet eens dat er een gesprek met Sijmens stond gepland, anders was ik zeker meegegaan. Maar mama zei dat hij onverwacht opdook op de IC en de uitslag van de scan kwam meedelen. Behoorlijk irritant dat het zo gaat, maar oké, het goede nieuws maakt veel goed.

De zwelling is eindelijk minder geworden. In slechts twee dagen tijd is de interne bloeduitstorting opvallend afgenomen. Zo veel dat Sijmens zelfs een nieuwe scan had laten maken om te checken of de MRI geen fout had gemaakt. Ik vond het al zo raar dat Jacco twee keer op één dag was meegenomen.

'Vanavond gaat de dokter hem uit zijn slaap halen!' riep mama opgetogen. 'Misschien dat we dan eindelijk weer met hem kunnen praten!'

Ik hoop het net zo hard als zij, maar tijdens mijn coschap neurologie heb ik twee keer meegemaakt dat iemand met vergelijkbaar letsel weer bij kennis werd gebracht. Beide keren was er van praten bepaald geen sprake.

Maar de ene keer ging het om een zeventigjarige, de andere keer betrof het een patiënt van begin vijftig, dus in hoeverre kon je dat vergelijken?

Wat zal ik tegen Jacco zeggen als hij bijkomt? Zal hij zich nog iets herinneren van het ongeluk? En van wie hij is?

'Hoe laat?' vroeg ik aan mama.

'Half zeven. De dokter moest eerst nog opereren of zo en daarna zou hij naar Jacco toe komen. Papa en Marjolein zijn er, en jij komt toch ook? Ik wil dat Jacco zo veel mogelijk vertrouwde mensen om zich heen heeft als hij wakker wordt.'

'Natuurlijk ben ik er.' Voor geen goud wil ik dat moment missen.

Nadat mama had opgehangen om oma te bellen met het goede nieuws, belde ik Bart.

Heel even bleef mijn vinger zweven bij Lucas' naam in mijn lijst contactpersonen, maar meteen daarna scrolde ik door naar boven, naar Barts nummer.

'Hé', zei hij toen hij opnam.

'Jacco wordt beter!' riep ik.

'Hè? Wat een goed nieuws!'

'De zwelling is eindelijk kleiner geworden en Sijmens heeft gezegd dat hij hem vanavond laat bijkomen.'

'Dat is echt super!' riep Bart. 'Wat heerlijk voor je.'

'Ik was zo bang dat hij het niet zou overleven, weet je dat. En nu is hij in één klap buiten levensgevaar.'

Ik zag Riemersma op me af komen. 'Shit, ik moet ophangen. De specialist komt eraan.'

'Oké, tot later.'

Snel verbrak ik de verbinding en stopte mijn mobieltje in de zak van mijn jas. Riemersma hield er niet van als assistenten en co's op de gang stonden te bellen. Om een eventuele preek te ontlopen, ging ik snel een patiëntenkamer binnen. Het was Svens kamer. Zijn lege bed bij het raam was strak opgemaakt en zijn plantje in de vensterbank begon bruine randjes te krijgen. Ik pakte het ding op en liep ermee naar de kraan.

'Groene vingers?' vroeg Evert, die in het bed naast dat van Sven lag.

Ik schudde mijn hoofd terwijl ik het potje onder de waterstraal hield. 'Totaal niet, maar ik kan die plant moeilijk laten doodgaan, nietwaar? Sven is nogal begaan met dat ding.'

Evert grinnikte. 'Zeg dat wel. Een bijzondere jongen, die Sven. Zo positief, terwijl hij nu voor de zoveelste keer ziek is. Maar geen moment denkt hij aan de dood. Zelf denk ik bij elk bloedonderzoek "o god, nu is het afgelopen". Sven niet.'

Ik zette de plant terug op zijn plek en bleef even staan. 'Kijken naar waar je naartoe wilt', zei ik toen. 'Zo simpel is het.'

Ik voelde Everts verbaasde blik in mijn rug toen ik de kamer uit liep.

17:00 uur

Kijken naar waar je heen wilt. Ik denk er weer aan terwijl ik in de artsenkamer zit met een stapel statussen voor mijn neus. Waar de mensen van wie deze statussen zijn heen willen, is niet zo moeilijk te raden. Naar huis. Gezond en wel. Verder met hun leven.

Maar waar wil ik eigenlijk heen?

Eerst was het allemaal zo makkelijk. Chirurgie, mijn enige bestemming. Maar wat ik nooit had verwacht is toch gebeurd. Ik begin te twijfelen. Het grootste deel van de tijd weet ik zeker dat mijn toekomst op de operatiekamer ligt, maar als ik eerlijk ben zijn er ook momenten dat ik me realiseer dat ik mijn coschap hematologie minstens zo interessant vind als chirurgie. Of dat ik, ook al is het een hele tijd geleden, nog wel eens aan Robin denk.

Ik denk nooit meer aan mijn patiënten bij chirurgie. Ik ken alleen hun kwalen nog. De mensen ben ik vergeten.

Is dat wat ik wil? Voor mijn patiënten "de chirurg" zijn en niet "dokter Van Wetering aan wie ik zo veel te danken heb"? Riemersma wordt op de afdeling op handen gedragen, de patiënten spreken vol lof over hem. Ze waarderen zijn vakmanschap, maar ook zijn betrokkenheid. Hij betékent iets voor zijn patiënten.

Ik wil ook iets betekenen.

Maar tegelijkertijd is de OK de plek waar ik écht thuishoor.

Kijken naar waar je heen wilt. Ik heb geen idee. Ik kijk om me heen. Sven zou zeggen dat ik een ongeluk over mezelf afroep.

DINSDAG 2 JUNI

23:45 uur

Jacco is wakker. Met z'n allen zaten we rond zijn bed te wachten tot Jacco zijn ogen zou openen, nadat Sijmens het infuus met het slaapmiddel had afgekoppeld.

Zijn ogen openen... Alleen dat zou al geweldig zijn. Dan zou hij in elk geval niet van zijn kruin tot zijn tenen verlamd zijn.

Mama zat aan de ene kant bij zijn hoofd, papa aan de andere. Zelf hield ik zijn hand vast. Marjolein had een stap naar achteren gezet. Haar handen trilden en ze beet onophoudelijk op haar lip.

'Het duurt wel even', zei Sijmens, die ik aardiger vond dan de vorige keren. Hij was niet gehaast, had rustig en begrijpelijk uitgelegd wat er ging gebeuren en had zowaar zijn hand op mama's arm gelegd toen het haar even te veel werd.

Inmiddels waren haar tranen gedroogd en hield ze haar blik strak op Jacco's gezicht gericht. Er gebeurde nog niets. Jacco zou heus niet meteen overeind komen en zich uitrekken, maar een teken van leven zou wel heel fijn zijn.

Sijmens, die na een halfuurtje terugkwam, scheen met zijn lampje in Jacco's oog. Ik zag de pupil kleiner worden. Reactie vanuit de hersenen. Een goed teken.

Sijmens tikte tegen de wang van mijn broertje. 'Hé, Jacco', zei hij zacht, bijna vaderlijk. 'Word eens wakker. Je ouders wachten op je.'

Ik weet niet of dat de reden was, maar op dat moment trilden Jacco's oogleden licht. Heel even voelde ik iets bewegen tegen mijn hand. Had ik het me verbeeld of waren dat zijn vingers?

Het eerste uur waren het alleen die kleine tekens die erop duidden dat Jacco bezig was uit zijn slaap te komen. Maar gedurende de avond ontwaakte hij steeds verder.

Twee keer was ik weggelopen om Bart te sms'en dat het steeds beter ging. Beide keren reageerde hij binnen een minuut.

Uiteindelijk, om half zeven, opende Jacco dan echt zijn ogen. Hij keek versuft voor zich uit. 'Lieverd', zei mama met een verstikte stem. Er drupten tranen op Jacco's kussen toen ze vooroverboog en hem over zijn voorhoofd streek. 'Lieverd, je bent er weer. Je hoeft niet bang te zijn, we zijn allemaal bij je.'

Ik kneep Jacco's hand bijna fijn. Marjolein had inmiddels zijn andere hand gepakt en veegde met haar ogen langs haar schouders tot haar mascara in haar haar zat. De tranen bleven maar komen, ook bij mij. Maar het waren goede tranen, vreugdetranen. De enige die niet huilde was papa. Hij streek door Jacco's haar en bleef maar herhalen: 'O, jongen toch.'

Te midden daarvan lag Jacco op zijn rug naar het plafond te kijken. Heel langzaam schoven zijn ogen naar links, en daarna naar rechts.

Ik probeerde iets van herkenning op zijn gezicht te zien, een teken dat hij wist wie we waren.

Sijmens kwam een paar keer terug en deed kleine testjes. Hij liet Jacco zijn vingers volgen, vroeg hem daarna in zijn hand te knijpen en krabde een paar keer aan zijn been om te testen of er gevoel in zat. Jacco reageerde traag, maar hij reageerde wel. Sijmens knikte tevreden.

'Het gaat de goede kant op', concludeerde hij. 'Ik laat hem nu met rust, want dit is allemaal nog erg vermoeiend voor hem. Morgen zal ik hem uitgebreider onderzoeken en dan maken we ook een nieuwe scan. Probeer vanavond niet te veel van hem te vragen. Ik denk dat hij straks weer in slaap valt. Hij heeft zijn rust nu heel hard nodig.'

Toen Sijmens wegging, was het stil. Niemand durfde iets te zeggen, bang om Jacco van streek te maken. Ik vroeg me af of hij ons wel hoorde. Hij had gereageerd op de simpele opdrachten van Sijmens, zij het pas na enige tijd. Jacco had zijn ogen weer gesloten, maar toch was er iets veranderd in zijn gezicht. Het was minder strak, minder... doods.

Ik bleef nog een tijdje bij hem, maar Jacco werd niet meer wakker. Papa besloot bij Jacco te blijven voor als hij weer wakker zou worden. Mama ging naar huis, en nam Marjolein mee. Ze bood aan mij af te zetten, maar dat sloeg ik af. Met de tram was het nog geen tien minuten naar mijn huis. Bovendien wilde ik alleen zijn. Nadenken.

Met mijn hoofd tegen het koele raampje van de tram geleund zag ik de stad bij nacht aan me voorbij trekken. Ook al was het dinsdagavond, overal was leven. Ik pakte mijn telefoon. Bart had ge-sms't hoe blij hij was. Lucas had niets gestuurd. Hij wist niet eens dat Jacco bijgekomen was.

Nu lig ik in bed met een kop thee op mijn nachtkastje en voel ik me eenzaam. En toch ook weer niet.

ZATERDAG 6 JUNI

02:00 uur

Het wonder is geschied. Lucas bleek nog te leven en vroeg gisterochtend of ik die avond met hem wilde gaan eten. Typisch Lucas. Eerst radiostilte afkondigen en dan verwachten dat ik dezelfde avond nog voor hem klaarsta. Hij kreeg nog wat hij wilde ook, om half acht precies stond ik bij hem voor de deur.

Met zijn jas aan kwam hij naar buiten. Hij drukte een kus op mijn mond en zei: 'Laten we meteen maar gaan, ik sterf van de honger.'

We liepen naar een nieuw restaurantje bij hem in de straat. Blijkbaar was hij er al vaker geweest, want de bediening begroette hem alsof hij een oude vriend was. Ik vroeg me af met wie hij hier had gegeten, en tegelijkertijd interesseerde het me niet.

'Hoe is het?' vroeg Lucas toen we tegenover elkaar aan tafel zaten. Hij keek me afwachtend aan.

Ik trok mijn wenkbrauwen op. Zou hij echt niet vragen hoe het met Jacco was?

Blijkbaar merkte Lucas dat ik iets verwachtte. Hij keek nadenkend en zei toen: 'Verrek, dat was ook zo. Hoe is het met je broertje? Is hij alweer wat opgeknapt?'

Alsof Jacco een griepje had gehad.

'Hij had toch een ongeluk gehad?' vroeg Lucas. 'Iets met een zwelling in zijn hoofd?'

'Hij had cerebraal oedeem na een intracranieel hematoom om precies te zijn. Ja, het gaat weer beter. Dank je voor je interesse.'

Het sarcasme droop eraf, maar Lucas merkte niet. 'Gelukkig maar', zei hij. 'En hoe is het met verder met je? Is het leuk bij interne?'

Dat waren twee verschillende vragen, maar Lucas leek het

als hetzelfde te zien. Vond je het leuk bij het coschap dat je liep, dan ging het dus goed met je.

'Ja, heel leuk. Interessante patiënten, veel afwisseling. En hoe is het bij psychiatrie?'

Lucas trok een gezicht. 'Vreselijk. Ik zal blij zijn als ik daar weg ben. Een hele hoop gelul en maar heel weinig patiënten waar je echt iets meer kunt. Gisteren nog...'

De rest van de avond ging het over hem. Ik luisterde met een half oor en knikte af en toe, terwijl mijn gedachten afgleden naar Jacco. Hij kan zonder problemen een hele zin zeggen, tot grote tevredenheid van Sijmens. Hij herinnert zich niets van het ongeluk, maar daar maak ik me geen zorgen om. Dat soort geheugenverlies komt zelfs voor bij mensen die geen hersenletsel hebben. Ik denk dat het een slimmigheidje van de natuur is om traumatische ervaringen te wissen, zodat je ze niet de rest van je leven mee hoeft te slepen. Of misschien heeft het wel iets te maken met stoffen die vrijkomen bij grote angst. Ik weet het eigenlijk niet en het doet er ook niet toe. Dat Jacco de komende jaren geen nachtmerries heeft waarin hij de auto weer op zich af ziet komen, is alleen maar mooi meegenomen.

Jacco kan drie namen van klasgenootjes noemen, dat is veel belangrijker. Het betekent dat zijn langetermijngeheugen nog functioneert. Morgen wil ik proberen of hij ook nog klasgenootjes kent van de basisschool. En of hij weet dat buurman Klaassen is overleden. Dat is twee weken voor het ongeluk gebeurd. Sijmens heeft gezegd dat er heel veel verschillende soorten geheugen zijn en dat het soms gebeurt dat een patiënt maar een deel ervan terugkrijgt als gevolg van het hersenletsel. Ik ben meteen in mijn leerboeken neurologie gedoken en heb vragen opgeschreven waarmee ik kan uitvinden of Jacco zich uit alle periodes uit zijn leven dingen kan herinneren.

Lucas begon bulderend te lachen. Ik schrok op uit mijn gedachten en lachte nep met hem mee. 'En weet je wat hij toen zei?'

Ik deed alsof ik diep nadacht. 'Nee, geen idee.'

'Dat zei ik dus al!' Lucas kwam nu helemaal niet meer bij. Ik grinnikte nep en keek op mijn horloge. Kon ik al weg?

Lucas ging weer verder met zijn verhaal over, voor zover ik het goed begreep, een patiënt die probeerde de boel te flessen en daarbij door Lucas was betrapt.

Ik bekeek hem goed. Zijn neus was rood en er parelden zweetdruppels op zijn voorhoofd. Het was bepaald niet koud in het restaurant, maar als Lucas eens wat rustiger zou doen zou hij niet zo hoeven zweten. Wat was hij eigenlijk een druktemaker. Maar wel een die pas echt op dreef kwam als het allemaal draaide om zijn favoriete onderwerp: hemzelf.

Had ik dat al die tijd niet ingezien? Had ik dan nooit gemist wat ik nu miste? Gevoel, interesse, aandacht – ik hoefde er niet voor bij Lucas aan te kloppen. Mocht ik daarentegen op zoek zijn naar sterke verhalen, dan was hij de aangewezen persoon.

Wat deed ik hier nog?

'Nagerecht?' vroeg Lucas. Hij bestudeerde de dessertkaart. 'Ik weet het al. De brownie met sinaasappelijs is hier echt heel lekker.'

Ik had nog niet eens antwoord gegeven op de vraag of ik überhaupt een nagerecht wilde en meneer had het zijne al zo'n beetje besteld. Ineens ergerde ik me aan alles. 'Nee', zei ik bits. 'Ik hoef geen nagerecht. Laten we de rekening maar vragen.'

Mijn kille toon ging aan hem voorbij. 'Oké, wat je wilt.' Hij wenkte de ober. Toen de rekening op tafel lag pakte hij dertig euro, precies de helft.

'Ik ben ook maar een arme coassistent', lachte hij een beetje verontschuldigend. 'Ik kan niet blíjven betalen.'

Voor zover ik wist, had hij nog nooit voor mij betaald.

Ach, ik was er toch al uit. Ik gooide de resterende dertig euro op tafel en stond op. Eenmaal buiten zei Lucas: 'Ga je met mij mee? Ik heb nog een lekker flesje wijn staan.'

'Nee, ik ga naar huis.'

'O. Echt?' Hij schoof zijn hand onder mijn jas.

Ik deed een stap opzij. 'Ja. Echt.'

'Oké.' Lucas haalde zijn schouders op. 'Ik bel je wel.'

'Doe maar niet.'

Hij keek me aan. Even bleven we zo staan. Zijn verbaasde blik tegenover mijn koele. Toen haalde hij zijn schouders op. 'Wat jij wilt.'

Hij draaide zich om en liep weg. Ik ging precies de andere kant op. Naar huis.

Relatie is niet langer op de IC, de arts heeft de stekker eruit getrokken. Status: gesecumbeerd. Hartstikke dood.

Ik zit op de bank met een glas rode wijn om mijn vrijheid te vieren. Het enige wat ik voel is opluchting.

ZONDAG 7 JUNI

10:00 uur

Net Marjolein verteld dat het uit is met Lucas. Ze houdt niet op met pushen dat ik Bart moet bellen. Ik wil hem bellen, maar ik doe het niet. Ik wil hem maandag toevallig tegenkomen in het ziekenhuis.

MAANDAG 8 JUNI

17:00 uur

Sven is terug.

Vanochtend belde zijn moeder dat hij het ontzettend benauwd had. Hij had voortdurend het gevoel dat hij stikte. Riemersma liet hem direct terugkomen.

Rond het middaguur kwam hij binnen. Mager en bleek zat hij in zijn rolstoel, de levenslust was uit zijn ogen verdwenen. Het enige wat hij deed was met een piepend geluid naar lucht happen.

Hij keek naar me op. Met heel veel moeite zei hij: 'Sorry Femke. Ik moest mijn plant redden.'

Ondanks alles schoot ik in de lach. Sven had het zo benauwd dat hij alleen maar kon glimlachen.

Ik klopte geruststellend op zijn hand. 'We gaan je helpen, Sven. Ik beloof het.'

Laura stuurde hem direct naar boven voor een echo. De uitslag kwam vrijwel direct: een abces op zijn long, waarschijnlijk als gevolg van een infectie.

'Is dat een nieuwe tumor?' vroeg Svens moeder toen Riemersma haar het nieuws vertelde.

De hematoloog schudde zijn hoofd. 'Niet per definitie. We weten pas wat het is als we het hebben onderzocht. Dat gaan we doen door middel van een punctie.'

Ik had met Sven te doen. Een echogeleide punctie waarbij een biopt wordt genomen dat in het laboratorium kan worden onderzocht, doet verschrikkelijk veel pijn. Maar de enige andere optie is een operatie en Sven zou in zijn huidige toestand de narcose niet eens overleven.

Ik ging mee naar de punctie. Maar waar ik het vroeger een kick vond om nieuwe behandelingen te zien, was ik vandaag liever op de afdeling gebleven.

'Meneer Duijnkerken, u weet hoe het werkt, hè?' zei de radioloog die de punctie deed. 'U hebt eerder een punctie gehad, nietwaar?'

Sven knikte. Antwoord geven kostte hem te veel moeite.

'Goed, dan ga ik nu de huid verdoven en daarna gaan we beginnen.'

Het probleem met dit soort puncties is dat je niet meer dan alleen de huid kunt verdoven. Het prikje van de holle naald hoeft de patiënt dan niet te voelen, maar dat prikje is nog het minst pijnlijke van die hele punctie. De naald die door het weefsel gaat, de long aanraakt en daarna het abces binnendringt, dat doet het meeste pijn.

Sven kneep zijn knokkels wit op de rand van de tafel en kreunde.

Ik keek mee op het echoapparaat. De radioloog bewoog de naald in een rechte lijn naar het abces op Svens long, dat op de echo duidelijk te zien was. Ik keek weg van het scherm toen de naald bij het abces kwam. Sven slaakte een kreet. Het zweet gutste van zijn voorhoofd. Ik kon me geen voorstelling maken van hoe verschrikkelijk dit moest zijn.

Ik staarde naar de plek waar de naald in Svens rug stak. Het kleine stukje huid eromheen dat niet bedekt was met een groene doek was wit en dun. Precies ernaast tekende zich een rib af. Sven had geen gram vet meer op zijn lijf. Bij zijn vertrek uit het ziekenhuis had ik gedacht dat hij niet mager-der kon worden, maar het was toch gebeurd.

Ik zag de radioloog worstelen om de naald in het abces te krijgen. Op het scherm was te zien dat hij wel erbij kwam, maar niet erin.

Sven hijgde van pijn en kneep de rand van de tafel bij-na fijn. Schiet op, zei ik in gedachten tegen de radioloog, je ziet toch dat de patiënt lijdt. Maar wat hij ook probeerde, de naald kwam niet verder dan de rand van het abces.

'Ik kan een beetje vocht aftappen, maar draineren lukt niet', zei de radioloog. Hij had eigenlijk een buisje willen aanbrengen, zodat het abces leeggehaald kon worden en Sven letterlijk weer een beetje lucht kreeg.

Sven bleef uitgeteld liggen toen de naald uit zijn rug werd gehaald. Hij ademde oppervlakkig.

'Is het weg?' vroeg hij raspend.

Ik schudde mijn hoofd. 'Het is niet gelukt. Maar ze kun-nen wel onderzoeken wat voor abces het is.'

Het was niet eens een schrale troost, het was überhaupt geen troost. Naderhand lag Sven op een eenpersoonskamer met een zuurstofmasker op. Hij had zijn ogen dicht toen ik binnenkwam.

'Hij is wakker, hoor', zei zijn moeder, die aan de rand van het bed zat. 'Hij kan alleen zijn ogen niet langer dan een paar minuten open houden.'

Ik keek naar de plant in mijn handen, die ik van zijn oude kamer had meegenomen. 'Ik kwam alleen maar even deze brengen.'

Sven opende langzaam zijn ogen. Ik wist dat hij pijn had van de punctie en dat hij bijna geen lucht kreeg, maar toch zag ik pretlichtjes.

Ik slikte. Sinds Jacco's ongeluk zitten de tranen hoger dan normaal, maar om samen met een patiënt een potje te janken om een plant, dat gaat me dan wel weer een beetje te ver.

'Ik zet hem in de vensterbank. En ik beloof dat ik hem water geef zolang jij dat niet kunt, maar ik ga over twee weken naar de poli, dus dan zul je het zelf weer moeten doen.'

Sven tilde een heel klein stukje zijn arm op en stak zijn duim op. 'Beloofd', fluisterde hij van achter zijn masker.

Toen ik de gang weer op liep, knipperde ik mijn tranen weg.

WOENSDAG 10 JUNI

7:00 uur

In alle commotie rond Sven gisteren bijna niet aan Bart gedacht. Ook geen toevallige ontmoetingen. Misschien moet ik vandaag het toeval een handje helpen.

13:00 uur

Net als gisteren liep ik ook vanochtend als eerste bij Sven langs. Zijn bed was leeg. Zijn plant stond er nog.

'Waar is Sven?'

Laura keek op van de statussen toen ik de artsenkamer binnenkwam. 'Wat zei je?'

'Sven Duijnkerken. Waar is hij?'

'Zijn toestand is vannacht enorm verslechterd. Hij ligt op de IC.'

'Wat?' Ik hapte naar adem. 'Wat is er gebeurd?'

'Femke, ga even zitten.' Laura schoof een stoel naar achteren en stond op om koffie voor ons allebei te pakken. Toen ze weer tegenover me plaatsnam keek ze me onderzoekend aan. 'Ik weet dat wat er met je broertje is gebeurd erin heeft gehakt en dat je daardoor niet alleen professioneel, maar ook persoonlijk betrokken bent geraakt bij wat er in dit ziekenhuis gebeurt. Ik verwijt het mezelf dat ik je zo snel weer op de afdeling heb laten beginnen, omdat ik merk dat je het moeilijk vindt om je professionele en persoonlijke betrokkenheid uit elkaar te houden.'

'Waar heb je het over?' vroeg ik. 'Ik vraag gewoon hoe het met een patiënt is.'

'Je stormt hier binnen en het eerste wat je vraagt is waar Sven is gebleven', zei Laura rustig. 'Dat is niet hetzelfde als gewoon vragen hoe het met iemand is. Je vraagt ook niet waar Evert Visser is, al is zijn bed ook leeg.'

Ik beet op mijn lip. 'Waar is hij?' vroeg ik toen.

'Een week naar huis.'

'O. Maar hoe is het met Sven?'

Laura schudde haar hoofd. 'Niet goed. Hij werd ineens nog benauwder dan hij al was en heeft vannacht ook nog koorts gekregen. We zijn bang dat het of een infectie is of een reactie op een van zijn medicijnen, maar we kunnen niet stoppen met de medicatie. We zullen iets moeten doen om de infectie te bestrijden, maar door zijn verzwakte conditie is alleen een antibioticakuur niet genoeg. Er is bloedonderzoek gedaan om erachter te komen of het een infectie is, maar de uitslag is niet eenduidig.'

'En nu?'

'Nu zijn we bezig met nieuw bloedonderzoek en proberen we intussen de koorts te verlagen, net zo lang tot we weten wat de oorzaak is.'

'Hoe lang duurt dat?'

Laura sloeg de status dicht waar ze mee bezig was geweest. 'Ik wilde dat ik het wist', zei ze met een zucht. 'Ik sta op het punt om naar hem toe te gaan. Loop je mee?'

Ik kreeg direct het gevoel dat ik weer naar Jacco ging toen we de afdeling op liepen. Bedden die van elkaar worden gescheiden door gordijntjes en overal apparatuur om patiënten zo goed mogelijk in de gaten te houden. Van de vijftien bedden waren er zes bezet. Sven lag in het laatste bed. Ik schrok toen ik hem zag.

Het zuurstofkapje was weg, hij was nu geïntubeerd. Sven was nauwelijks bij kennis, al had hij zijn ogen open en keek hij naar ons. De tube in zijn keel belette hem om te praten, als hij dat in zijn huidige toestand al had gekund.

Svens moeder zat naast zijn bed en hield zijn hand vast. Ik dacht aan mijn eigen moeder, naast Jacco's bed. Jacco was weliswaar in levensgevaar geweest, maar de hoop dat hij beter zou worden was groot geweest en had ons op de been gehouden. Sven was ook in levensgevaar. Een verbetering van zijn situatie zou een wonder zijn. Als hij dit al zou overleven, zou hij alsnog doodziek zijn.

Ik zei de IC-verpleegkundige gedag. De regel is dat er één verpleegkundige op twee patiënten is, die geen seconde weg mag. De vrouw die er vandaag zat, had ik nog niet eerder gezien.

Laura pakte het klembord dat aan het voeteneind van het bed hing en keek erop. Svens vitale functies worden elk uur een paar keer gecontroleerd, en alles wordt zorgvuldig bijgehouden.

Het snerpende geluid van Laura's pieper verbrak de stilte.

Ze keek erop en drukte het klembord in mijn handen. 'Ik moet even weg.'

Ik keek naar wat er genoteerd stond. Svens temperatuur was bijna veertig graden. De koorts was bepaald nog niet aan het zakken.

'Hij is mijn enige kind.' Svens moeder keek me niet aan toen ze tegen me praatte. 'Ik had er wel tien gewild, maar na de geboorte van Sven ging mijn man bij me weg en een nieuwe man wilde ik niet. Al mijn liefde was voor Sven.'

Ik knikte alleen maar. Geen idee wat ik moest zeggen.

'Toen hij ziek werd, was hij nog het meest bezorgd om mij, weet je dat? Hij was alleen maar bang dat er niemand over zou blijven om voor mij te zorgen als ik oud ben. Toen heeft hij besloten dat hij simpelweg niet dood kon gaan en vanaf dat moment heeft hij gezegd dat hij dit zou overleven.'

Ik dacht aan Svens woorden. Kijken naar waar je heen wilt. Maar ik dacht ook aan zijn eerlijkheid, dat hij wel degelijk bang was om dood te gaan. Verdringing, zou een psycholoog zeggen. Ik zag het meer als de enige manier waarop Sven zich staande had weten te houden. Zijn overlevingsstrategie.

Zijn moeder draaide zich naar mij toe en pakte mijn hand. 'Ik ben zo bang.'

Er welden tranen op in haar ogen. Ik ging op de tweede stoel zitten en kneep in haar hand. Allebei zeiden we niets.

Uiteindelijk haalde Svens moeder diep adem. 'Het komt ook door deze afdeling', zei ze. 'Daar word je vanzelf depressief van. Zodra het kan, vraag ik of Sven naar de verpleegafdeling terug mag.'

Ik knikte. 'Tot gisteren lag mijn broertje op de IC. Ik weet precies wat u bedoelt.'

Ik weet niet eens waarom ik dit vertelde. Persoonlijke informatie houd je als arts voor je. Waarom zadelde ik deze vrouw op met mijn eigen sores?

Maar ze vroeg: 'Waar is hij nu?'

'Op de gewone afdeling. Het gaat gelukkig beter met hem. Hij heeft een ongeluk gehad. De dagen dat hij op de intensive care lag waren loodzwaar. En dan waarschijnlijk nog niet half zo zwaar als die van u. Als er iets is wat we voor u kunnen doen, moet u het zeggen. We zijn er niet alleen voor Sven, maar ook voor u.'

Ze keek me dankbaar aan. 'Dat is lief van je. Maar het enige wat jullie voor me kunnen doen is Sven beter maken. Ik zeg elke keer tegen mezelf: "De knapste dokters van het land zorgen voor hem. Dan moet het toch wel goed komen?" Maar nu ik hem hier zo zie liggen...'

Ze keek naar het gezicht van haar zoon. Er liep één traan over haar wang naar beneden. Ik legde mijn hand op haar schouder.

Heel lang zeiden we niets, tot mijn pieper ging. 'Ik moet gaan.'

'Natuurlijk. Ik heb al veel te veel van je tijd in beslag genomen.'

'Dat heeft u niet.' Ik keek haar aan. 'Sterkte.'

Daarna klopte ik even op Svens been. 'Hou vol, hè?' zei ik. 'Kijk naar waar je naartoe wilt.'

Zijn moeder glimlachte even. 'Bedankt. Je bent ontzettend lief en meelevend.'

Toen ik de afdeling verliet, merkte ik dat ik glimlachte. Meelevend? Ik?

18:00 uur

Maar geen spoor van Bart. Zal ik hem bellen?

18:15 uur

Zit nu al een kwartier naar mijn telefoon te staren. Bellen of niet? Ik weet het niet.

18:20 uur

Jemig, kreeg bijna een hartverzakking toen mijn telefoon ging. Een of andere callcentermiep die me een abonnement wilde aansmeren. Die heb ik snel afgepoeierd. Nu ligt mijn telefoon weer stil te zijn op tafel.

18:25 uur

Nee, ik bel hem niet. Ik heb mezelf beloofd dat het dit jaar alleen maar om de coschappen draait. Nu het uit is met Lucas heb ik juist weer alle tijd om me daarop te storten. Mannen leiden alleen maar af.

VRIJDAG 12 JUNI

10:00 uur

Sven is dood.

Laura's boodschap sloeg in als een bom. Zodra ik de artsenkamer binnenkwam, merkte ik dat er iets was. Laura zat er, samen met een andere arts-assistent en twee co's. Het was half acht, iedereen was net binnen. Niemand zei iets.

'Wat is er aan de hand?' vroeg ik.

Laura keek me aan. Ik zag haar bedrukte gezicht. 'Sven is dood', zei ze.

Drie woorden. Ze maakten dat ik op mijn benen stond te trillen en me aan de tafel moest vasthouden.

Ik liet me langzaam op een stoel zakken, met mijn jas nog aan.

'Hoe...'

Laura schudde haar hoofd. 'Ik weet het ook niet precies. De koorts is afgelopen nacht weer gestegen en uiteindelijk heeft zijn hart het begeven. Misschien door de infectie, misschien door de medicatie, misschien was het gewoon op.'

Ik wreef over mijn voorhoofd. De dood van een patiënt is dagelijkse kost in ziekenhuizen. Natuurlijk is het erg, natuurlijk heb je met de familie te doen, maar de dood is hier *business as usual.* Maar die patiënten hebben hier over het algemeen niet het grootste deel van de afgelopen drie jaar gelegen. Sven wel. Sven is anders.

'Waar is hij nu?'

'In het mortuarium. Riemersma heeft hem voor obductie gestuurd, omdat het niet duidelijk is waaraan hij is overleden. Het is druk in het mortuarium. Ik denk dat we pas eind van de middag terecht kunnen.'

Ik dacht aan Sven. Dappere Sven. Moest ik nou zijn hart in plakjes gaan bekijken?

'Het lijkt me beter als jij niet meegaat', zei Laura. 'Jij bent de vorige keer al geweest en nu is het de beurt aan een ander.'

Ik knikte. Natuurlijk was dat niet de reden. Bij het bed van een terminale patiënt werd de groep die achter de specialist aan liep vanwege de drukte nog wel eens wat klein gehouden, maar in het mortuarium maakte het allemaal weinig meer uit. Maar ik was allang blij. Ik kon het niet. Niet nu. Niet Sven.

'Waar is zijn moeder?'

'Naar huis. Ze is opgehaald door haar zus. Ze zit er helemaal doorheen.'

Ik dacht aan haar. Haar enige kind. Wie moet er voor haar zorgen als ze oud is?

Laura stond op. 'Gaan jullie mee? De overdracht begint zo.'

Natuurlijk, het leven in het ziekenhuis gaat door. De overdracht. Patiënt Duijnkerken, non-hodgkin lymfoom, overleden. *Next, please.*

Ik trok een witte jas aan en volgde Laura naar de overdrachtsruimte.

Ik moet niet vergeten Svens plant op te halen. Die mag niet in de prullenbak.

ZATERDAG 13 JUNI

22:30 uur

Ik heb een dubbel gevoel. De dood van Sven heeft me ontzettend aangegrepen, en tegelijkertijd ben ik blij omdat het zo goed gaat met Jacco. Toen ik vanmiddag zijn kamer binnenkwam, zat hij tegen de kussens geleund met een Nintendo DS in zijn handen. Cadeautje van oma.

Wel een cadeautje waar hij voorlopig niets mee kan, want zijn motoriek is nog niet wat ze geweest is. Toch is zijn herstel verrassend snel te noemen. Zelfs Sijmens staat erover verbaasd. Lopen kost Jacco nog wel veel moeite, maar hij heeft het wel weer gedaan en dat betekent dat hij het kan. Sijmens heeft gezegd dat het natuurlijk nog steeds afwachten is, maar dat het er sterk op lijkt dat Jacco aan zijn ongeluk helemaal geen blijvende schade zal overhouden.

Aan het eind van de middag namen papa, mama, Marjolein en ik afscheid van Jacco. Toen we de gang op liepen riep papa spontaan: 'Waar willen jullie eten? Ik trakteer. We zouden bijna vergeten dat mama overmorgen jarig is en bovendien kunnen we vieren dat het goed gaat met Jacco.'

'Toscanini', zei Marjolein meteen. Ze is dol op Italiaans eten en bij Toscanini hebben ze de Italiaanse keuken tot een kunst verheven. In Suriname is ze aangewezen op haar eigen pasta's en pizza's, omdat die van de plaatselijke Italiaan – die gewoon Surinamer is – niet te eten zijn.

'Oké', zei papa. 'Waar is dat?'

Marjolein zocht het op met haar telefoon. Ondertussen pakte mama mijn arm. 'Hé', zei ze. 'Is er iets?'

'Hoezo?'

'Je ziet er een beetje moe uit. Alsof je ergens mee zit.'

'O, niks. Iets met een patiënt.'

'Iets ingewikkelds en medisch waar je je hoofd over breekt?' vroeg ze.

Ik schudde mijn hoofd. 'Nee, dat niet. Gisteren is een patiënt op de afdeling overleden. Ik had nogal goed contact met hem. Hij was pas dertig.'

'Wat vreselijk. Wat had hij?'

'Non-hodgkin lymfoom.'

'Wat?'

'Kanker.'

Mama slaakte een zucht. 'Wat is dat toch een rotziekte.'

Dat was nog zwak uitgedrukt, maar ik ging er niet op in. Ik wilde haar niet lastigvallen met mijn sombere stemming. Tegen mijn gevoel in zette ik een glimlach op. 'Lekker, Toscanini.'

'Ja, we hebben wel een avondje uit verdiend na wat er de afgelopen tijd allemaal is gebeurd, dachten we zo.'

'Vier je je verjaardag verder nog?'

'Nee, dit jaar niet. Lekker met z'n vieren uit eten en verder geloof ik het wel.'

Gelukkig hadden ze bij Toscanini nog net een tafeltje voor ons vrij. Marjolein bestelde pasta, papa, mama en ik een vleesgerecht.

'Een van Femkes patiënten is gisteren overleden', vertelde mama tijdens het eten aan papa. 'Hij was pas dertig jaar. Erg hè?'

'Vreselijk.'

‘Je moet van het leven genieten zolang het kan’, zei Marjolein filosofisch. Niemand gaf antwoord. ‘Ik meen het echt, hoor’, benadrukte ze. ‘Kijk wat er met Jacco is gebeurd, en met die patiënt van Femke. Het ene moment leef je, het volgende moment ben je dood. Ik wil niet op mijn sterfbed liggen en terugkijkend tot de conclusies komen dat ik mijn leven precies zo heb geleefd als het hoort, maar er geen moment van heb genoten. Dan maar geen megabelangrijke baan of supergroot huis. Ik heb liever een bar in Suriname met een man van wie ik houd dan een landgoed in het Gooi met de man die op papier vast een heel goede vangst is en een baan waar ik niets anders aan overhoud dan een driedubbele burn-out en het gevoel dat ik het toch nooit goed kan doen.’

Toen ze haar mond hield viel er een stilte.

Uiteindelijk knikte mama. ‘Als jij gelukkig wordt, moet je dat doen.’

‘Mijn zegen heb je’, viel papa haar bij.

Ik keek met open mond van de een naar de ander. Marjolein was ook verbijsterd. Waren dit dezelfde mensen die ons hebben opgevoed met het idee dat je altijd voor het hoogst haalbare moet gaan?

‘Je bent nu oud en wijs genoeg om je eigen keuzes te maken’, zei mama. ‘En die keuze zullen wij respecteren.’

Ik keek Marjolein aan. Ze keek ongelovig terug. Had mama dat echt gezegd?

Later, toen het etentje afgelopen was en Marjolein en ik bij mij thuis wijn dronken, zei ze: ‘Papa en mama zijn veranderd door wat er met Jacco is gebeurd, vind je niet?’

Ik knikte.

‘Komt er tenminste nog iets positiefs uit voort, want verder vind ik dat ziekenhuis maar een treurige bedoening, hoor. Ik snap niet dat je daar wilt werken.’

Ik glimlachte. ‘Ieder z’n ding. Ik zou diep ongelukkig worden van elke avond cocktails shaken.’

Marjolein grinnikte en hield haar glas in de lucht bij wijze van toost.

23:30 uur

Ik lig naar het plafond te staren. Ik wilde dat ik kon slapen maar ik denk aan Bart. Ik mis hem. Hoezo, geen tijd? Moet ik me niet zo aanstellen en hem gewoon opbellen?

MAANDAG 15 JUNI

23:45 uur

Vandaag kennis gemaakt met Christiaan, die ALL heeft. Heftig allemaal, hij is pas achttien. Ik weet niet waarom, maar hij verdwijnt niet uit mijn gedachten nu ik thuis ben en een boek probeer te lezen. Hij ligt nu voor de eerste avond op zijn ziekenhuiskamer, met de pijn van de beenmergpunctie nog vers in zijn geheugen en wachtend op wat er allemaal nog gaat komen. Ik wilde dat ik meer voor hem kon doen, maar ik heb alles gedaan wat ik kon. Toch kan ik niet slapen. Ik denk aan vandaag.

'Twee opnames en drie patiënten die geprikt moeten worden', zei Laura vanochtend, toen ze me een stapeltje mappen overhandigde. 'Daar ben je voorlopig wel even zoet mee, volgens mij. De opnames doen we samen, maar jij hebt je ingelezen in Christiaan Drost, toch?'

Ik knikte. 'Zullen we maar meteen naar hem toe gaan?'

We liepen naar de opnamekamer. Christiaan Drost, vorige week achttien jaar geworden, was twee weken geleden naar de huisarts gegaan. Ik ben de laatste tijd erg moe, dokter. Dat is zo'n beetje wat hij gezegd moet hebben. En nu zat hij hier met de diagnose acute lymfatische leukemie.

'Hallo, ik ben Femke van Wetering', stelde ik me bij binnenkomst voor. Ik schudde Christiaan en zijn ouders de hand. Drie bange blikken waren mijn deel.

'Laten we even aan tafel gaan zitten', stelde Laura voor. Ik ging naast haar zitten.

Christiaan nam tegenover mij plaats, zijn ouders aan weerszijden van hem.

Ik haalde diep adem. Gelukkig nam Laura de leiding in het gesprek.

'We begrijpen het nog niet helemaal', zei de moeder van Christiaan zacht. 'We zijn op de polikliniek geweest, omdat Chris' bloed niet helemaal goed was en uiteindelijk zei de dokter dat hij leukemie heeft, maar wat dat precies betekent weet ik nog steeds niet.'

Er was hun op de poli hematologie al uitgelegd wat de ziekte van Christiaan inhield, maar ik kon me voorstellen dat van die uitleg niet veel was blijven hangen. Waarschijnlijk waren Christiaan en zijn ouders zo geschrokken dat maar de helft van de woorden was blijven hangen. Of nog minder.

Laura keek naar mij. Omdat ik deze patiënt had voorbereid, verwachtte ze dat ik de uitleg gaf.

'In jouw bloed is een extreem laag leukocyten- en trombocytengehalte aangetroffen', legde ik uit. 'Er is bij jou acute lymfatische leukemie geconstateerd. Om vast te stellen wat er precies aan de hand is, krijg je een beenmergpunctie en daarna een behandeling met methotrexaat via een ruggenmergpunctie.'

Ik lepelde de uitleg op uit mijn leerboek, dat ik gisteravond extra had bestudeerd om geen foute informatie te geven. Maar aan de andere kant van de tafel ontmoette ik drie angstige blikken. Christiaan keek hulpzoekend naar zijn ouders. De stoere vent die hij in het dagelijks leven ongetwijfeld was, was heel ver te zoeken.

Ineens zat ik weer met papa en mama tegenover Sijmens. Intracranieel hematoom, dat waren de woorden uit zíjn leerboek. Maar een leek begreep er niets van. Ik deed bij Christiaan en zijn ouders precies hetzelfde.

Waar was ik mee bezig?

'Sorry', zei ik. 'Ik zal het in gewonemensentaal uitleggen.'

Ik merkte dat Laura knikte en ging door. 'Leukemie is kanker van het bloed. In het beenmerg, waar het bloed wordt aangemaakt, zijn foute cellen ontstaan die de aanmaak van het bloed verstoren. Dat verklaart ook waarom je je de laatste tijd zo moe voelde. Vermoeidheid is een symptoom als er iets mis is met het bloed. Om erachter te komen wat er precies aan de hand is, gaan we straks wat beenmergbloed, dat is bloed dat nog ín het bot zit op de plek waar het is aangemaakt, aftappen. Dat kan alleen door met een buisje in het bot te gaan en het bloed dan op te vangen. Dat onderzoek noemen we een beenmergpunctie.'

Christiaan, die sowieso al behoorlijk bleek zag, werd nog een beetje witter.

Laura nam het woord. 'Ik begrijp dat dit heel erg schrikken is en we zouden je heel graag tijd geven om aan het idee te wennen, maar hoe eerder we de punctie doen, hoe beter het is. Des te eerder weten we welke behandeling we je gaan geven. Maar ik zal eerlijk tegen je zijn: een beenmergpunctie doet pijn.'

'En die behandeling,' vroeg Christiaans vader, 'wat houdt die in?'

Laura richtte zich tot Christiaan toen ze antwoord gaf. 'Je krijgt in elk geval chemotherapie. Die krijg je toegediend via je ruggenmerg en daarvoor zullen we een ruggenmergpunctie moeten doen.'

Ik zag dat Christiaan in de war raakte van al die termen en pakte een tekening van het menselijk lichaam. 'Kijk, dit is je ruggenmerg.' Met mijn pen tikte in op het kanaal tussen de rugwervels van de geschetste man. 'Daar brengen we de naald in en spuiten we het medicijn in. Dat medicijn is een chemotherapie. Je zult daarnaast ook een soort vast infuus krijgen in je borst, dat we "lange lijn" noemen. Op die lange lijn kan heel gemakkelijk een infuus aan- en afgekoppeld worden, zodat je niet elke keer opnieuw hoeft te worden geprikt. Via dat infuus geven we ook chemotherapie, maar een andere soort.'

Ik stopte even toen ik zag dat het Christiaan nog steeds duizelde. 'Wil je wat water?'

Hij knikte dankbaar en ik stond op om water en wat plastic bekertjes te pakken. Toen ik terugkwam praatte zijn moeder Christiaan moed in. Ik kon zien dat hij doodsbenauwd was.

Natuurlijk was hij dat. En nu moest Laura hem ook nog een vraag stellen waar hij waarschijnlijk helemaal geen antwoord op wist. Ik baalde er zelf van dat het nodig was.

'Ik begrijp dat het heel veel informatie is die je nu ineens over je heen krijgt', zei Laura. 'Maar ik moet je toch nog iets vragen. Je hoeft niet meteen antwoord te geven, maar je moet hier wel over nadenken.'

Ze liet een stilte vallen. Christiaan en zijn ouders keken haar aan.

Ze haalde diep adem. 'Met de chemotherapie maken we de kankercellen kapot. Maar chemo kan geen onderscheid maken tussen kankercellen en goede cellen, dus eigenlijk worden alle cellen in je lichaam aangetast. Daarom worden veel mensen ziek van chemo, maar als de kuur over is, herstellen ze weer. Niet alle cellen kunnen echter uit zichzelf herstellen.'

'Welke cellen dan niet?' vroeg Christiaans moeder, toen Laura even stil was.

'Er is een grote kans dat de zaadcellen onherstelbaar beschadigd raken. Dat betekent dat je door de chemotherapie zo goed als zeker onvruchtbaar wordt.'

Christiaans ouders schrokken meer van die mededeling dan hij zelf. Zijn moeder keek me met grote ogen aan. 'Onvruchtbaar?'

'Ja, helaas wel. Maar we kunnen, als je dat wilt Christiaan, zaadcellen invriezen. Die bewaren we dan tot het moment dat je kinderen zou willen.'

Christiaan keek hulpzoekend naar zijn moeder.

'Je hoeft niet nu te beslissen', zei ik. 'We beginnen pas over een paar dagen met de chemokuur, dus denk er maar rustig over na. Het enige wat we vandaag wel gaan doen is de beenmergpunctie. Dan ben je daar maar vanaf.'

Christiaan leek opgelucht dat het onderwerp kinderen weer even van de agenda was, voor zover er van opluchting sprake kon zijn. Hij knikte. 'Nu meteen?'

'Laten we dat maar doen.'

Laura en ik stonden op, gevolgd door Christiaan en zijn ouders. De beenmergpunctie zouden we in het kamertje ernaast doen, maar zonder Christiaans ouders erbij. Mij leek het geen probleem als ze zouden blijven, maar in het Amstelstad is er een regel dat dat in principe niet de bedoeling is, tenzij het om kleine kinderen gaat. Ik bracht zijn ouders naar de wachtkamer. Toen ik in het kamertje aankwam waar de punctie zou worden gedaan, lag Christiaan al op de onderzoeksbank en was Laura bezig zijn been af te dekken met een groen doek. Op het dijbeen liet ze een stukje vrij.

'We halen het beenmergbloed uit je dijbeenbot', legde ze uit. 'Ik ga zo meteen je huid en het weefsel eronder verdoven, tot aan je bot. Als de naald daar in gaat, voel je niets. Het enige wat ik niet kan verdoven is je bot zelf.'

Christiaan richtte zich op en keek mij ineens recht aan. 'Dokter', zei hij zacht, 'u hoeft het niet te zeggen waar mijn ouders bij zijn, maar ga ik dood?'

Ik stond even met mijn mond vol tanden. Zijn prognose

was niet slecht, maar hij was wel levensgevaarlijk ziek. Maar kon ik hier antwoord op geven?

Ik wierp snel een blik op Laura. Ze knikte naar me, alsof ze me toestemming gaf de vraag te beantwoorden. 'Als we niets doen, wel', zei ik uiteindelijk nogal luchtig. 'Maar gelukkig zijn we er vroeg bij en is deze vorm van leukemie goed te behandelen. Ik zeg niet dat het prettige behandelingen zijn of dat we garanderen dat ze aanslaan, maar we doen wat we kunnen.'

Christiaan knikte. Hij beet op zijn lip. Ik zag de angst in zijn ogen.

Het jongetje van zes dat bang is voor de prik van het infuus. Ik hoorde het Bart weer zeggen.

Bart. De gedachte aan hem drukte ik snel weg. Ik heb hem nog steeds niet gebeld.

Ik klopte Christiaan op zijn hand. 'Het komt wel goed.'

Hij hield mijn hand vast. Laura begon met de punctie. Christiaan weerde zich kranig, maar aan het feit dat hij mijn hand bijna fijn kneep kon ik aflezen dat hij verschrikkelijk veel pijn had.

Ik was bijna net zo opgelucht als hij toen het rode beenmergbloed in het buisje druppelde en Laura even later de naald uit het bot haalde.

'Het komt wel goed', zei ik opnieuw tegen Christiaan.

Ik kan hem natuurlijk niets garanderen, maar gelukkig leek mijn opmerking hem gerust te stellen.

Zou hij bang zijn? Zou hij kunnen slapen? Misschien moeten ze hem iets kalmerends geven, zodat hij in elk geval een paar uurtjes slaapt. Zou de verpleging daar zelf wel aan denken?

Automatisch pak ik mijn telefoon, die naast me ligt. Ik aarzel, maar dan leg ik hem terug. Loslaten, zei Laura. Een goede arts kan dat. Ik ga maar proberen te slapen.

VRIJDAG 19 JUNI

1:30 uur

Als ik hier nog langer blijf zitten, val ik waarschijnlijk in slaap. Wat zijn die nachtdiensten toch zwaar, zeker omdat de nachtdienst zich uitstrekt over alle afdelingen die bij interne geneeskunde horen. Het liefst zou ik gaan slapen in een piketkamertje, maar op een of andere manier word ik elke tien minuten gestoord. De score tot nu toe is twee keer een patiënt op de SEH, van wie één een enorme aansteller was die meende een acute galblaasontsteking te hebben – meneer kwam binnen met de diagnose al door hemzelf gesteld, wat de arts-assistent enorm irritant vond, vooral omdat het om niets anders dan een simpele maagontsteking ging – en een die we meteen hebben opgenomen en naar de OK hebben gestuurd met een ontstoken appendix.

Het is wel even omschakelen van hematologie naar algemene interne, maar de afzonderlijke afdelingen interne van de co's vervallen zodra de avond valt. Wat voor oproep dan ook vanaf de SEH of vanaf een afdeling, als die oproep betrekking heeft op interne geneeskunde moet ik direct komen. En daarom heb ik ook geen halfuur rust, laat staan dat ik een uurtje kan slapen.

Gelukkig is er altijd nog dermatologie, of beter gezegd: de privékliniek die erbij hoort. Want ook de dermatologen in het Amstelstad klussen graag bij. Op dermatologie wordt geen nachtdienst gedraaid, de afdeling is uitgestorven. En daarom zit ik er, om even te relaxen.

Mijn zakken zitten alweer vol proefmonsters en ik leun achterover in een mooie leren stoel in de wachtkamer. Eigenlijk ben ik ook een beetje op de vlucht voor Jan, de arts-assistent van de nefrologie, de nierafdeling. Hij heeft de hele nacht al last van ene mevrouw Koenman, een patiënte met een urineweginfectie. Door de infectie heeft ze een delier gekregen, wat erop neerkomt dat ze helemaal de weg kwijt is.

Het ene moment heeft ze het over aardappels, het volgende moment loopt ze in haar onderbroek over de gang of zit ze aan haar deken te plukken tot die een kale plek vertoont. Of ze beweert haar overleden man in de kamer te zien. Mijn taak is met haar mee praten, vooral niet ertegenin gaan want dan wordt ze bang, en haar weer in bed leggen met een extra dosis Haldol, antipsychotica. Maar die taak heb ik overgedragen aan de verpleging. De nacht is al zwaar genoeg zonder dat ik op een psychotische bejaarde moet inpraten.

Ik wilde dat ik Bart kon bellen. Gewoon, om te vragen hoe het gaat. Maar ik heb nu al zo lang niets van me laten horen, dat ik hem zeker niet midden in de nacht ga bellen. En sms'en is ook zo stom. Ik weet niet eens wat ik zou moeten sturen.

Ik kan me beter op mijn werk concentreren en niet aan Bart denken.

Elke twee uur probeer ik even bij Christiaan te gaan kijken. Hij slaapt slecht en vindt het fijn als er iemand langskomt, zodat hij zich niet alleen voelt. Op het eerste gezicht is hij een stoere jongen van achttien, maar midden in de nacht is hij bang als een kind. Bang om dood te gaan, bang voor zijn ziekte en bang voor de behandelingen. De eerste drie – de beenmergpunctie, het aanbrengen van de lange lijn en zijn eerste ruggenmergpunctie – zijn hem niet in de koude kleren gaan zitten. Ze waren pijnlijk en van de chemo's die hij sinds twee dagen krijgt is hij behoorlijk ziek.

Wel heeft hij besloten zaadcellen te laten invriezen, een beslissing waar hij het gek genoeg moeilijk mee had. Ik probeer er af en toe met hem over te praten om erachter te komen waarom hij hier zo veel moeite mee heeft, maar dan slaat hij dicht. Sowieso is hij niet erg meedeelzaam. Gelukkig heeft hij een kamergenoot van dezelfde leeftijd met dezelfde ziekte. Volgens de verpleging klikt het goed tussen de twee jongens.

Het liefst zou ik Christiaan morgen gezond en wel zien vertrekken, terug naar zijn normale leven, het leven vol vrienden, uitgaan, school en meisjes dat jongens van achttien horen te leiden.

Elke dag kijk ik even in zijn status. Zijn prognose is goed.

Soms denk ik dat ik hematologie als specialisme moet kiezen. Het is een interessante wetenschap en ik merk dat ik het contact met de patiënten leuk vind. Maar aan de andere kant vind ik de ziektes ook ongrijpbaar. Opensnijden en oplossen is er niet bij. Het is inschatten, afwachten, bijstellen en weer afwachten.

Ik denk aan de OK. Het lijkt een eeuwigheid geleden dat ik daar voor het laatst ben geweest. Mijn plek. De enige plek in het ziekenhuis waar ik thuishoor. Dacht ik.

Shit, de pieper gaat. SEH. Moet nu rennen.

3:00 uur

Gaat dan iedereen hier dood? Ik dacht dat we in het ziekenhuis proberen mensen te redden, maar in plaats daarvan staan we machteloos toe te kijken hoe de een na de ander overlijdt.

Net op de SEH. Het vermoedelijk infarct waarvoor ik naar beneden werd geroepen – mijn eerste actie op het gebied van cardiologie, trouwens, maar ook dat valt onder interne geneeskunde – bleek gelukkig wel mee te vallen. De patiënt werd onderzocht en binnen een kwartier doorgestuurd naar OK voor een spoed-dotterbehandeling. Als het meezit, mag hij overmorgen alweer naar huis.

Maar daarna werd Linda, de arts-assistent algemene interne, weggeroepen voor een reanimatie.

'Loop maar mee!' riep ze toen ze met grote passen wegrende. Ik ging meteen achter haar aan. Zelfs op de SEH van een academisch ziekenhuis zie je niet veel reanimaties.

'Patiënt onderweg met reanimatiestatus, aanrijdtijd twee minuten!' gaf een van de verpleegkundigen door.

Linda, die als arts-assistent onderdeel uitmaakt van het traumateam, ging de traumakamer binnen waar een eerstehulp-verpleegkundige bezig was het traumaprotocol op te starten. 'De anesthesist is onderweg', gaf ze door. 'Assistent chirurgie is hier binnen een minuut.'

Ik probeerde me mijn leerboek te herinneren. Met de assistenten van interne en chirurgie, de verpleegkundige en de anesthesist die de leiding kreeg, was het reanimatieteam compleet.

Plotseling gebeurde er van alles tegelijk. De deur van de SEH vloog open, wat ik vanuit mijn positie kon zien. Boven op de brancard die werd binnengereden zat een ambulanceverpleegkundige hartmassage te geven. Was ik in een aflevering van ER beland? Het voelde onwerkelijk om hierbij te zijn.

Maar dit was de harde werkelijkheid. 'Man, rond de veertig jaar, zat op zijn fiets toen hij niet lekker werd', riep de ambulancechauffeur die de brancard de traumakamer in duwde. 'Een voorbijganger heeft direct 112 gebeld, aanrijdtijd was zes minuten.'

De brancard werd naast het bed neergezet, de ambulancemedewerker sprong op de grond en na het één, twee, drie van de verpleegkundige werd de man overgetild. Ik kon zijn hoofd niet zien.

Er klonk een scheurend geluid. Ik zag Linda de blouse van de man, die al half openhing, nog verder kapotscheuren. Iemand anders trok zijn schoenen en sokken uit. Ik herinnerde met de passage uit mijn studieboek, waarin stond dat bij een reanimatie altijd schoenen en sokken uit moeten, zodat de perifere circulatie beter in de gaten gehouden kan worden. Komt er geen bloed meer in de voeten, dan betekent dat het bloed niet optimaal wordt rondgepompt.

In de ambulance had de man al een infuus in zijn arm gekregen, maar Linda prikte een nieuwe naald in zijn hand en hing er een infuuszak aan.

De eerstehulpverpleegkundige nam de thoraxcompressies over van de ambulancemedewerker. Ik zag de borst ingedrukt worden en weer opkomen. De verpleegkundige, die eruitzag alsof hij zeker een paar keer per week in het krachthonk van de sportschool te vinden was, stond binnen twee minuten te hijgen.

De anesthesist kwam binnengerend. 'Wat is de status?' riep hij.

De jonge cardiologie-assistent gaf antwoord. 'Asystolie, reanimatie tien minuten bezig.'

De anesthesist knikte. 'We gaan intuberen, nog een keer noradrenaline, een milligram, intraveneus.'

Ik keek naar de voeten van de man. Ze waren van normaal roze aan het verkleuren naar een soort grauw grijs. Een vreemde kleur, alsof ze dood waren.

Ineens realiseerde ik het me. Ze waren ook dood! Geen perifere circulatie meer. Onze patiënt was bezig dood te gaan, te beginnen bij zijn voeten.

Veertig jaar en stervend met een heel reanimatieteam rond zijn bed, dat druk in de weer was met slangen en apparaten en de wereld aan medicijnen, maar totaal machteloos tegenover een hart dat simpelweg weigerde door te kloppen.

Ik keek naar de eerstehulpverpleegkundige, die stuk ging op de thoraxcompressies. Zijn hoofd was rood en hij zweette, maar hij was niet sterk genoeg om het bloed te blijven rondpompen. Niet sterk genoeg om het bloed bij de tenen van de man te krijgen. Ook hij legde het af, ook hij kon niets doen om dit leven te redden.

'Iemand moet het overnemen', riep hij. De cardiologie-assistent rende om de tafel heen en nam zijn positie in. Hoe lang zouden ze nog doorgaan? De voeten werden almaar grijzer. Het leek wel dat hoe harder er werd gewerkt, hoe sneller het leven uit de man weggleed.

Daar stond ik dan. In een van de grootste, best uitgeruste ziekenhuizen van Nederland. De crème de la crème van de artsen werkt hier, de moeilijkste gevallen worden hiernaartoe doorgestuurd en de patiënten vestigen hun laatste hoop op dit ziekenhuis. Daar stond ik dan te kijken naar hoe iemand voor onze ogen stierf.

Mijn snerpende pieper onderbrak mijn gedachten. Ik maakte mijn blik los van de grauwe voeten en liep de gang op, op weg naar de zoveelste patiënt met buikpijn. Het lijkt allemaal zo zinloos.

8:30 uur

Hij is inderdaad dood, onze reanimatiepatiënt. Een halfuur nadat hij was binnengekomen, hadden de artsen besloten om te stoppen.

Net kwam ik een andere co tegen, helemaal hyper. 'Wow, heb jij die reanimatie meegemaakt?' zei hij opgewonden. 'Zelfs hier in het Academisch schijn je niet zo heel vaak reanimaties te zien. Was het spannend?'

Ik denk na over zijn woorden. Ja, het was spannend. Ik denk dat ik een halfjaar geleden net als hij had staan springen van opwinding. Een echte reanimatie, en ik stond er met mijn neus bovenop! Of misschien zou ik hebben gereageerd als Linda. Een uur nadat ze waren gestopt, sprak ik haar. Ze haalde haar schouders op. 'Ja, het is ontzettend jammer dat we hem niet hebben kunnen redden. Maar weet je, uiteindelijk slaagt misschien vijf procent van de reanimaties. Je weet dat de kans heel klein is. Laat die status eens zien van die vrouw die bloed plast?'

Zo makkelijk stapte ze er overheen. Ik wil dat ook doen, maar sinds het ongeluk van Jacco moet ik bij elke patiënt aan zijn of haar naasten denken. Toen de familie van deze man arriveerde was ik op de afdeling, omdat mevrouw Koenman weer uit bed was gekomen en nu beweerde dat ze snel naar huis moest. Haar kat moest gevoerd worden. De kat die, zo had de verpleging van haar zoon begrepen, een jaar of twee geleden was doodgereden door een vrachtwagen. Maar we verzekerden mevrouw Koenman ervan dat haar zoon voor de kat zou zorgen, waarna ze nog beweerde dat ze helemaal geen zoon had, maar gelukkig wel weer ging slapen.

In de tussentijd had een familie op de SEH te horen gekregen dat hun man, vader, broer of zwager niet meer leefde. Dat hij op veertigjarige leeftijd volkomen onverwacht door een hartinfarct was getroffen en dat het medisch team er alles aan had gedaan, maar dat na een halfuur reanimeren er geen andere mogelijkheid was overgebleven dan de dood vaststellen.

Wij hadden daar kunnen zitten, en van de neuroloog kunnen horen dat hij niets anders had kunnen doen dan vaststellen dat Jacco hersendood was. De grauwe voeten, het hadden Jacco's voeten kunnen zijn.

Ik moet koffie hebben. Mijn gedachten gaan met me op de loop, omdat ik al meer dan twintig uur op ben. Of zal ik gaan slapen?

Het is stil in mijn huis. Eigenlijk wil ik niet alleen zijn. Ik wil mijn familie en vrienden om me heen hebben en blij zijn dat iedereen leeft en gezond is. Ik wil dat Bart hier is en niet in het ziekenhuis en dat hij tegen me zegt dat ik me niet zo moet aanstellen, omdat het nu eenmaal gebeurt dat patiënten doodgaan en dat we er toch ook een heleboel redden. Ik heb helemaal niet het gevoel dat we er zo veel redden. Ja, degenen die niet doodziek zijn, die weten we redelijk opgelapt naar huis te sturen, maar als de situatie echt ernstig is, staan we nog zo vaak machteloos.

9:00 uur

Eindelijk, ik heb Bart gesproken! Hij belde net.

'Waar ben je?' vroeg hij.

'Thuis. Ik heb nachtdienst gehad en ga zo slapen.'

'Ik hoorde dat er vannacht iemand op de SEH is gereanimeerd. Was jij daarbij?'

'Ja', zei ik.

'Hoe was het?'

'Heftig. Hij heeft het niet gered.'

Bart was even stil. Toen zei hij: 'Wat is er met je, Fem? Je klinkt zo... sip.'

Ik haalde diep adem en slikte om het brok in mijn keel weg te krijgen. Huilen om patiënten. Niet professioneel. 'Ik ben gewoon moe', antwoordde ik toen met een heel dun stemmetje. 'Het was een drukke nachtdienst.'

'Ja, dat begrijp ik. Zo'n reanimatie hakt er wel in, zeker? Rust maar lekker uit. Wanneer zie ik je weer?'

Zijn vraag overviel me. Terwijl ik hem zo graag wil zien.

'Aankomend weekend?' stelde Bart voor, toen ik te lang wachtte met antwoord geven. 'Zondag schijnt het mooi weer te worden.'

'Zin om naar het Vondelpark te gaan?' vroeg ik.

Bart stemde in, en zei toen: 'Op één voorwaarde. Dat je je studieboeken thuis laat en niet langer dan een uur over patiënten praat.'

'Deal', zei ik en toen ik ophing merkte ik dat ik zat te lachen. Ik neem toch maar geen koffie, maar ga lekker slapen. Ineens kan ik mijn ogen bijna niet meer open houden.

ZONDAG 21 JUNI

15:00 uur

Breaking news! Gezoend met Bart. Weet zelf nog niet waarom, en hoe, en wat. Zit helemaal te trillen. O, daar is hij weer. Met fles wijn en plastic glazen. Snel dagboek terug in tas.

19:00 uur

Had misschien iets minder rosé moeten drinken. Eén fles met z'n tweeën had ook genoeg kunnen zijn.

Whatever. Het is zondag, ik heb vrij en ik ben verliefd.

Ik wou dat Bart hier was en nooit meer wegging. Maar dat gaat niet, want hij is naar de verjaardag van een vriend. Anders had ik niet hier op de bank gelegen, maar waarschijnlijk in bed en zeker niet in mijn eentje.

Doktertje spelen. Heel flauw, maar ik vind het opeens ontzettend geestig.

Godver. Ik wil nu in bed liggen en bepaald niet alleen. Stomme verjaardag. Sowieso stom dat mensen één keer per jaar een feestje geven alleen maar omdat ze toevallig op die dag geboren zijn, en meestal dan nog de hele dag klagen dat ze zo oud zijn geworden.

Maar goed, ik dwaal af. We hadden om één uur afgesproken in het Vondelpark. Ik zou broodjes meenemen en Bart drank, maar bij de Turkse supermarkt waar hij inkopen had gedaan, hadden ze alleen maar sap en cola, dus had hij dat maar genomen.

'Nu jij er bent heb ik geen drank nodig om het gezellig te hebben', zei hij, wat eigenlijk best een foute opmerking was, maar op dat moment vond ik het leuk.

Het was trouwens ook niet waar, want twee uur later ging hij toch wijn halen, maar goed.

Tijdens het eten praatten we over het ziekenhuis en over de reanimatie, maar eigenlijk wilde ik er niet te veel tijd aan besteden. Loslaten, zeker in het weekend. Gelukkig merkte Bart dat al snel en dus vroeg hij hoe het met Jacco was.

'Het gaat elke dag beter met hem', vertelde ik trots, alsof het mijn prestatie was. 'Hij mag aankomende week waarschijnlijk naar huis. Even maar, want daarna moet hij naar het revalidatiecentrum. Hij heeft soms moeite met zijn grove motoriek. Dan loopt hij een paar passen en maakt hij ineens een misstap.'

'Dat is vrij normaal bij het letsel dat hij heeft gehad, toch?'

Ik knikte. 'Ja, dat zei Sijmens ook. Waarschijnlijk is hij er met een paar weken revalideren vanaf. Tegen de tijd dat het nieuwe schooljaar begint is hij volledig genezen. Gelukkig maar, want hij is enorm bang dat hij te veel achterstand oploopt. Hij wil zo snel mogelijk zijn diploma halen.'

'En dan rechten gaan studeren', vulde Bart aan.

Hoe wist hij dat? Ik had het er met hem nooit over gehad, voor zover ik wist.

'Dat heeft hij me verteld', zei Bart bijna schuldbewust. 'Ik loop wel eens bij hem langs als ik in de buurt ben.'

Ik weet niet eens waarom, maar ik kreeg een brok in mijn keel. Zowel Bart als Jacco heeft daar niets over verteld.

Bart keek me onderzoekend aan toen ik niets zei. 'Ik had het je expres niet verteld, omdat ik niet wil dat je je bezwaard voelt. Maar Jacco zei dat hij het gezellig vindt om af en toe wat te praten en ik mag hem graag, dus ik dacht... Nou ja, het heeft niets met jou te maken. Ik wil me niet opdringen.'

'Je dringt je helemaal niet op!' Ik moest knipperen om mijn tranen te verbergen. 'Ik vind het juist cool dat je dit doet. Jacco verveelt zich af en toe dood, volgens mij.'

'Hij is echt slim.' Bart grinnikte. 'Afgelopen week had hij ergens een krant vandaan gehaald en wilde hij mijn mening weten over het Israëlisch-Palestijns conflict. Hij wist er veel meer van af dan ik.'

Ik glimlachte. 'Ja, hij kan niet tegen onrechtvaardigheid en dat soort oorlogen interesseert hem enorm. Hij volgt het nieuws erover en discussieert mee op van die forums op internet. Echt, soms verbaas je je erover dat hij pas zestien is. Ik weet niet wat jij op je zestiende deed, maar ik was in elk geval niet bezig met de toestanden van de wereld.'

Bart schudde zijn hoofd. 'Nee, ik ook niet. En je zus?'

'Hoe bedoel je?'
'Is die ook zo betrokken bij de wereld?'
'Nou ja, niet toen ze zestien was. Maar inmiddels studeert ze politicologie en loopt ze stage bij de VN. Ze is toevallig gisteren teruggegaan naar Suriname.'
Ik denk aan het afscheid op Schiphol. Het kwam nogal onverwacht, omdat Marjolein vrijdag ineens een last minute ticket bleek te kunnen krijgen dat stukken goedkoper was dan de normale tickets. En nu het weer goed gaat met Jacco wilde ze van die kans gebruik maken.
Papa, mama en ik brachten haar naar Schiphol. Ik stopte nog snel een cadeautje in haar rugtas, omdat Marjolein volgende week jarig is. We omhelsden elkaar vlak voor de douanecontrole. Daarna knuffelden papa en mama haar. Ik kon zien dat papa tranen in zijn ogen had. Mama ook, bij haar rolden ze over haar wangen, om het over Marjolein zelf maar niet te hebben. Ik stond achter hen en keek naar hoe ze afscheid namen. Er stond een ander gezin dan het jaar ervoor, toen Marjolein had aangekondigd voor haar stage naar Suriname te gaan. We zijn hechter geworden, in slechts een paar weken tijd. Papa en mama wensten mijn zusje succes met de afronding van haar werkzaamheden bij de VN en de opstart van de bar samen met Leandro. Dat was een paar weken geleden nog ondenkbaar geweest. Het ongeluk heeft ons allemaal veranderd.
'Mis je haar?'
Barts vraag haalde me uit mijn gedachten.
Ik knikte. 'Ja, natuurlijk. Maar ik weet dat ze daar gelukkig is. En ik weet ook dat ze liever met haar grote liefde een bar runt dan dat ze een glansrijke carrière maakt bij de VN. Mijn keus zou het niet zijn, maar het is haar leven.'
'Denk je dat ze ooit nog terugkomt?'
'Ik weet het niet. Misschien over een paar jaar, samen met Leandro. Zeker nu ze niet langer het idee heeft dat papa en

mama haar gedrag afkeuren. Wat dat betreft heeft het ongeluk ook positieve kanten.'

Bart staarde me peinzend aan. 'Volgens mij heeft uiteindelijk alles een positieve kant.'

'Vind je? Ik kan wel een paar cases van de afgelopen tijd opnoemen waarbij ik denk: wat is de zin hiervan? Jonge mensen die overlijden, of doodziek worden. Mensen die in de bloei van hun leven zouden moeten zijn, maar in een ziekenhuisbed liggen en alleen nog maar kunnen ademhalen, omdat de chemotherapie alles in hun lichaam kapot heeft gemaakt. Ik heb er moeite mee om op dat moment de positieve kant in te zien.'

Bart dacht na over mijn opmerking. 'En dat uit jouw mond', zei hij uiteindelijk. 'Uit de mond van iemand die haar patiënten ooit het liefst onder een groen doek zag verdwijnen.'

Ik zei niets. Hij heeft gelijk.

Bart leunde achterover en draaide zijn gezicht naar de zon. 'Nu hebben we het weer over het ziekenhuis, hoewel we dat niet zouden doen.'

'Je hebt gelijk', zei ik.

Bart ging weer rechtop zitten. 'Gelukkig weet ik nog wel andere dingen om het over te hebben.'

'Nou, wat dan?'

'Jou. En mij.'

Mijn hart sloeg even over toen ik zag hoe hij naar me keek. 'O ja?' vroeg ik een beetje onnozel, balend van mijn eigen reactie.

Bart hield zijn hoofd schuin. 'Ja. Voor iemand die zo slim en scherp is als jij vind ik wel dat het lang duurt voor je het door hebt, Fem.'

Mijn mond werd droog dus nam ik snel een slok van mijn cola. Daarom moest je dit soort picknicks dus met rosé doen. Cola was, als je erover nadacht, eigenlijk een beetje lullig.

Who cares? Cola, wijn, water, aanmaaklimonade. Feit was dat Bart langzaam naar me toe leunde en zijn hand in mijn nek legde. Zijn hand was zacht en koel. Ik leunde een beetje voorover en sloot mijn ogen. Meteen daarna voelde ik zijn lippen op die van mij. Mijn hart ging nu helemaal alle kanten op en gek genoeg kon ik alleen nog maar denken aan dingen als defibrillatie, hypertensie en ventrikelfibrillatie.

Bart leek intussen heel goed zijn medische woordenboek te kunnen uitschakelen en verplaatste zijn hand van mijn nek naar mijn rug.

Kippenvel. Spasmodermie. Veroorzaakt door spiertjes die samentrekken, aangestuurd door het autonoom zenuwstelsel.

En nu kappen, riep ik mezelf in gedachten streng tot de orde. Ik concentreerde me op de kus. Bart was er goed in. Een beetje aarzelend durfde ik ook mijn handen op zijn rug te leggen, waarop hij reageerde door me dichter tegen hem aan te trekken. Uiteindelijk verdwenen de medische termen en maakten ze plaats voor een aanval van enorme verliefdheid.

Die nog steeds voortduurt, ook nadat Bart wijn was gaan halen, ook nadat we bij het afscheid nog een keer of tien kusten, ook nadat hij was weggefietst en ik moeite had moeten doen niet achter hem aan te gaan en hem mee te slepen naar huis.

Ik kan me de laatste keer dat ik verliefd was niet eens herinneren. Het was in elk geval niet met Lucas.

VRIJDAG 26 JUNI

11:30 uur

Ik mis de afdeling. Vandaag ben ik begonnen op de polikliniek interne geneeskunde. Ook wel leerzaam, maar het is vooral een hoop "Als ik zo zit, voel ik hier een pijntje en als ik me dan omdraai, zit het ineens daar" en soortgelijke klachten. De arts-assistenten verwachten van de co's dat ze de nieuwe patiënten zien, onderzoeken en een differentiaal diagnose aanleveren. Dat zijn op de poli van interne nogal lange lijsten, aangezien er bij "een beetje pijn hier" nogal wat diagnoses mogelijk zijn. Vanochtend leverde ik een DD aan van twee kantjes. Pijn in middenrif en/of onderrug was de klacht en de patiënt had ook wel eens overgegeven, maar dat was niet noodzakelijkerwijs tegelijk met de pijn. Ik houd best van een beetje puzzelen, maar je kunt het ook overdrijven.

Alhoewel er ook interessante cases voorbij komen. Ik had te doen met een vrouw die drie woorden Nederlands sprak en me verder in een of andere Afrikaanse taal duidelijk probeerde te maken dat ze last had van van alles en nog wat, waaruit ik uiteindelijk de conclusie trok dat het eventueel haar schildklier zou kunnen zijn. Een mogelijkheid was schildklierkanker. Enige probleem: de vrouw was onverzekerd.

Ik zie mezelf nog bij het werkcollege medische ethiek betogen dat "onverzekerd" betekent dat een ziekenhuis een patiënt dan maar moet weigeren, tenzij deze bloedend op de SEH ligt. Acuut levensgevaar: ja, al het andere: nee.

Maar wat is acuut levensgevaar? Een vrouw die misschien wel schildklierkanker heeft, is ook in levensgevaar. Niet vandaag of morgen, maar op termijn wel. Ik was blij dat ik niet de beslissing hoefde te nemen om haar weg te sturen dan wel een aanvullend onderzoek te doen.

'Het ziekenhuis heeft een potje voor dit soort patiënten', vertrouwde Marcel, een van de arts-assistenten, me toe toen ik hem vroeg mee te kijken. 'Op zich zou ze dus best een aanvullende behandeling kunnen krijgen, maar dat doen we alleen als het echt nodig is. Het potje is namelijk ook een keer leeg.'

Marcel besloot de specialist te adviseren de vrouw toch te laten onderzoeken. Ik was opgelucht. Ze kreeg een echo. Goedkoop, maar doeltreffend.

Het laatste wat ik hoorde was dat de uitslag van de echo reden gaf aan te nemen dat er rond de schildklier sprake was van kwaadaardige celgroei. Volgende stap: een punctie. Ik hoop dat het potje nog vol genoeg is. Ik moet binnenkort aan Marcel vragen hoe het is afgelopen.

12:00 uur

Joline kwam net de artsenkamer binnen. Een andere co, die hier nog niet zo lang is. Ze kwakte een stapel mappen op tafel en begon meteen te klagen.

'Pff, ik heb de hele ochtend niets anders gedaan dan zeikerds aanhoren. Dan hebben ze weer een pijntje hier, dan weer een dingetje daar. Ik heb niet één interessante case gezien.'

'Dat weet je toch nog niet? Je hebt ze net voor het eerst gezien.'

Joline trok haar wenkbrauwen op. 'De arts-assistent heeft er anders ook niet één uit kunnen pikken waarvan ze dacht dat het meer was dan een simpele maagzweer.'

Ik kauwde op mijn pen en keek haar aan. 'Weet je wat het is? Die mensen willen ook gehoord worden. Alleen door naar ze te luisteren help je ze al.'

De blik in Jolines ogen verried dat ze dacht dat ik knettergek ben. Gehóórd worden? We zijn hier toch om mensen te genezen? Als ze gehoord willen worden gaan ze maar naar de psycholoog.

Maar toch, het is wel zo. Ik denk dat vijftig procent van de mensen die we hier op de poli zien, zich al beter voelt zodra ze de deur uit gaan. Alleen maar omdat een witte jas serieus met hen bezig is geweest en heeft erkend dat de mogelijkheid bestaat dat er wel iets aan de hand zou kunnen zijn, want de pijn die iemand voelt is ongetwijfeld heel echt, al vinden wij het misschien aanstellerij.

'Nou, met jou valt ook geen lol te beleven.' Joline gooide een zakje met geplette boterhammen voor zich op tafel en sloeg een medisch tijdschrift open.

Juli

WOENSDAG 8 JULI

14:00 uur

De laatste week interne alweer. Het is rustig op de poli en ik zit in de artsenkamer met mijn studieboek opengeslagen voor me op tafel. Ik moet eigenlijk bezig zijn met de mogelijke aandoeningen van de mensen die ik vandaag in de spreekkamer had, maar in plaats daarvan ben ik bij het hoofdstuk "hematologie".

Misschien had ik niet naar de afdeling moeten gaan, maar omdat ik een uurtje geen patiënt had, nam ik de lift naar boven. Eigenlijk was ik benieuwd naar hoe het met Christiaan was, maar zodra ik op interne de lift uitstapte botste ik bijna tegen een andere oude bekende op. Ik wist dat ik haar kende, maar het duurde een paar seconden voor ik haar kon plaatsen.

Het was Svens moeder.

Ze herkende mij wel direct. 'Femke! Wat fijn om jou nog even te zien. Hoe gaat het?'

'Hoe gaat het met u?' vroeg ik, zonder haar vraag te beantwoorden. Ik dacht ineens aan Svens plant. Toen ik die wilde ophalen, was hij al weg. Meegenomen door zijn moeder. Logisch. Toch vond ik het ergens jammer.

Wat natuurlijk nergens op slaat.

'Ach.' Ze haalde haar schouders op. 'Wat zal ik zeggen? Het blijft zwaar, elke dag. Mijn leven heeft de afgelopen jaren alleen maar gedraaid om Sven en zijn ziekte. Nu hij er niet meer is...' Ze wilde nog iets zeggen, maar er welden tranen op in haar ogen.

Ik pakte haar arm. 'Kom even mee, dan gaan we een glaasje water halen.'

In de artsenkamer, die leeg was, schonk ik een glas water voor haar in. Daarna namen we plaats in het zitje bij de lift, waar medische tijdschriften vermengd lagen met glossy's en waar ik meestal familieleden van patiënten had zien zitten die het even niet meer trokken op de afdeling zelf.

'Ik wilde nog één keer langsgaan op de afdeling', vertelde Svens moeder. 'Toen ik wegging, net nadat Sven was overleden, was het allemaal hals over kop en ik kan het me ook niet echt meer herinneren. Ik wilde het afsluiten. Nog één keer de verpleging zien, nog één keer zijn kamer. Het was wel zwaar, maar het heeft me goedgedaan.'

'Hopelijk helpt het bij het afsluiten van deze periode', zei ik.

De vrouw knikte en keek me aan. 'Sven was dol op jou, weet je dat? Hij kende je natuurlijk nog niet zo lang, maar hij had het vaak over je. Hij mocht je. Hij vroeg zich af wat er gebeurd was waardoor je was veranderd. Hij voelde dat soort dingen altijd haarscherp aan, zeker sinds hij ziek was. Later vertelde je mij over je broertje.'

Ik moest even slikken. 'Ik mocht Sven ook graag. Ik had bewondering voor de manier waarop hij met zijn ziekte omging.'

'Ja, ik ook. Ik denk dat hij in al die tijd twee keer een dag down is geweest, één keer net na de diagnose en één keer toen de ziekte teruggekomen was. Verder heeft hij altijd de moed erin gehouden. Terwijl ik denk dat hij het wel wist.'

'Dat hij wat wist?'

'Dat hij de strijd uiteindelijk zou verliezen.'

We zwegen allebei. Na een tijdje stond de vrouw op en klopte me op mijn arm. 'Succes met je carrière, Femke. Ik weet zeker dat je een fantastische dokter gaat worden.'

Daarna drukte ze op het knopje van de lift en even later was ze verdwenen. Ik voelde me verdrietig en blij tegelijk. Even aarzelde ik voor de automatisch open zwaaiende deuren, maar uiteindelijk keerde ik om. Ik ging niet naar Christiaan.

VRIJDAG 9 JULI

8:00 uur

Zit bij de overdracht. Net sms'je van Bart. Wil me zien. Vandaag. In ongebruikte spreekkamer.

8:05 uur

Dat kan hij toch niet menen?

8:06 uur

Waarom ook niet? Doktertje spelen, maar dan echt.

8:10 uur

Nou ja, niet écht echt. Maar wel in de juiste omgeving. Ik hoop tenminste niet dat Bart plannen heeft voor een bloeddrukmeting.

Of inwendig toucheren.

8:15 uur

Zal ik iets spannends aantrekken onder mijn witte jas? Of eigenlijk: niets? Dat ik hem dan opendoe en... Zou wel gewaagd zijn.

8:16 uur

O god, misschien wil hij wel gewoon praten. Kom ik daar aan in m'n witte jas met niets eronder. Hij zou vast gillend wegrennen.

8:20 uur

Nee, ik kan mijn kleren beter aanhouden. Alhoewel ik ernstig twijfel of Bart wil praten. Hij sms'te "zien" en niet "praten".

8:25 uur

Ik probeer de overdracht te volgen, maar ben de draad volledig kwijt.

12:30 uur

Eindelijk, een vrij halfuur. Nou ja, vrij, ik moet nog statussen bijwerken, maar dat doe ik straks wel. Bart heeft ook lunchpauze. Ik heb geen zin in een broodje, maar heb ge-sms't dat ik op weg ben naar spreekkamer vijftien op de poli van interne geneeskunde. Het raam is stuk en kan niet meer dicht, dus de spreekkamer is tijdelijk buiten gebruik.

Maar ik heb de sleutel.

13:00 uur

Mijn hemel. Ik sta voor de spiegel in de wc en probeer mijn kapsel in model te krijgen, maar om een of andere reden blijft het door de war zitten. Ik strijk met mijn vinger onder mijn oog om mijn enigszins doorgelopen mascara weg te krijgen. Ik zie er niet uit en het kan me niets schelen.

Met "zien" bleek Bart inderdaad niet "praten" te bedoelen. 'Hé', zei hij hees toen hij binnenkwam. 'Ik heb je gemist.'

Ineens kon ik me niet meer inhouden. In plaats van antwoord te geven vloog ik hem om de hals en begon hem te zoenen. Ik had niet eens de tijd om verbaasd te zijn over mijn eigen gedrag.

Bart leek het helemaal niet vreemd te vinden. Hij zoende me direct terug.

'Ik heb jou ook gemist', mompelde ik tussen twee zoenen door.

Na onze picknick heb ik Bart wel in het ziekenhuis gezien, maar doordat hij een week lang nachtdienst draaide en ik daarna juist avonddiensten had, hadden we niet meer kunnen afspreken. Des te leuker deze kleine reünie.

Toen we elkaar eindelijk loslieten realiseerde ik me dat de knoopjes van mijn witte jas open waren, waaronder ik keurig een T-shirt met lange mouwen droeg. Ik knoopte mijn jas dicht. Mijn vingers trilden nog een beetje.

Barts blik gleed naar de onderzoeksbank die in de hoek van de kamer stond. Daarna keek hij me aan. In zijn ogen was te lezen dat die knoopjes best weer open mochten.

'Bedoel je...?' vroeg ik.

'Hm-hm.'

Ik keek naar de onderzoeksbank en daarna naar de deur. Ik had de sleutel. Hij kon op slot. Maar ik had vast niet de enige sleutel. Wat als er nou net vandaag iemand kwam om dat raam te repareren? 'We kunnen toch niet...'

Bart trok één wenkbrauw op, een beweging die ik nooit onder de knie had gekregen. 'Nee', zei hij toen. 'Je hebt gelijk. Het kan niet.'

Meer aanmoediging had ik niet nodig. Ik sloeg mijn armen om zijn nek en voelde direct hoe zijn handen gretig de knopen van mijn jas weer openrukten. Even gaf ik me eraan over, maar toen maakte ik me toch weer los uit zijn greep.

Het was niet dat ik niet wilde, maar ergens hield een klein stemmetje me tegen. Dit was wel het ziekenhuis, de plek waar Bart en ik allebei carrière wilden maken. De plek waar we daadwerkelijk konden doorgroeien naar de status van dokter, maar ook de plek waar die carrière door domme fouten in de kiem zou kunnen knakken.

'Wat is er?' vroeg Bart. Hij hield zijn hoofd schuin en keek me een beetje bezorgd aan.

Ik staarde naar het wasbakje achter hem aan de muur. Er stond een pak latex handschoenen. 'Ik weet het niet... Is dit eigenlijk illegaal?'

Bart fronste. 'We zijn allebei co's, dus volgens mij niet.'

'Dat bedoel ik niet. We zijn hier wel in een spreekkamer.'

'O. Dat. Ja, ik denk wel dat verboden is. Sowieso is het onder werktijd.' Hij haalde een hand door zijn haar. 'Misschien kunnen we maar beter weer aan de slag gaan.'

'Bart, het is niet...' begon ik, maar hij legde zijn hand in mijn nek en kuste me zacht.

'Je hebt helemaal gelijk. Ik laat je terug gaan naar de poli, maar op één voorwaarde.'

'Welke dan?'

'Dat je heel binnenkort langskomt, en niet in een spreekkamer.'

Ik voelde mijn hart weer allerlei rare dingen doen waarvan ik me niet eens meer de termen kon herinneren en knikte. 'Beloofd.'

16:00 uur

Ik kan niet meer ophouden met aan Bart denken. Wat héb ik? Vroeger was ik nooit zo... zo, debiel.

16:15 uur

Dan maar debiel. Ik ben gelukkig.

MAANDAG 13 JULI

8:15 uur

O god, ik ben zo verliefd.

Ik denk dat ik, als het nog een heel klein beetje erger wordt, gewoon uit elkaar spat.

Zou dat eigenlijk kunnen? Kan iemand exploderen zonder invloed van buitenaf? Misschien als een van de organen... Ach, wat doet het er ook toe. Ik ben verliefd.

Ik dacht dat ik al verliefd was, maar dat was niets vergeleken bij hoe ik me sinds gisteravond voel. Het is net alsof Bart een bron heeft aangeboord waarvan ik niet eens wist dat die bestond.

Gisteravond kwam hij langs, net na het sporten. Hij had gedoucht en rook fris. Dat alleen was al onweerstaanbaar.

We verspilden weinig tijd aan zoiets als een gesprek. Zodra hij in mijn huiskamer stond en zijn jas uitdeed, had ik geen zin om nog langer te wachten. En datzelfde gold blijkbaar voor Bart. Terwijl ik de riem van zijn spijkerbroek openmaakte, rukte hij zo hard aan mijn blouse dat er drie knoopjes af sprongen. Niet dat het uitmaakt, want wat er volgde was geweldig. Ik herinner me niet eens meer hoe we in de slaapkamer terechtkwamen, maar ik weet nog wel dat we achteraf uitgeput naast elkaar lagen en ik alleen maar kon bedenken dat ik waarschijnlijk overleden en in de hemel was.

En dat terwijl ik totaal ongelovig ben.

Kortom, het was geweldig en als ik vanochtend ergens geen zin in had was het wel opstaan en aan het werk gaan. Maar ik moet, want vandaag begin ik aan mijn coschap huisarts. Bart moest al om zes uur weg, hij volgt nu dermatologie in het Gregorius Ziekenhuis, bij Van Daalen. Zijn dagen beginnen om half acht, de mijne om half negen. Het voordeel van weg zijn uit het ziekenhuis.

Ah, het station komt in zicht. Mijn eerste dag als huisarts in een provinciestad. Het zal mij benieuwen.

DONDERDAG 16 JULI

12:30 uur

Het is uitgestorven in de praktijk en ik zit in mijn eentje een boterham weg te kauwen. De assistentes halen tussen de middag hun kinderen van school en eten vervolgens thuis. Twee van de vijf huisartsen eten in de praktijk, maar toevallig zijn zij er vandaag niet. Nou ja, zo toevallig is dat niet, want iedereen werkt hier parttime.

Kortom: zelden zo'n relaxte bedoening meegemaakt. De drukte en hectiek van het ziekenhuis zijn hier in geen velden of wegen te bekennen en het enige wat deze week voor enige opwinding zorgde was een man die agressief werd bij de balie, omdat hij volgens hemzelf niet snel genoeg werd geholpen.

Gelukkig wist Karel, een van de huisartsen en mijn begeleider, hem uiteindelijk te kalmeren en na een halfuur verliet de man de praktijk met een nieuw receptje voor de antidepressiva die hij al jaren slikt.

Maar verder is het rustig. Wat iets anders is dan saai, het beeld dat ik altijd had bij een huisartsenpraktijk. Ik heb mijn mening dat een patiënt pas enigszins interessant wordt zodra hij een ziekenhuis binnenstapt moeten bijstellen. Natuurlijk zitten ze ertussen, de klagers, de dokter-ik-weet-niet-wat-het-is-maars, maar in drieënhalve dag heb ik er nog maar één gezien. En die bleek al tevreden met een luisterend oor en een paar keer begrijpend knikken.

Een voordeel aan dat iedereen – behalve ik – hier parttime werkt: er is altijd een spreekkamer vrij. En daar draai ik dan mijn eigen spreekuur, met mijn eigen onderzoeken en mijn eigen diagnoses. Nou ja, die laatste moet ik nog even laten checken door Karel, maar dichter bij het predicaat "volleerd arts" ben ik nog niet gekomen. Sommige, meestal oude, mensen denken dat ik ook echt dokter ben. Het begrip coassistent dat ze door de assistente wordt uitgelegd, gaat het ene oor in en het andere weer uit.

Als dat oor in kwestie tenminste niet verstopt zit, want dat lijkt een soort epidemie te zijn. Ik heb deze week al zes bejaarden met oorklachten gezien.

Ik luister naar de radio. Er wordt een nummer gespeeld dat ik niet ken. Onwillekeurig glijden mijn gedachten naar Sven, en dat is niet voor het eerst deze week. Afgelopen dinsdag kwam er een jongen op mijn spreekuur: Alex, zeventien jaar, bult in zijn nek. En een flinke ook. Net onder de kaak en zeker vijf centimeter groot.

Ik had Alex het liefst direct doorgestuurd voor een echo en een punctie, maar Karel sprak me tegen.

'Eerst even aankijken, Femke', zei hij uitermate rustig, toen ik met hem overlegde. Ik had even de neiging om tegen hem in te gaan, maar op je tweede dag kun je je beter rustig houden.

Hoewel ik het nog steeds niet met hem eens ben. Oké, Alex was een paar weken geleden grieperig geweest, oké, het kon een opgezette lymfeklier zijn, maar toch. De bult zat maar aan één kant, terwijl je bij een infectie vaak aan beide kanten een of meer bulten hebt. En bovendien zat er een tweede, weliswaar veel kleinere, bult op zijn sleutelbeen.

'Dat duidt er toch op dat het meer is dan een infectie?' vroeg ik aan Karel. 'De lymfeklieren in de hals voeren het afval af dat met de verkoudheid te maken kan hebben, maar die op het sleutelbeen voeren afval van de organen uit de thorax af. Een bult daar kan dus betekenen dat er iets mis is met een van de organen. En dan hebben we natuurlijk nog de mogelijkheid van leukemie of een lymfoom.'

Karel liet me uitpraten, maar aan zijn blik was te zien wat hij dacht: overactieve coassistent met te veel ziekenhuisinvloed probeert van praktijk een soort ziekenhuisafdeling te maken.

'Ik begrijp dat je zo denkt,' zei hij, 'maar je moet niet vergeten dat de gang naar de huisarts vanuit de patiënt zelf komt, en de gang naar het ziekenhuis vanuit de huisarts. Er is geen drempel voor de patiënt om naar de huisarts te gaan, dus moeten wij als huisarts altijd goed kijken of het echt noodzakelijk is om iemand door te sturen. In dit geval denk ik aan een virale infectie, die met een week over zou moeten zijn.'

Ik knikte, maar dacht intussen aan het eventuele lymfoom dat in de tijd dat wij wachtten gewoon kon doorgroeien. Een echo voor de zekerheid, dat kon toch wel?

'Als we iedereen echo's voor de zekerheid zouden moeten geven, zouden de wachtlijsten helemaal de pan uitrijzen', zei Karel, toen ik er later weer over begon. 'We hebben toch gevraagd of die jongen over een week wil terugkomen. Als de bult dan niet minder is geworden, zien we wel weer. Dan kunnen we hem altijd nog voor een echo sturen.'

'Toch zegt mijn gevoel dat het niet goed zit.'

Karel keek me aan en glimlachte. 'Soms moet je vertrouwen op de feiten, en op je kennis. Je gevoel is ook niet alles.'

Even was ik verbaasd. Zijn woorden, die had ík kunnen zeggen. Je gevoel is niet alles. Wat had ik vroeger altijd een hekel aan mensen die zeiden "mijn gevóél zegt...". En nu zeg ik het zelf. Het gekke is dat het nog waar is ook, mijn gevoel zegt écht dat het niet goed is.

Ik hoop dat Karel gelijk heeft met zijn infectie. Zijn kennis wint het van de mijne.

14:30 uur

Het middagspreekuur is voorbij en ik zit dossiers bij te werken op de computer. Ook het dossier van Alex komt voorbij.

Nou ja, dat komt het niet, maar ik heb het geopend. Ik kan het toch niet loslaten.

Bart vindt dat ik moet vertrouwen op de mening van de huisarts.

'Hij weet toch wel wat hij doet?' zei hij gisteravond, toen ik het er met hem over had. Wat trouwens best een bizar gesprek was omdat we allebei naakt waren en in zijn bed lagen.

'Hij zegt dat hij wel eens eerder zo'n grote bult heeft gezien en dat het toen ook gewoon een infectie was.'

'Nou dan.'

Ik draaide me op mijn zij. 'Maar dat het toen zo was, betekent niet dat het nu zo zou moeten zijn.'

'Nee, dat is waar. Maar je zult toch moeten afwachten.'

'Jawel, maar...'

'Femke', zei Bart streng. 'Het is elf uur 's avonds. Morgen mag je weer de hele dag met je patiënten in de weer zijn, maar zullen we het nu alsjeblieft over iets anders hebben? Je moet echt leren die deur van de praktijk achter je dicht te trekken.'

'Hm.' Ik draaide me weer op mijn rug en bleef naar het plafond staren.

Het zit me nog steeds niet lekker, maar Bart heeft gelijk. Ik moet afwachten. Met één druk op de knop sluit ik Alex' dossier.

DINSDAG 21 JULI

11:00 uur

Ik kan het gewoon niet geloven. Alex kwam terug, nog steeds met die enorme bult in zijn nek, en Karel heeft hem naar huis gestuurd met een antibioticakuur! Antibiotica voor een virale infectie – wat een zinloze actie. Als het niet op de eerste dag was, dan was het toch zeker in de eerste wéék van mijn studie dat ik leerde dat antibiotica uitsluitend en alleen helpen bij een bacteriële infectie. Dus én Alex krijgt geen onderzoek én zelfs al zou hij een virale infectie hebben, dan is het medicijn ook nog eens totaal zinloos.

'Je weet het niet', zei Karel echter. 'Ik heb wel eens een patiënt gehad bij wie de bult verdween na een antibioticakuur.'

'Na of door?'

Karel haalde zijn hand door zijn grijze haar. 'Dat weet je nooit, Femke. Ik begrijp dat je graag actie wilt ondernemen, maar je moet echt leren afwachten. Geduld opbrengen. Als deze kuur niet helpt en de bult wordt niet kleiner, dan stuur ik hem heus wel door naar het ziekenhuis.'

Dat zal best, maar dan zijn we wel drie weken verder. Wat als het wel iets kwaadaardigs is en die drie weken een wereld van verschil zouden maken?

Maar dat soort dingen zeg ik natuurlijk niet tegen Karel. Afgezien van ons verschil van mening over Alex kan ik het best goed met hem vinden. Hij geeft me gelukkig veel vrijheid en laat me zelf recepten uitschrijven, nadat hij mijn voorstel heeft goedgekeurd. Tijdens de spreekuren zit hij meestal op zijn kamer administratie te doen en als ik met een patiënt klaar ben, loopt hij even binnen om te horen wat er aan de hand is en wat mijn behandelvoorstel is. Het gebeurt maar weinig dat hij het er helemaal niet mee eens is. Blijkbaar is dat hem ook al opgevallen, want gisteren vroeg hij ineens: 'Weet je al welke specialisatie je wilt gaan doen?'

Goede vraag. Die stel ik mezelf tegenwoordig ook dagelijks.

Uiteindelijk zei ik dat ik het nog niet zeker wist.

Ik moet verder met het invullen van allerlei gegevens in dossiers.

Vanochtend heb ik een mevrouw met rusteloze benen een ophoging van haar Sifrol-dosis gegeven. Hopelijk kan ze dan weer slapen.

Rusteloze benen... Leek me altijd een typisch geval van aanstelleritis, maar als ik bedenk hoe die vrouw erbij zat moet ik toegeven dat het toch wel een serieuze kwaal is.

Wat dat betreft heeft Karel wel gelijk. Simpele handelingen, groot resultaat.

WOENSDAG 22 JULI

8:00 uur

Bart viel zowat van zijn stoel toen ik gisteravond zei dat huisarts worden ook wel z'n voordelen heeft. Niet de stress en hectiek van een ziekenhuis, slechts één keer in de zoveel tijd een nachtdienst in plaats van elke week. Het gaat er in een praktijk gewoon wat relaxter aan toe.

'Wat is er gebeurd met de Femke die chirurg wilde worden?' vroeg hij half hoestend, omdat hij zich in zijn biertje had verslikt.

Ik haalde mijn schouders op. 'Ik weet het niet. Ik vind het coschap huisarts gewoon leuker dan ik had verwacht. Als huisarts kun je wel echt een band met je patiënten opbouwen en meer voor hen betekenen dan alleen maar fixen wat ze mankeren. En het valt me mee dat er toch nog genoeg interessante casussen voorbij komen.'

Bart keek me aan. Ik las de verbazing in zijn blauwe ogen. Bij kunstlicht leek het groene vlekje in zijn linkeroog wel feller op te lichten.

'Ja, dat is waar', zei hij. 'Maar zodra het medisch gezien echt interessant wordt, verdwijnen ze naar het ziekenhuis.'

Daarmee heeft hij een punt. Maar elke specialisatie kent nou eenmaal nadelen.

'Misschien doe ik mijn oudste coschap wel in een huisartsenpraktijk', zei ik toen. 'Dan kan ik kijken of ik het echt zo leuk vind.'

Bart knikte en klopte op de plek naast zich op de bank. 'Kom eens hier zitten.'

Hij trok me tegen zich aan en drukte een kus op mijn haar. 'Je bent echt veranderd, weet je dat.'

Ik keek naar hem op. Ineens bedacht ik dat ik met Lucas nooit zo had gezeten. Het voelde warm en vertrouwd, alsof we al jaren bij elkaar waren.

Waarom dacht ik trouwens aan Lucas? Dat was wel de laatste die ik op mijn netvlies wilde zien verschijnen.

'Op een leuke manier, hoor', voegde Bart snel toe toen ik geen antwoord gaf. 'Althans, ik vind je vele malen leuker dan vroeger.'

'Hoe was ik vroeger dan, volgens jou?'

'De schrik van de afdeling', grapte Bart. 'Je keek je patiënten bloeddorstig aan. Zo van: valt er hier nog wat te opereren, anders duvelen jullie maar heel snel op!'

Dat waren zo'n beetje de woorden die Sven ook gebruikte, realiseerde ik me ineens.

'Patiënten kropen weg onder hun dekens als jij binnenkwam, bang voor de scalpel', ging Bart nog even door.

'Niet waar!' riep ik grijnzend.

'Nee', gaf hij toe. 'Dat is niet waar. Maar bij psychiatrie vond je alle patiënten maar aanstellers. Volgens mij heb je geleerd dat er meer aandoeningen zijn dan het rijtje kwalen dat je met een scalpel oplost.'

Ja, dat heb ik geleerd, maar is dat reden genoeg om de droom die ik al zo lang heb los te laten?

Gelukkig rijd de trein het station binnen, hoef ik er even niet meer over na te denken. Ik moet uitstappen.

DINSDAG 28 JULI

14:00 uur

Karel heeft Alex naar het ziekenhuis gestuurd voor een punctie. Ik ben er niet gerust op. De antibiotica hebben niets uitgehaald en de bult wordt alleen maar groter.

Wat als het mis is? Wacht Alex dan wat Sven heeft moeten doorstaan? Hadden we hem niet toch eerder moeten doorsturen?

14:15 uur

Net het ziekenhuis gebeld om te vragen of ze Alex met spoed die punctie kunnen geven, maar ze zijn onverbiddelijk. Op basis van zijn status krijgt hij geen urgentie en dat betekent dat hij pas over anderhalve week terecht kan. Weer vertraging. Ik ga vragen of Karel wil bellen, misschien heeft hij wel overwicht.

14:30 uur

Karel vindt het onzin om te vragen of Alex eerder kan worden geholpen. Hij wil niet bellen. Hij denkt nog steeds aan iets onschuldigs. Een abces als gevolg van een ontsteking, bijvoorbeeld. Ik baal ervan dat het nu zo lang duurt, maar ik durf niet nog een keer zelf te bellen. Uiteindelijk is Karel de baas.

VRIJDAG 31 JULI

20:30 uur

Bah. Ik denk dat ik deze woorden al jaren niet meer heb gebruikt, maar ik verveel me. Nou ja, ik kan honderd dingen bedenken om te doen, maar ik heb nergens zin in.

Net Bart uitgezwaaid. Hij gaat een weekendje survivallen met wat vrienden. Ik vind mezelf nogal triest, omdat ik er echt stevig van baal dat hij weg is.

20:35 uur

Hè gatver, ik lijk wel een debiel met verlatingsangst.

20:40 uur

Meteen Natascha en Simone gebeld. Gelukkig hadden ze allebei nog geen plannen voor morgenavond en dus gaan we met z'n drieën sushi eten. Ze waren niet eens boos of zelfs maar geïrriteerd dat ik al een hele tijd niets van me heb laten horen. Ongelooflijk eigenlijk. Ik zou ze echt vaker moeten bellen.

20:50 uur

Ja hoor, probeer ik mijn patiënten uit mijn hoofd te zetten, val ik midden in zo'n medisch programma over iemand met de ziekte van Hodgkin. Een meisje van 21 jaar, voor de derde keer ziek. Zou dat ook Alex' toekomst zijn?

Eerder vanavond had ik het met Bart over Alex.

'Ik vind het echt belachelijk dat Karel niet even naar het ziekenhuis wilde bellen', zei ik. 'Hoeveel moeite is dat nou?'

Bart haalde zijn schouders op. 'Als hij het niet nodig vindt, begrijp ik wel dat hij het niet doet. Als elke huisarts voor elke patiënt ging bellen, zouden ze in het ziekenhuis toch stapelgek worden?'

Ik schudde mijn hoofd. 'Ik zeg toch ook niet dat hij voor élke patiënt moet bellen. Maar wel voor Alex. Ik heb er gewoon wakker van gelegen, weet je dat? Wat als blijkt dat hij heel erg ziek is en wij te langzaam hebben gehandeld.'

'Kijk je wel een beetje uit?' vroeg Bart.

'Hoe bedoel je?'

'Je bent de laatste tijd wel heel erg betrokken bij het lot van je patiënten. Het is nu vrijdagavond en je hebt het weer over die Alex.'

Ik slaakte een zucht. 'Dat is toch niet zo raar? Volgens mij zijn er meer mensen die het op vrijdagavond over hun werk hebben.'

'Jawel, maar ik zie aan je dat je er echt mee zit. Als Karel beslist dat die punctie geen urgentie heeft, dan is dat zo. Laat het los, Fem. Geniet van je weekend.'

Hij heeft heus wel gelijk, maar het lukt me niet om het los te laten. Misschien probeer ik maandag toch nog even te bellen.

AUGUSTUS

WOENSDAG 5 AUGUSTUS

12:00 uur

Hoe sta ik tegenover euthanasie?

Tja. We hebben het onderwerp behandeld in een van de colleges medische ethiek, waarbij ik me op het standpunt had gesteld dat een arts daaraan niet zou moeten meewerken. Ik vond dat artsen niet mogen beslissen over het moment van de dood.

Maar dat was theorie en dit is de praktijk, en nu moet ik over deze vraag nadenken.

Karel vroeg het me vanochtend, vlak na het spreekuur. Een patiënte van bijna negentig is terminaal en zal binnen een paar weken overlijden. Ze bezit een euthanasieverklaring waarin duidelijk staat dat de toestand waarin ze nu leeft, niet is wat ze wil. Ze wil euthanasie, en Karel zal haar wens inwilligen.

Hij heeft mij gevraagd hem te assisteren. Ik vind het lastig.

Nu ik in het ziekenhuis met eigen ogen heb gezien dat voor sommige mensen dat lijden echt ondraaglijk is en dat de dood als een verlossing komt, heb ik mijn mening noodgedwongen bijgesteld.

Ik twijfel alleen nog of ik er daadwerkelijk bij wil zijn. Ik moet ook eerlijk zijn: een unieke ervaring is het wel. Ik weet alleen nog niet of ik op deze ervaring zit te wachten.

15:15 uur

Ik heb het er nog even met Karel over gehad. De vrouw om wie het gaat is al patiënt bij hem zolang Karel in deze praktijk zit, nu bijna vijfentwintig jaar. Hij omschreef haar als een levenslustige vrouw, die uit het leven wilde halen wat erin zat, maar die tegelijkertijd haar gezin absoluut op nummer één zette. Ze is altijd heel gezond geweest, hij heeft haar in die vijfentwintig jaar maar een paar keer zelf op het spreekuur gehad. Meestal als ze kwam, was het voor een van haar kinderen. Een jaar of vijf geleden, toen ze dik in de tachtig was, begon ze over de euthanasieverklaring. Toen was er geen enkele aanleiding voor, het was iets wat ze wilde bespreken voor als het nodig was. De maand erop kreeg ze een hersenbloeding waardoor ze verlamd raakte en in een verpleeghuis terechtkwam. Ze liet Karel elke keer als ze hem zag beloven haar niet te laten lijden als het niet nodig was, haar niet in leven te houden als er geen kans meer was op herstel en ze zelf niet eens meer wist dat ze leefde.

Anderhalve maand geleden kreeg ze weer een hersenbloeding. Ze verkeert nu in de toestand waar ze zo bang voor was.

Ik heb Bart gebeld om hem om zijn mening te vragen.

'Ik vind euthanasie juist wél de taak van een arts', zei hij. 'Het hoort bij de cyclus van geboren worden, leven, sterven. Waarom zou je als arts aan dat laatste niet willen meewerken als het echt niet anders kan? Sterker nog, ik heb het meegemaakt bij mijn opa, die vier jaar geleden is overleden. Hij is gestorven op de manier waarop hij dat wilde: rustig en vredig en door middel van euthanasie.'

'Maar vind je niet artsen béter moeten maken?'

'Natuurlijk, maar wat als dat niet kan?'

Ik heb mijn keus gemaakt. Ik zal erbij zijn.

En vanavond ga ik Bart naar zijn opa vragen. Eigenlijk weet ik maar weinig over zijn familie. Dat moet veranderen.

22:30 uur

Dat ging snel. Vraag ik Bart naar zijn familie, zaten we een uur later bij zijn ouders. Ik denk dat het nu officieel is. Wij. Als stel. Ik bedoel, als je de ouders hebt ontmoet... Ik denk dat ik Bart dit weekend meeneem naar papa en mama.

VRIJDAG 7 AUGUSTUS

11:00 uur

Voor het eerst sinds lange tijd ben ik nerveus. Vandaag is de euthanasie. Ik sta achter mijn beslissing om mee te gaan, maar toch voel ik me een beetje raar. We gaan zo naar het verpleeghuis waar deze mevrouw woont om het infuus te prikken. Vanavond zal ze dan worden... Tja. Gedood? Geëuthanaseerd, dat lijkt me een beter woord.

19:00 uur

Pff. Ik ben blij dat het achter de rug is. Toen we binnenkwamen op de kamer van de vrouw in het verpleeghuis was er niemand. 'Dat is gebruikelijk', zei Karel, die op weg naar het verpleeghuis had verteld dat hij twee keer eerder euthanasie had gedaan. 'Wij gaan eerst het infuus aanbrengen, zodat de familie dat allemaal niet hoeft te zien.'

De gordijnen waren gesloten en de kamer was zwaar van de typische verpleeghuislucht, een combinatie van oude mensen en urine. Het was er zo warm dat het zweet binnen een paar minuten op mijn neus stond. Ik zag dat het Karel niet veel anders verging.

De vrouw lag in bed met haar ogen gesloten. Van de verpleging hadden we gehoord dat ze heel soms nog wakker was, maar dat een halfuur per dag al veel was. Stiekem had ik ook gehoopt dat de vrouw niet bij zou zijn. Ik zou echt niet weten wat ik tegen haar moest zeggen.

Nou, daar zijn we dan. Bent u er klaar voor?

Eigenlijk klonk alles ongepast.

Ik keek naar de vrouw. Haar gezicht was ingevallen, tussen haar grijze haren zaten kale plekken en te oordelen naar de dekens die nauwelijks opbolden was ze behoorlijk mager. Het beddengoed ging nog maar heel licht op en neer toen ze ademhaalde.

'Wil jij het infuus prikken?'

De stem van Karel verbrak de drukkende stilte. Hij hield de naald omhoog en keek me vragend aan. 'Ik geloof dat jij daar meer handigheid in hebt dan ik.'

Ik knikte en pakte enigszins aarzelend de naald van hem aan. Even aarzelde ik. De arm van het vrouwtje was dun en breekbaar. De gerimpelde huid liet de aderen nauwelijks zien. Voorzichtig draaide ik de binnenkant van de elleboog naar me toe.

De vrouw gaf geen enkele reactie. Mijn vingers trilden. Ik vermande me. Met trillende vingers kun je geen infuus prikken.

'Gaat het?' vroeg Karel, die pal achter me stond.

'Ja. Prima.'

Ik haalde diep adem, zocht een geschikte ader uit en prikte de naald er in één vloeiende beweging in.

'Heel goed.' Karel raakte even mijn schouder aan. 'Ik weet dat het niet niks is, maar ik vind het goed van je dat je hier toch bij wilt zijn. Dit hoort ook bij het vak.'

Ik knikte en gaf geen antwoord.

Ik veegde met mijn hand over mijn voorhoofd. Het leek wel steeds warmer te worden in de kamer. De geur maakte me misselijk.

Wat als het míjn moeder was? Ineens kon ik alleen nog maar daar aan denken. Mama, nu sterk en vooral lévend, gereduceerd tot niet meer dan een heel dun lijfje onder een gele verpleeghuisdeken. Haar ogen gesloten, haar leven voorbij. Wachtend op de dood, die zich aandiende in de persoon van de huisarts en zijn coassistent. Die het "wel een unieke ervaring" vindt om "erbij te zijn".

'Vind je het goed als ik straks op de gang wacht?' vroeg ik in een opwelling. 'Ik denk niet dat ik erbij wil zijn als...'

Karel knikte begrijpend. 'Natuurlijk. Voor de familie is het misschien ook wel prettiger als er zo min mogelijk mensen in de kamer aanwezig zijn.'

Ik was blij met de uitweg die hij me bood. Zelf zou ik, als het om mijn moeder ging, de coassistent eigenhandig de gang op duwen. Het voelde gewoon niet goed om erbij te willen zijn.

Toen een halfuurtje later de drie kinderen van de vrouw – volwassen potige kerels met tranen in hun ogen – met hun echtgenotes binnenkwamen, keek ik nog één keer naar het vrouwtje en het infuus. Mijn blik ontmoette die van Karel. Hij knikte.

Ik liep de gang op. Het idee dat zo meteen iemand moedwillig een vloeistof ingespoten kreeg die haar het leven zou kosten was zo bizar dat ik het nauwelijks kon bevatten. En tegelijkertijd was het een mooi idee dat deze patiënte niet langer hoeft te lijden. Is negentig niet gewoon een mooie leeftijd om dood te gaan?

Ach, wat een onzin ook. Er is geen mooie leeftijd om dood te gaan. De dood is altijd klote.

ZONDAG 9 AUGUSTUS

9:30 uur

'Toch goed dat je mee bent gegaan', zei Bart vanochtend bij het ontbijt. 'Euthanasie is niet niks om mee te maken.'

Wat klinkt dat burgerlijk: bij het ontbijt. Alsof we samenwonen. Wat we in de weekenden ook zo'n beetje doen, want op zijn survivalweekend na en de twee keer dat hij weekenddienst had, hebben we alle weekenden of bij mij of bij hem gezeten. Of in een restaurant, want koken is niet echt mijn of Barts hobby.

Bart nam een hap van zijn broodje en veranderde van onderwerp.

'Leuke ouders heb je.'

Gisteren zijn we inderdaad samen naar hen toe gegaan. Mama leek wel een beetje nerveus, papa begroette Bart met een handdruk en de vraag of hij een biertje wilde. Om half twee 's middags. Ik heb papa nog nooit zien drinken op dat tijdstip. Maar goed, hun pogingen om Bart een warm welkom in de familie te geven zijn geslaagd.

'Ja', antwoordde ik op zijn opmerking. 'En met Jacco ging het goed, hè?'

Gisteren, na het bezoek aan papa en mama, zijn we samen naar Jacco geweest.

Normaal gesproken is hij alleen doordeweeks in het revalidatiecentrum, maar deze keer bleef hij een heel weekend vanwege een of ander sportevenement dat werd georganiseerd. Jacco, die nooit echt veel om sport gaf, heeft zich ontpopt tot een fanatieke voetballer.

Nog drie weken en dan zit zijn revalidatie erop. Volgens mij zou het ook nu al afgelopen kunnen zijn, want aan niets is nog te merken dat Jacco zo ernstig gewond is geweest. Hij loopt als een kievit, springt, rent, trapt de bal met loepzuivere passes naar zijn teamgenoten en gisteren zag ik hem zelfs bij een van de onderdelen van het sporttoernooi zonder problemen op de fiets tussen pionnetjes door slalommen. Iets waar andere patiënten grote moeite mee bleken te hebben, en waar lang niet iedereen zelfs maar aan mee mocht doen.

'Jammer, hè?' zei hij toen ik opmerkte dat hij over een paar weken weg zou moeten. 'Ik vind het hier best leuk. Maar gelukkig mis ik niet te veel van het nieuwe schooljaar.'

Alleen Jacco kon zo'n opmerking maken. Andere jongens van zijn leeftijd zouden het juist prachtig vinden als ze pas laat in het jaar zouden kunnen instromen, maar Jacco was veel te bang dat hij zijn missie om rechten te gaan studeren een jaar zou moeten uitstellen.

Ik heb er bewondering voor dat hij zo hard werkt om zijn droom na te jagen.

Ik denk aan mijn eigen droom. Chirurg worden. Is mijn droom mijn droom nog wel? Ik weet het niet. Geef ik niet te snel op? Dat andere disciplines ook interessant zijn, betekent toch niet dat ik datgene moet loslaten wat ik altijd al wilde?

Nog even en dan ga ik terug naar het ziekenhuis. Ik weet niet eens of ik het wel heb gemist.

DONDERDAG 13 AUGUSTUS

9:00 uur

Kwam net de vrouw met de rusteloze benen tegen, die een herhaalrecept ophaalde. Ze had in geen jaren zo lekker geslapen, zei ze. Haar wallen waren verdwenen, ze voelde zich weer goed en ze kon niet ophouden met mij te bedanken.

Het spreekuur begint, ik moet aan de bak. Ik heb er zin in.

12:00 uur

Net een jonge man op het spreekuur, die duidelijk op zijn oude, vertrouwde dokter had gerekend en niet op mij. Met een knalrood hoofd probeerde hij de locatie van een rode, pijnlijke bult te omschrijven.

'Onder aan mijn rug', bleef hij maar zeggen.

Uiteindelijk ging hij naar huis met de geruststelling dat de steenpuist op zijn kont vanzelf weer over zou gaan. Hij wist niet hoe snel hij de spreekkamer moest verlaten.

15:30 uur

Soms begrijp ik patiënten niet. Vanmiddag had ik een vrouw op het spreekuur die vermoedelijk een maagbloeding heeft. Maar ze wil geen behandeling, want ze is Jehova's getuige en het onderzoek dat ze nodig heeft, mag niet van haar geloof. Ik weet niet wat we hiermee moeten. Karel heeft haar zo goed en zo kwaad als het ging zelf onderzocht, maar een scopie is het natuurlijk niet. Ik zou haar het liefst eigenhandig naar het ziekenhuis brengen, maar Karel hamert op eigen beslissingen van patiënten. Als de vrouw het onderzoek niet wil, dan is dat haar keus.

Ze komt terug met haar dochter. Hopelijk zie ik haar nog en kan ik haar overhalen.

17:30 uur

De uitslag van Alex' punctie is binnen! Twee dagen geleden was het onderzoek, vandaag kwam de envelop. Het is een abces. Dus toch.

Was ik dan toch te snel met mijn vermoeden dat het ernstig zou zijn? Heb ik me te veel laten beïnvloeden door wat ik in het ziekenhuis heb meegemaakt? Door Sven?

Maar ik vind nog steeds dat je als arts je gevoel kunt volgen. En trouwens, Alex heeft de punctie gehad die ik hem de eerste keer al had willen geven, dus uiteindelijk maakt het niets uit.

Maar goed, ik ga Alex bellen om het goede nieuws te vertellen.

VRIJDAG 14 AUGUSTUS

19:00 uur

Shit hé, bijna mijn eigen verjaardag vergeten. Overmorgen word ik zevenentwintig. Ik heb geen zin om het te vieren, maar heb Bart opzichtige hints gegeven over een mooi cadeau.

MAANDAG 17 AUGUSTUS

10:00 uur

Wat is hij mooi! Ik kijk onophoudelijk naar de armband die ik van Bart heb gekregen. Hij is zilver en niet te groot en rinkelt een beetje als ik mijn arm beweeg.

Het bijbehorende ontbijt op bed en het schorre "Lang zal ze leven" maakten het gisteren helemaal af. De hele middag hebben we in het Vondelpark gelegen en 's avonds kwamen papa en mama langs met Jacco. Het was heerlijk om mijn broertje weer gewoon in mijn huis te zien, en niet in het ziekenhuis of in het revalidatiecentrum. Van papa en mama heb ik een ticket gekregen naar Suriname, op een moment dat ik het graag wil. Marjolein was door het dolle heen toen ik het haar vertelde. Van Barts ouders kreeg ik een kaart. Lief dat Bart hun heeft verteld dat ik jarig was. Aan het eind van de avond kwamen Natascha en Simone nog langs met een fles rosé en de belofte dat ze binnenkort terugkomen om die met z'n drieën soldaat te maken. Kortom, een heerlijke verjaardag.

Inmiddels is de laatste week in de huisartsenpraktijk ingegaan. Vreemd om straks weer in het ziekenhuis te werken.

DINSDAG 25 AUGUSTUS

8:30 uur

Ik ben terug in het ziekenhuis, op de KNO-afdeling van het Sint Paulus Ziekenhuis om precies te zijn. De mensen, de drukte, de geur – pas nu ik er weer ben, besef ik dat ik het best heb gemist. Misschien is huisarts toch niet echt iets voor mij? Hoewel ik tijdens mijn tijd in de huisartsenpraktijk het ziekenhuis helemaal niet gemist heb. Op mijn laatste dag zei Karel dat ik best als assistent in zijn praktijk mocht komen werken, als ik de specialisatie huisarts zou kiezen. Ik voel me gevleid, maar weet nog steeds niet welke specialisatie ik wil doen.

Ik weet alleen wat ik níét wil. KNO-arts worden bijvoorbeeld. Het is niet dat er geen interessante cases zijn, maar dat gepriegel in neus en oren is gewoon niets voor mij. Gisteren was ook nog het buisjes-spreekuur. Een eindeloze stroom kinderen die ofwel buisjes in hun oren hebben, ofwel buisjes nodig hebben. Na drie had ik het wel gezien, dat gepruts met zo'n tangetje en een lampje op de vierkante millimeter geloof ik wel. Ik vind het knap dat Sietze, de arts-assistent, er zo veel enthousiasme voor kan opbrengen.

Zelf ben ik maar weer eens gevlucht naar dermatologie, omdat ik even rust wil. Even weg van de hectiek. Ik heb van de aardige receptioniste net drie gratis potjes crème gekregen. Ik weet ook niet waarom. Misschien vindt ze dat ik er slecht uitzie.

Over een halfuur komt de eerste patiënt bij KNO en moet ik terug zijn. Vandaag geen kinderen met buisjes, maar van alles en nog wat. Op de poli heb je tien minuten per patiënt, wat heel wat anders is dan de twee uur die je bij interne geneeskunde krijgt. Maar het onderzoek gaat hier ook heel wat sneller. Oorpijn is wat makkelijker te onderzoeken dan de vage buikpijn waarmee de interne patiënten komen aanzetten. Ik mis de interne geneeskunde eigenlijk wel, vooral de hematologie. Raar dat ik nog steeds aan de patiënten op die afdeling denk.

Ik ga zo maar eens terug naar KNO. Een beetje voorbereiding kan geen kwaad. Ik wil natuurlijk niet zakken voor dit coschap. En ach, het is maar twee weken.

18:00 uur

Vergeet alles wat ik over KNO heb gezegd. Saai? Echt niet. Geen interessante cases? Ik dacht het wel.

Volgende week ga ik assisteren bij een heuse ComMandO-resectie, oftewel een Combined Mandibulair Operation, oftewel het verwijderen van een tumor in de keelholte, gevolgd door een reconstructie. Een ongelooflijk gecompliceerde en nogal zeldzame operatie, die maar in een paar ziekenhuizen in Nederland wordt gedaan. En ik heb het geluk dat er voor volgende week eentje op de planning staat en dat de patiënt in kwestie vandaag op de poli was.

Hij heeft een snelgroeiende tumor in zijn keelholte die operabel is, maar die wel zo ongunstig is gelegen dat de KNO-arts door de spieren en de onderkaak heen moet gaan om erbij te komen. Dat betekent dat na het verwijderen van de tumor de onderkaak gereconstrueerd moet worden met een stukje bot uit het onderbeen van de patiënt en dat tijdens dezelfde operatie ook een spierlap uit de borst wordt gehaald om het wondgebied in de keel te dichten. Volgens Sietze een operatie die zo ingewikkeld is dat er twee KNO-artsen en een chirurg aan te pas moeten komen, en die zo interessant is dat heel veel co's en assistenten er graag bij willen zijn. En ik heb mazzel, want ik ben op het moment de enige co op de KNO, en blijkbaar heeft Sietze niet gemerkt dat ik het specialisme vooralsnog niet erg boeiend vond. Met nadruk op "vond", want ik kijk er nu al naar uit om weer op de OK te staan en dan ook nog eens voor deze operatie.

Ik moet dat boekje over co's op de OK er weer eens bij zoeken. Ik wil natuurlijk wel goed voor de dag komen.

September

WOENSDAG 2 SEPTEMBER

8:00 uur

Het is zover. Mijn eerste ComMandOresectie. Mijn terugkeer op de OK Ik heb vannacht zelfs gedroomd dat ik de chirurg was. Misschien is al mijn getwijfel wel voor niets, misschien is chirurgie toch mijn roeping. Voor geen enkele andere behandeling ben ik de laatste tijd zo opgewonden geweest. Ik heb me goed voorbereid. Sietze heeft al gevraagd of ik wil assisteren, dus ik hoef mijn plek aan tafel niet te verdienen door vragen goed te beantwoorden, maar toch heb ik de operatie van A tot Z doorgenomen. Ik sliep vannacht pas om half drie, zo lang heb ik doorgestudeerd. Maar nu weet ik dan ook alles.

Ik moet nu naar de OK. Wil natuurlijk niet te laat komen.

16:30 uur

Ik heb overal pijn en ik rammel van de honger, maar dat is het wel waard. Acht uur op de OK zonder pauze, zonder eten. Maar de operatie is een van de mooiste die ik tot nu toe heb gezien. Het verwijderen van de tumor was spannend en het is geweldig dat de keelholte gereconstrueerd kan worden met lichaamseigen materiaal. De patiënt herstelt sneller, al zal hij nog zeker een week niet kunnen praten en moet hij nu ademhalen door een tracheotomie, een adembuisje. Gelukkig is de kans dat hij volledig herstelt zeer groot. Hij is pas vijfenvijftig.

Ik ga zo naar de overdracht en hopelijk kan ik daarna naar huis. Ben ontzettend moe en stram van de hele dag in dezelfde houding staan.

17:00 uur

Zou ik deze operatie zelf willen doen? Zou ík de chirurg willen zijn? Nu ik in de trein zit, stel ik mezelf eindelijk deze vraag. Ja, het is een prachtige operatie en ja, het is ontzettend knap dat de artsen dit kunnen.

Maar wil ík het?

17:10 uur

Ik kan wel uit het raam blijven staren, maar ik moet eerlijk zijn tegen mezelf. Ik denk dat het antwoord "nee" is. Mijn droom van afgelopen nacht ten spijt had ik vandaag niet één keer de behoefte om zelf de scalpel vast te houden. Er waren zelfs momenten dat mijn gedachten afdwaalden en mijn oogleden zwaar werden. Dat kan toch niet, voor een chirurg?

17:12 uur

Wat misschien alleen maar betekent dat ik geen KNO-arts wil worden. Maar dat wist ik al.

ZATERDAG 5 SEPTEMBER

14:00 uur

Wat is weekend toch heerlijk als je een stel bent. Vanochtend hebben Bart en ik samen boodschappen gedaan, daarna zijn we koffie gaan drinken bij de Coffee Company om de hoek. Bart zit nu bij chirurgie en vertelde over een operatie die hij gisteren had bijgewoond.

'Toch knap dat ze met twee kleine sneetjes en een camera een volledige operatie kunnen uitvoeren', zei hij. 'De patiënt ging dezelfde middag nog naar huis.'

Ik knikte. 'Fascinerend.'

'Maar toch vind ik het jammer dat je patiënten maar heel even ziet', ging Bart door. 'Je krijgt helemaal geen band met hen. Het is niet meer dan handje schudden, dezelfde of de volgende dag opereren en daarna nog wat controles. Dat is alles.'

'Ja, dat is wel eens vervelend', knikte ik. 'Aan de andere kant heb je ook geen last van vervelende patiënten, want je bent er lekker snel weer af.'

Bart knikte, maar zei: 'Ik ga chirurgie in elk geval niet als specialisatie kiezen. Heb jij je keuze al gemaakt?'

Ik schudde mijn hoofd. 'Ik weet in elk geval zeker dat ik geen KNO-arts wil worden. Ik vond die operatie boeiend, maar niet zoals ik de operaties bij chirurgie boeiend vond. Dat komt natuurlijk doordat het een operatie van KNO is.'

'Is dat echt zo?' vroeg Bart. 'KNO of geen KNO, je zou vroeger een moord hebben gedaan om op de OK te staan en al helemaal bij een operatie als deze. En nu lijk je niet eens zo heel erg enthousiast te zijn.'

'Ik ben heus wel enthousiast. Het is een prachtige operatie om te zien en ik ben heel blij dat ik de kans heb gekregen.'

'Ja, maar dat is iets anders dan: geef me die scalpel, ik wil zelf snijden.'

Ik haalde mijn schouders op. 'Misschien wel. Ik denk dat ik een nieuwe knie gewoon interessanter vind. Maar dat betekent niet dat ik niet blij ben dat ik hierbij ben geweest.' Ik weet niet waarom ik dit zei. Ik denk niet dat het waar is.

'Vind je een nieuwe knie echt interessanter of heeft de OK z'n aantrekkingskracht verloren?' prikte Bart er direct doorheen.

Ik slaakte een diepe zucht. Moest hij nu echt dit soort vragen stellen?

'Weet ik veel', reageerde ik nogal geërgerd. Ik pakte het inschrijfformulier dat voor me op tafel lag. 'Ik ga gewoon mijn oudste coschap bij chirurgie lopen en dan kijk ik daarna wel wat ik wil gaan doen.'

Bart pakte mijn hand en hield me tegen. 'Denk er nou even goed over na. Wat wil je eigenlijk? Je hebt bij chirurgie alles uit je coschap gehaald wat erin zit. Wil je dit nog acht weken doen of ga je toegeven dat er andere coschappen zijn, die je eigenlijk liever zou willen doen. Je vond het bijvoorbeeld echt jammer dat interne was afgelopen.'

'Heb jij het formulier al ingevuld?' vroeg ik, om de aandacht af te leiden. Het inschrijfformulier is twee weken geleden al gekomen en al die tijd heb ik het invullen ervan voor me uit geschoven.

'Het is al op de bus', zei Bart. Ik ben jaloers op de zekerheid waarmee hij voor kindergeneeskunde heeft gekozen. Het herinnert me aan ons gesprek van een paar maanden geleden over het kind van zes met het infuus. Bart wil zijn patiëntjes een goed gevoel geven, ik wil me bezighouden met de nieuwste ontwikkelingen op het gebied van operaties. Is dat nog steeds zo?

'Wat vond jij eigenlijk van gynaecologie?' vroeg ik om van onderwerp te veranderen. Meteen daarna had ik er alweer spijt van. Wilde ik echt weten wat Bart vond van het maken van uitstrijkjes en het gebruik van de inwendige echoapparatuur?

Gelukkig begon hij over een veilig onderwerp, een keizersnee die hij had bijgewoond en waarbij een tweeling na slechts achtentwintig weken zwangerschap was geboren.

Bart en kinderen, het is gewoon een goede combinatie.

Kinderen... Ik pak mijn inschrijfformulier er weer bij. Barts woorden hebben me aan het denken gezet.

Wat heb ik eigenlijk uit mijn coschap kindergeneeskunde gehaald? Ik herinner me alleen maar dat ik me ontzettend ergerde aan de ouders en dat ik vooruit keek, omdat chirurgie steeds dichterbij kwam. Mijn leerboeken kindergeneeskunde liet ik zo veel mogelijk in de kast liggen. In plaats daarvan haalde ik liever mijn chirurgieboeken tevoorschijn, om op de OK een verpletterende indruk te kunnen maken.

Best zonde dat ik niet meer mijn best heb gedaan iets van het coschap te maken. En dat terwijl Bart wel gelijk heeft. Bij kindergeneeskunde ben je allerlei specialisten tegelijk, vooral in de wat kleinere ziekenhuizen. Neonatoloog, internist, neuroloog, oncoloog en zelfs psychiater, als het zo uitkomt.

Zou het niet iets voor mij zijn? Waarom heb ik niet meer uit mijn coschap gehaald?

Ik leg het inschrijfformulier weer weg. Nog twee weken tot ik het moet insturen.

MAANDAG 7 SEPTEMBER

10:00 uur

Dag één op gynaecologie, in het Meerhof Ziekenhuis. Ik val met mijn neus in de boter, want ik sta ingeroosterd op de poli. Het is pas tien uur en ik heb mijn eerste inwendige echo al achter de rug. Om een of andere reden schijnt het complete gynaecologenteam uit mannen te bestaan. Alleen bij de assistenten zitten twee vrouwen. En de specialisten zijn niet alleen mannen, het zijn nog oude mannen ook. Die stuk voor stuk sigaren roken. Ik probeer heel erg om niet aan Bill Clinton te denken.

WOENSDAG 16 SEPTEMBER

22:00 uur

Mijn eerste bevalling is een feit. Eerder dan gepland, want de bevallingen gebeuren zo'n beetje allemaal op de afdeling en zeker niet op de poli, maar we hebben het ook niet over een gewone bevalling. Net toen de laatste polipatiënt de kamer had verlaten en dokter Scheepman zijn witte jas voor zijn gewone jack wilde verruilen om buiten sigaren te gaan roken – het enige waar hij in het ziekenhuis echt nog warm of koud van kan worden, als je het mij vraagt – belde de receptioniste naar boven met de mededeling dat er iemand aan het bevallen was in de parkeergarage.

'Vreemde plek', mompelde Scheepman. 'Waarom komt deze jongedame niet gewoon binnen?'

Scheepman heeft de gewoonte om al zijn patiëntes, en dan bedoel ik ook echt allemaal, aan te spreken met "jongedame". Een slimme truc, want of de patiënte in kwestie nou achttien of achtentachtig is, iedereen lijkt zich heel speciaal te voelen als de dokter haar zo noemt. De enige keer dat ik het probeerde, kreeg ik een boze blik van de twintigjarige tegen wie ik het had gezegd, die vervolgens te kennen gaf dat mijn aanwezigheid bij het onderzoek niet op prijs werd gesteld. Blij toe, alsof ik het echt leuk vond haar vleesbomen te bekijken.

Maar goed, de parkeergarage dus. Scheepman trok zijn witte jas weer aan, pakte zijn stethoscoop en keek naar mij. 'Jonge dokter, als je mij wilt volgen? En neem een rolstoel mee voor we naar buiten lopen.'

Bij de hoofdingang wilde ik een rolstoel uit de rij trekken, maar voor die krengen heb je een muntje van vijftig cent nodig. En dat had ik niet bij me. Dus rende ik naar de receptie. De drie receptionistes hadden geen muntgeld bij zich, maar gelukkig meldde zich een beveiliger, die een muntje vond in de voering van zijn jas.

Lekker dan, probeer ik een flitsende medische actie uit te halen, moet ik wachten tot de Turkse beveiliger een beduimeld muntje heeft gevonden.

Maar uiteindelijk rende ik dus met rolstoel de parkeergarage in.

Scheepman was al een stuk verderop.

Een hevig zwetende parkeerwachter kwam hem tegemoet gerend. 'Deze kant op! Ze roept telkens dat het kind er al bijna uitkomt.'

Inmiddels had ik Scheepman bijna ingehaald en was ik dichtbij genoeg om hem te horen zeggen: 'Dat denken ze allemaal.'

De rode Opel Corsa stond helemaal aan het eind van de rij geparkeerd. Het portier aan de passagierskant stond open, net als de achterklep. Een man van een jaar of vijfentwintig liep zenuwachtig heen en weer en pakte een tas uit de kofferbak om hem er meteen daarna weer in te zetten. Dan haastte hij zich weer naar de passagiersstoel, waar blijkbaar zijn bevallende vrouw zat die allerlei bevelen naar hem schreeuwde. Toen hij ons in het oog kreeg, was hij duidelijk opgelucht.

'Dokter, de baby komt er al bijna uit!' schreeuwde hij. 'Wat moeten we doen? Help!'

'Rustig aan', zei Scheepman. 'Laten we eerst maar eens even kijken.'

Hij liep naar de passagierskant en boog zich voorover. Ik volgde hem, maar zijn lange lichaam nam alle beschikbare ruimte in en dus moest ik op een afstandje wachten.

'Jonge dokter?' Scheepman draaide zich om. 'Mijn handschoenen.'

Blijkbaar was Scheepman ervan uit gegaan dat ik die mee zou nemen. Ik schrok en begon in de grote zakken van mijn witte jas te zoeken. Wonder boven wonder vond ik nog twee latex handschoenen, tussen mijn Leidraad Chirurgie en stethoscoop. Geen idee wanneer ik die erin had gedaan.

Scheepman trok ze aan en liet de inmiddels gillende patiënt achterover leunen. Ik keek om en zag een groepje mensen staan dat op het lawaai was afgekomen. De hevig ontdane parkeerwachter hield hen op afstand.

Scheepman richtte zich op en trok de handschoenen uit. 'Geen paniek, geen paniek', zei hij met zijn lage stem. 'Drie centimeter ontsluiting. Die baby komt voorlopig niet, hoor. Tijd genoeg om naar de verloskamer te gaan.'

Blijkbaar dacht onze patiënte daar anders over, want ze weigerde om uit de auto te komen en in de rolstoel plaats te nemen, maar Scheepman trok haar omhoog alsof ze een paar kilo woog en geen... honderdvijftig. Om en nabij, schatte ik, toen ze uiteindelijk door Scheepman in de rolstoel werd geholpen.

De gynaecoloog wapperde met zijn hand naar mij, de aanstaande vader haalde de tas van zijn vrouw uit de achterbak, de parkeerwachter keerde terug naar zijn hokje en ik bleef over om de rolstoel te duwen.

Tweehonderd kilo, minstens. Hevig zwetend kwam ik uiteindelijk bij de lift aan. Mijn hartslag tien keer hoger dan normaal, mijn benen in staat van verzuring en mijn toch al niet zo acute kinderwens gedaald tot het absolute nulpunt.

Nadat hij de zaalarts had ingelicht, maakte Scheepman zich snel uit de voeten. De sigaren lonkten ongetwijfeld. Zelf wilde ik de rolstoel in de verloskamer parkeren en het verder aan de arts-assistenten overlaten, maar dat liet onze patiënte mooi niet toe.

'Je moet blijven!' kermde ze. 'Laat me niet in de steek!'

Ik keek naar de arts-assistent, die zijn schouders ophaalde. 'Als het haar geruststelt...' zei hij. 'De poli zit erop voor vandaag, toch?'

Ik keek op mijn horloge. Tien voor half vijf. En het kon nog wel twaalf uur duren voor de baby er was.

'Als ze wat gekalmeerd is, kun je gewoon gaan', zei de arts-assistent. 'Over een uurtje of zo.'

Ik haalde diep adem en keek naar de kermende vrouw.

'Oké.'

Dat uurtje werden er zes. De eerste twee uur wilde ik wel weg, maar elke keer als ik aanstalten maakte begon de vrouw, die Samira bleek te heten, weer te panieken. Dus besloot ik dat ik, als ik dan toch moest blijven, maar beter de bevalling kon afwachten om er nog iets van op te steken. Het werd inderdaad een interessante bevalling, met als absoluut hoogtepunt de vacuümpomp waarmee de baby er een halfuur geleden bruut werd uitgetrokken. Zijn hoofd lijkt op een ei. Schijnt normaal te zijn.

Daarna aan de arts-assistent de taak om Samira weer netjes te hechten. Eén blik op het slagveld en ik weet het zeker. Ik ga Bart sms'en dat ik nooit maar dan ook nooit kinderen wil.

22:30 uur

Hij sms't terug dat adoptie ook heel leuk is.

Ik houd echt van die gozer.

22:31 uur

Ik realiseer me ineens dat we allebei nog nooit zoiets tegen elkaar hebben gezegd. Waarom eigenlijk niet? Zou hij schrikken als ik dat tegen hem zou zeggen? Misschien moet ik het niet rechtstreeks doen, maar aan de telefoon. Of met een berichtje. Dan kan hij er rustig aan wennen.

22:40 uur

Ik heb het gedaan. Ik heb het hem ge-sms't.

22:41 uur

Ge-sms't? *What was I thinking?* De eerste keer dat je dit zegt hoort er toch kaarslicht en romantische muziek te zijn? En een knus restaurantje of een open haard? O god, hij is vast boos.

22:45 uur

Bart sms't terug dat hij ook van mij houdt. Dit is Een Moment. Een Romantisch Moment.

O, de telefoon gaat.

22:50 uur

Ik moet naar het lab om de uitslag van de cyste van mevrouw Steenbrink op te halen. Weg romantisch gevoel.

Ik sms Bart om te vragen of hij dit weekend romantisch uit eten wil.

ZATERDAG 19 SEPTEMBER

10:00 uur

Ik moet iets invullen. Als ik het vandaag niet doe is het écht te laat. Ik ga het nu doen. Eerst even thee zetten.

10:10 uur

Even mijn mail checken.

10:15 uur

Ik ga Bart bellen. Hij heeft weekenddienst. Vandaar ook geen romantisch etentje. Hopelijk heeft hij tijd om de telefoon op te nemen.

10:30 uur

Bart blijft maar zeggen dat ik moet doen wat ik zelf wil en dat hij geen keuze voor me gaat maken. Dat vraag ik ook helemaal niet van hem.

Alhoewel... Ik zou het best prettig vinden van iemand te horen dat ik beter mijn droom kan blijven najagen. Of dat ik juist radicaal iets anders moet kiezen. Misschien moet ik mama om raad vragen.

11:30 uur

Nou, daar schoot ik nog niets mee op. Het gesprek ging ongeveer zo.

Ik: 'Ik weet eigenlijk niet of ik nog chirurg wil worden.'

Zij: 'O, lieverd, je moet doen wat goed voelt.'

Ik: 'Ja, maar ik weet juist niet wat goed voelt. Chirurg worden was mijn grootste droom.'

Zij: 'Tja, als het je droom is, moet je ervoor gaan.'

Ik: 'Maar ik denk niet dat het mijn droom nog is. Ik denk aan kindergeneeskunde. Ik heb het gevoel dat ik dat coschap heb verkloot door me te veel te focussen op chirurgie.'

Zij: 'Schat, dan doe je dat toch. Het beste kun je je gevoel volgen.'

Kortom, hier heb ik niets aan. Sinds het ongeluk van Jacco hebben papa en mama een nieuwe levensinstelling en die is dat het leven te kort is om niet te doen wat je echt leuk vindt. Mama vertelde me laatst zelfs dat ze samen op een cursus pottenbakken zijn gegaan. Ik heb ze nooit op enige pottenbakambities kunnen betrappen, maar blijkbaar valt het onder "doen wat je echt leuk vindt". Marjolein heb ik al weken niet meer horen klagen. Volgens mij juichen papa en mama alles wat ze doet toe. En ik moet toegeven dat ze doet wat ze leuk vindt. Ze runt nu samen met Leandro de bar, is gelukkiger dan ooit en wil altijd in een warm land wonen, maar dan wel aan het strand.

Ik schiet er niets mee op. Doen wat je leuk vindt... Wat vind ik leuk? Psychiatrie: nee. Hematologie: boeiend, maar het is wel een smal vakgebied. Neurologie: vond ik leuk, maar ook niet meer dan dat. Chirurgie: twijfel. KNO: nee. Huisarts: leuk, maar ik blijf toch liever in het ziekenhuis. Dermatologie: afgezien van de lekkere crèmes totaal niet interessant. Gynaecologie: mwah, ik zie mezelf niet nog een hele tijd bevallingen begeleiden. En zo kan ik nog wel even doorgaan. Maar kindergeneeskunde... Ik kan geen echte nadelen bedenken. Het voordeel van dit coschap is dat het breed is, interessant, en dat ik door het als oudste coschap te kiezen kan inhalen wat ik destijds heb verpest.

Zijn dat niet genoeg redenen om het gewoon te gaan doen?

12:00 uur

Ik heb het ingevuld. Een beetje aarzelend weliswaar, maar toch. Het staat er. Ik ga nu de envelop dichtplakken.

12:30 uur

Ik heb het formulier meteen maar gepost. En Bart gebeld. Hij was blij voor me dat ik eindelijk de knoop heb doorgehakt. Ik wilde dat Bart hier was, maar ik zie hem volgende week pas weer. Ik denk dat ik de rest van het weekend ga besteden aan het opruimen van mijn huis. Hopelijk gaat de tijd dan sneller.

12:35 uur

Ik haat weekenddiensten.

12:40 uur

En ik haat opruimen ook.

12:45 uur

Ik stop ermee. Ik heb Natascha en Simone gebeld. Ze komen straks de rosé opdrinken die ze op mijn verjaardag hebben gegeven.

VRIJDAG 25 SEPTEMBER

12:00 uur

'Kom verder, jongedame', zei Scheepman zoals gewoonlijk. Een zwangere vrouw van begin dertig liep achter hem aan de spreekkamer binnen. Ik vroeg me af of zij ook merkte dat a, het polischema behoorlijk was uitgelopen en b, Scheepman ontzettend naar sigaren rook.

Ik denk het niet. Ze keek alleen maar nerveus naar ons en had haar handen beschermend om haar buik gelegd, alsof wij van plan waren haar kindje af te pakken. Ik had net snel haar dossier doorgelopen en begreep haar angstige houding wel. Dit was haar tweede zwangerschap in twee jaar, de eerste was na tweeëndertig weken geëindigd in een doodgeboren kindje. Vandaar dat ze nu onder uiterst strenge controle staat van Scheepman, zeker nu de zwangerschap op z'n eind loopt. Nog een week of vijf voor de baby wordt geboren. De uitgerekende datum is 24 oktober en in het dossier stond geschreven dat mevrouw had aangegeven geen dag later te willen bevallen. Waarschijnlijk had ze ergens gelezen dat de kans op een doodgeboren kind groter werd als de uitgerekende datum was verstreken. In de weken die ik nu op de poli meedraaide had ik al heel wat zwangeren horen eisen dat ze op de uitgerekende datum wilden worden ingeleid. Bij alle gynaecologen vingen ze bot, wat soms tot verhitte discussies leidde. Laatst vroeg ik aan Scheepman waarom hij die inleidingen niet gewoon kan doen als die vrouwen dat zo graag willen. Mij lijkt het niet zo'n probleem. Hij is echter van mening dat het altijd beter is de natuur haar gang te laten gaan.

Zo ook bij onze patiënte van vandaag, Anniek Bijlman. 'Die afspraak staat toch, dokter Scheepman?' vroeg ze zo'n beetje als eerste. 'Op de uitgerekende datum wordt de bevalling opgewekt, toch?'

Scheepman pakte zijn pen en rolde die tussen zijn vingers heen en weer.

'Kijk, het is een fabel dat een kind in gevaar is als het na de uitgerekende datum nog in de baarmoeder zit. De veilige periode om het te laten zitten is twee weken, en die periode wordt in Nederland dan ook gehanteerd. Duurt het langer dan twee weken, dan grijpen we natuurlijk in.'

Ik zag de paniek in de ogen van Anniek. 'Twee weken? Maar ik wil helemaal geen twee weken wachten! Het liefst zou ik niet eens de uitgerekende datum afwachten.'

Scheepman knikte. 'Dat begrijp ik. Gezien uw voorgeschiedenis is het heel logisch dat u die angst kent en ik wil dan ook voorstellen om het af te ronden op één week. Is uw baby op 1 november niet geboren, dan wekken we de bevalling op.'

Anniek was het hier duidelijk niet mee eens, maar uiteindelijk knikte ze. 'Maar als ik me zorgen maak, mag ik eerder komen, toch?'

'U mag komen zo vaak als u wilt en u mag ook altijd bellen', verzekerde Scheepman haar. Dat bewonderde ik aan hem, zijn vermogen om elke patiënt gerust te stellen. Ook Anniek leek zich een beetje te ontspannen.

'Sorry dat ik zo paniekerig overkom, maar ik maak me gewoon heel erg zorgen', zei ze. 'Bij elk pijntje denk ik: dit is het dan. Het gaat weer mis. En als ik de baby langer dan een uur niet voel, ben ik in staat direct naar het ziekenhuis te rijden.'

'Als je hebt meegemaakt wat u heeft meegemaakt, is geen zwangerschap meer onbezorgd', zei Scheepman. Hij klonk bijna vaderlijk. 'En uw gemoedsrust is ook belangrijk voor uw baby, dus kunt u beter een keer te veel dan een keer te weinig komen.'

'Ja.' Anniek knikte. Nu ze wat meer ontspannen was, leek ze het wel gezellig te vinden. 'Mijn man en ik willen graag een groot gezin, moet u weten. We dachten twee jaar geleden dat onze droom in vervulling zou gaan, maar toen ging het mis. Ik heb best een tijd gedacht dat ik mijn kinderwens wel helemaal gedag kon zeggen. En dat terwijl ik er wel drie of vier wil. Als het aan Willem ligt, krijgen we er zelfs nog meer.'

'Er is geen enkele medische reden waarom u geen gezond kind zou kunnen baren', zei Scheepman. 'We weten niet waarom het de vorige keer fout is gegaan. Hoogstwaarschijnlijk moeten we uitgaan van simpele pech. Maar wat mij betreft kunt u tien kinderen krijgen.'

Anniek keek hem aan. 'Nou, dat lijkt me weer wat veel. Eerst maar eens één, toch?'

'Laten we die ene maar even op de echo gaan bekijken.' Scheepman stond op en hielp Anniek op de onderzoeksbank. 'Jonge dokter, wil jij de echo bedienen?'

Even later keken we op het scherm naar het hoofdje van Annieks ongeboren kind. Ik keek van het scherm naar het gezicht van de moeder. Anniek straalde toen ze haar baby zag. Ik rekende uit dat ze over een week of vijf op de afdeling zou komen te liggen. Dan stond ik er ook. Hopelijk kon ik haar tijdens of na de bevalling bijstaan. Ik gunde haar een onbezorgde bevalling en een relaxte kraamtijd, na wat ze allemaal had meegemaakt.

Toen ik dat nadat Anniek was vertrokken tegen Scheepman zei, knikte hij afwezig. 'Hm-hm', mompelde hij. Zo vriendelijk als hij tegen zijn patiënten is, zo ongeïnteresseerd is hij zodra ze de kamer hebben verlaten. Was dat hoe een goede arts zich hoorde te gedragen? De patiënten het gevoel geven dat ze belangrijk waren, maar de betrokkenheid loslaten zodra de deur in het slot was gevallen?

Het is in elk geval niet de arts die ik zou kunnen zijn. Ik denk nog steeds wel eens aan Alex, of aan Christiaan. Of aan Sven.

DINSDAG 29 SEPTEMBER

15:00 uur

Ik moet echt even uitblazen, en geen betere plek om dat te doen dan bij dermatologie. Helaas zat de wachtkamer vol, maar ook hier in het Meerhof Ziekenhuis wordt een commerciële kliniek gerund. En ook hier staan stoelen die gemakkelijk voor loungemodel kunnen doorgaan.

Heel even rust om me heen, iets wat me op de afdeling niet gegund is. Elk moment komt er wel iemand van de verpleging de artsenkamer binnen met een vraag van een patiënt, een status die niet helemaal duidelijk is, een klacht, een wens, een verzoek. Ik kijk naar mijn pieper die naast me op de stoel ligt en probeer het ding met mijn blik te hypnotiseren zodat hij het komende kwartier niet afgaat.

De hele dag ren ik heen en weer tussen de verlosafdeling en de algemene gynaecologie die, hoe handig, een verdieping hoger zit. Bij algemene doe ik de opnames, bij verloskunde assisteer ik bij bevallingen en die zijn er de hele dag door. Komt waarschijnlijk ook doordat dit ziekenhuis in een deel van de stad staat waar nogal wat mensen wonen uit een cultuur waar de stelregel "hoe meer kinderen hoe beter" nog altijd in ere wordt gehouden. De locatie van het ziekenhuis heeft er verder toe geleid dat ik al een aardig mondje over de grens spreek. Ik kan het woord "puffen" inmiddels in vijf talen uitspreken, net als "zuchten" en "persen". En van mannen die rustig op de gang wachten tot hun vrouw klaar is met bevallen, al dan niet in gezelschap van andere mannen uit de familie, kijk ik ook al niet meer op. Nu ik zestien bevallingen verder ben, zie ik trouwens de relationele voordelen in van geen echtgenoot bij de geboorte. Mannen die zeggen dat ze hun vrouw alleen maar aantrekkelijker vinden nadat ze haar bevalling hebben bijgewoond zijn buitenaards, vermoed ik.

Maar goed. Vanochtend even geen bevalling, maar een vrouw van tweeëndertig met een hele serie aan kwalen – onder andere een paar slecht behandelde longontstekingen waardoor ze nu een zuurstofmasker moet dragen – die zulke grote bloemkoolvormige uitsteeksels aan haar vagina heeft dat maar liefst twee arts-assistenten het nodig vonden om er een blik op te werpen. Ik wed dat ze het allebei gaan gebruiken als casus in een of ander studierapport. En ik wed ook dat het op de OK, waar die uitsteeksels morgen verwijderd gaan worden, nog veel drukker zal zijn met mensen die even een blik komen werpen op deze niet-alledaagse aandoening, want zo gaat dat bij gynaecologie, heb ik al gehoord. Het is maar goed dat onze patiënte dan in elk geval onder narcose zal zijn.

Tijdens het opnamegesprek werd ik dankzij haar gebrekkige Nederlands of Engels niet veel wijzer dan dat de gezwellen jeukten en dat het wel lastig was met zitten, maar verder leek ze er zelf niet echt van onder de indruk. Misschien had iedereen die dingen wel in het niet nader aangeduide Afrikaanse land waar ze vandaan komt. Ze hebben er in elk geval geen gynaecologen, vermoed ik.

Shit, de pieper gaat weer. Precies een kwartier rust. Het mag in de krant.

21:30 uur

Ik hoopte op een rustige avonddienst, maar die werd mooi door mijn neus geboord door het telefoontje van half acht vanavond.

'Met Jannie Ritsma, verloskundige', zei een nogal pinnige stem toen ik opnam. 'Ik heb een verloskamer nodig.'

'O, u gaat bevallen?' vroeg ik in een poging om lollig te zijn, die uiteraard niet werd gewaardeerd.

'Een patiënt van mij wil in het ziekenhuis bevallen, maar ik moet absoluut zeker weten dat ze een eigen kamer kan krijgen.'

'Natuurlijk kan ze een eigen kamer krijgen', antwoordde ik, inmiddels behoorlijk geërgerd. 'We hebben hier nog nooit twee bevallende vrouwen op één kamer gelegd, hoor.'

'Ik bedoel van begin tot eind. Dus geen tweepersoonskamer vóór de bevalling en niet op zaal daarna.'

'Sorry hoor, maar over wie hebben we het hier?' vroeg ik. 'Prinses Máxima?'

'Rianne Houtsma.'

Ik fronste. Die naam klonk bekend. Was dat niet die presentatrice?

'Precies, ja', antwoordde de verloskundige toen ik het haar vroeg. 'En omdat ze een BN'er is, mag ze niet met anderen op een kamer. In verband met haar privacy.'

Ik had zin om iets te zeggen over privacy en ziekenhuizen en dat die twee nou eenmaal niet samengaan, en dat ze dan maar een suite in het Amstel Hotel had moeten boeken, maar ik hield me in.

'Ik zal zien wat ik kan doen.'

'Nee, ik heb een absolute garantie nodig!'

Tien minuten later werd een hevig hijgende Rianne Houtsma in een rolstoel de afdeling verloskunde opgereden door haar man, die ik ook vaag herkende van een of andere tv-serie. Tot mijn genoegen zag ze er, met haar bezwete hoofd en zonder make-up, helemaal niet uit als de Rianne Houtsma van televisie. In het echt valt ze best tegen, eigenlijk.

Achter hen aan liep een oudere vrouw met korte krullen en hoge hakken. Jannie, waarschijnlijk.

Lisa, de arts-assistent die vanavond dienst heeft, ging het drietal voor naar de verloskamer. Ik wilde achter hen aan naar binnen lopen, maar Jannie draaide zich resoluut om in de deuropening. 'Geen pottenkijkers', snauwde ze, waarna ze de deur voor mijn neus dicht smeet.

Toen ik een halfuur later weer voorbij liep, brandde het rode lampje boven de deur en hing er een briefje met "absoluut niet storen". Alsof we hier stiekem opnames maken voor *Bevallen met Sterren.*

Oktober

VRIJDAG 2 OKTOBER

16:00 uur

Vanmiddag kwam Anniek weer op het spreekuur. Scheepman was even roken, maar had mij gevraagd alvast de standaardvragen met haar door te nemen en lichamelijk onderzoek te doen. Bloeddruk, hartslag – alles was in orde, en uit Annieks verhaal over hoe het ging en hoe veel de baby bewoog maakte ik op dat met de kleine ook alles oké was. Daarna was het wachten op Scheepman.

'Soms denk ik: de mensen in het ziekenhuis zullen me wel een overbezorgde zeurkous vinden', zei Anniek. 'Ik hoor niets anders dan dat het geweldig gaat met deze baby en toch maak ik me elke dag zorgen.'

'Dat is toch ook logisch', antwoordde ik. 'Je hebt je eerste kindje verloren en zoiets hakt er enorm in.'

Anniek knikte. 'Dat kun je wel zeggen. Toen Milan was geboren, heb ik uren en uren naar hem zitten kijken, niet in staat te beseffen dat hij al dood was. Ik hoefde ook niet te huilen, omdat het nog niet tot me doordrong dat hij was overleden. En dat terwijl ik van tevoren wist dat ik van een kindje zou bevallen dat niet meer leefde.'

Ze was even stil. Daarna haalde ze diep adem en zei: 'Het moment dat ik me realiseerde dat Milan nooit zou leven, weet ik nog heel goed. Het voelde alsof iemand een mes letterlijk door mijn hart boorde. Het deed zo veel pijn. Ik werd hysterisch, heb dagen achter elkaar gehuild. Tijdens Milans begrafenis was ik heel rustig, maar het enige wat ik wilde was dat kistje open rukken en hem eruit halen, om hem daarna nooit meer los te laten. Maar dat ging natuurlijk niet. Na de begrafenis voelde ik me heel lang schuldig dat ik Milan gewoon onder de grond had laten stoppen. Volkomen absurd, dat schuldgevoel, maar het ging niet weg. Het sleet, net als de pijn, maar ergens voel ik het nog steeds.'

Ik slik weer even. Daar in de spreekkamer moest ik moeite doen om niet net als Anniek een paar tranen te laten. Ik kon me haar gevoel voorstellen, al had ze Milan natuurlijk nooit bij zich kunnen houden. Ik hoop werkelijk dat ik bij haar bevalling kan zijn, en haar nieuwe, kerngezonde baby geboren mag laten worden. Hij zal Milan niet vervangen, maar hopelijk kan hij Annieks pijn en schuldgevoel wegnemen.

Midden in ons gesprek kwam Scheepman binnen. Even later staarden we met z'n drieën naar Annieks zoontje op het scherm van het echoapparaat.

ZATERDAG 10 OKTOBER

22:30 uur

Ik denk dat ik uit elkaar plof, maar ik heb echt heerlijk gegeten. Bart heeft vanavond gekookt. Ik wist niet dat hij het kon, maar hij blijkt een heuse keukenprins. Dat heeft hij tot nu toe goed verborgen weten te houden.

'Een beetje van jezelf, en een beetje uit pakjes en zakjes', grijnsde hij toen ik hem ermee complimenteerde.

Na het eten gingen we met een glas wijn op de bank zitten. Ik keek naar de rode vloeistof in mijn glas. Bart ook. 'Net bloed, vind je niet?'

Ik grinnikte. 'Jij brengt zeker een hoop tijd op de OK door?'

'Misschien iets te veel', lachte hij. 'Ik kijk uit naar kindergeneeskunde. De hele dag op de OK is niets voor mij. Ik zal blij zijn als ik straks weer patiënten heb die gewoon wakker zijn, en niet onder narcose.'

Automatisch gleden mijn gedachten af naar Anniek.

'Waar denk je aan?' vroeg Bart, die het altijd merkt als ik met mijn gedachten ergens anders zit.

'Een patiënte van me heeft haar eerste kindje verloren', vertelde ik. 'Ze is voor de tweede zwangerschap onder controle bij Scheepman.'

'Is hij na de geboorte overleden?'

'Nee, bij tweeëndertig weken zwangerschap. Ze moest zelfs gewoon bevallen.'

Bart knikte meelevend. 'Wat verschrikkelijk. En hoe gaat het nu dan?'

'Prima. Ze maakt zich natuurlijk wel veel zorgen, maar met de baby gaat alles top. Als het goed is, gaat ze bevallen terwijl ik op de afdeling sta. Ik hoop dat ik erbij kan zijn.'

Bart keek me aan met een grijns. 'Ben je over je bevaltrauma heen?' vroeg hij, doelend op het sms'je dat ik hem na de eerste bevalling had gestuurd.

Ik haalde mijn schouders op. 'Ach, het went. Leuk is het niet, maar volgens mij is het met een ruggenprik best te doen.'

'Ik bedoelde meer: om ze bij te wonen. Niet om zelf te bevallen.'

Ik beet op mijn lip. 'Ik eh...', stamelde ik. Shit, zou Bart nu denken dat ik ineens een kind van hem wilde? Misschien was hij daar nog helemaal niet aan toe en bezorgde ik hem acute bindingsangst.

'Maar ik ben blij dat je erover begint,' zei hij echter luchtig, 'want ik wilde nog steeds weten of je echt nooit kinderen wil.'

Ik aarzelde even en zei toen: 'Ik denk dat ik ze misschien wel wil. Jij?'

O god, een nieuwe mijlpaal. Voor het eerst in mijn leven had ik het met een man over kinderen krijgen. En ik werd niet eens overvallen door een paniekaanval. Sterker nog, ik kon me ineens best voorstellen dat Bart en ik op een dag... zo'n kleintje...

Jezus, wat is er met me gebeurd?

'Gelukkig maar', zei Bart. 'Want het lijkt me best leuk.' Hij stak meteen zijn handen op. 'Nu nog niet, rustig maar. Als we er allebei klaar voor zijn.'

'Bel maar vast een nanny!' riep ik in een poging wat luchtigheid erin te brengen, al weet ik zelf niet eens waarom ik dat deed.

'Wil je dat?' vroeg Bart echter serieus. 'Het is toch veel leuker om je kind zelf op te voeden? Ik begrijp niet dat mensen kinderen krijgen om ze vervolgens vijf, zes of zeven dagen per week bij een ander onder te brengen.'

'Maar je werk dan?'

'Dat valt heus wel te combineren. Op de afdeling kindergeneeskunde waar ik mijn coschap liep werkte de helft van de artsen parttime. Natuurlijk moet je de eerste jaren, als je nog aan het specialiseren bent, flink doorbuffelen, maar het kán wel.'

Ik wist niet wat ik moest antwoorden. Ik, die altijd had gedacht dat één nanny wel erg weinig was en er liever twee had ingehuurd, kon eigenlijk niet anders dan Bart gelijk geven. Ja, ik wil mijn eigen kind opvoeden en ja, ik wil dan best parttime werken.

Ik merkte pas dat Bart naar me keek toen hij zei: 'Sorry, ik draaf een beetje door. Zoals ik al zei: een baby is leuk, maar pas als we er klaar voor zijn. Vooralsnog hebben we heel andere zaken aan ons hoofd. Ik veroorzaak nog acute bindingsangst bij je met mijn gepraat over baby's.'

'Nee', zei ik. 'Nee, dat doe je niet. Natuurlijk is het iets voor later, maar ik ren echt niet gillend weg, hoor.'

Bart kwam naast me zitten en sloeg zijn arm om me heen. Hij kuste me in mijn nek. Ik hief mijn hoofd naar hem op en zoende hem, waardoor ik niet echt zin kreeg om een baby te krijgen, maar wel om er eentje te maken.

WOENSDAG 21 OKTOBER

22:00 uur

Anniek is aan het bevallen. Vanmiddag om half drie kwam ze al binnen met een paar centimeter ontsluiting, maar het schiet nog niet erg op. Zo vreemd is dat niet, maar ze is doodsbang en vraagt elke drie seconden of haar kind nog leeft. En anders haar man wel, die haar hand geen seconde loslaat.

Uiteindelijk ben ik maar bij hen gaan zitten om hen elk moment gerust te kunnen stellen. Als Anniek blijft stressen komt deze baby er nooit uit.

'Echt, het gaat goed', zei ik voor de twintigste keer. 'We houden je baby heel goed in de gaten door de band die om je buik zit en dit scherm waarop we zijn hartslag kunnen meten. Zie je, hij heeft het nog helemaal naar zijn zin.'

Anniek keek naar het CTG-scherm en leek een beetje te ontspannen. De lijn met pieken die de hartslag van haar zoontje aangaf zag er in haar ogen kennelijk geruststellend uit. Dat was hij ook, met de baby ging alles prima.

Tussen twee weeën door greep ze mijn hand. 'Ik ben zo bang dat het fout gaat. Ik weet dat ik niet bang zou moeten zijn, maar ik kan er niets aan doen.'

Ik klopte zacht op haar hand. 'Ik begrijp het. Het is normaal dat je bang bent, maar probeer je nu te concentreren op de bevalling. Ik beloof je dat wij heel goed op je baby letten.'

Er kwam weer een wee opzetten. Anniek had mijn hand nog vast. Ik probeerde hem los te wurmen, maar de oerkracht die in haar naar boven kwam maakte dat onmogelijk. Ik moest op mijn tong bijten om het niet net als zij uit te gillen. Hoeveel aanstaande vaders en assistenten verlaten de verloskamer met gebroken vingers?

1:00 uur

De ontsluiting van Anniek vordert maar langzaam. Ze heeft nu vijf centimeter. Ik ga af en toe bij haar langs, maar ik moet ook slapen, al lukt dat niet echt op het piketkamertje waar ik nu lig. Ik ben bang dat er iets met Anniek of de baby gebeurt en dat ik er niet bij ben. Ik voel me verantwoordelijk voor allebei.

Ik denk dat ik maar weer uit bed ga en bij haar ga zitten. Dan maar een nachtje geen slaap. Mijn patiënt heeft me nu nodig en dan moet je als arts niet gaan zitten zeiken over je eigen nachtrust.

2:30 uur

Tussen de weeën door is Anniek een nerveuze spraakwaterval. Soms heeft ze het erover dat ze bang is, soms over de baby die nu echt niet lang meer op zich zal laten wachten en soms is er gewoon geen touw aan vast te knopen. Ze kan een ruggenprik krijgen als ze wil, maar dat wil ze niet. Ze wil het kunnen voelen als er iets mis gaat, zegt ze. Ik weet niet of dat kan, maar als het haar geruststelt is het natuurlijk prima.

Annieks man Thijs weet zich met de situatie af en toe geen raad. Het ene moment heeft zijn vrouw hem nodig, het volgende moment reageert ze haar frustraties over de niet vorderende ontsluiting op hem af. Dan mag, of moet, hij weer haar bezwete voorhoofd deppen met een nat doekje, terwijl ze hem het volgende moment op het hoogtepunt van een wee uitmaakt voor "dader" en keihard in zijn hand knijpt, waardoor ik Thijs al een paar keer op zijn tong heb zien bijten om het niet uit te schreeuwen.

Om een of andere reden heeft Anniek veel vertrouwen in mij. Elke keer als ik de kamer verlaat, smeekt ze me om snel terug te komen. Ik loop dan ook zo min mogelijk weg. Ze is al zo angstig dat er iets mis gaat. Ik zal maar snel teruggaan. Hopelijk gaat het laatste deel van de ontsluiting ineens snel. Dat gebeurt wel vaker. Dan kan Anniek eindelijk haar zoontje in haar armen houden. Ik verheug me op dat moment.

4:30 uur

Hij is er. Eindelijk. Mooi en roze, en helemaal gezond. Kleine Sem. Ik knipper mijn tranen weg.

5:00 uur

Is de baby er eindelijk, komt de placenta niet los. Moeten nu naar OK. Ik ga mee. Moet snel zijn.

7:30 uur

O mijn god. Ik kan bijna niet bevatten wat er net allemaal is gebeurd. Ik probeer de zaken in mijn hoofd op een rijtje te zetten, maar dat lukt nog niet echt.

Het begon ermee dat Anniek maar bleef bloeden en de placenta niet werd geboren. Anniek had hevige weeën, ook al was Sem er al, maar die leidden nergens toe. Robert, de artsassistent, besloot Scheepman op te piepen, die een kwartier later in de verloskamer stond, zijn haar helemaal door de war.

Na een minuut of vijf had hij het al gezien. 'Naar OK', zei

hij tegen Robert. Die ging snel aan de slag om een operatiekamer te regelen. Scheepman legde intussen aan Anniek en Thijs uit wat er aan de hand was.

'De placenta zou normaal gesproken uit zichzelf moeten worden geboren, maar dat gebeurt niet', zei hij. 'Daarom gaan we hem op de operatiekamer verwijderen. Je hoeft niet bang te zijn, je baby is helemaal gezond.'

Dat was natuurlijk het voornaamste. De rest van Scheepmans woorden leek niet tot Anniek door te dringen.

'Mag ik mee?' vroeg Thijs.

Scheepman schudde zijn hoofd. 'Nee. De ingreep zal onder algehele narcose plaatsvinden en dan mag niemand anders dan het medisch personeel in de operatiekamer. Blijft u maar bij uw zoontje en dan zorgen we ervoor dat uw vrouw zo snel mogelijk terugkomt.'

In gedachten ging ik mijn kennis over niet loskomende placenta's langs. Het kan een placenta accreta zijn, te diep ingegroeid in de baarmoeder. En waarschijnlijk contraheert de baarmoeder niet goed meer.

'Jonge dokter.' Scheepman wenkte me toen hij de kamer uit liep. 'Ga maar meewassen. Dit is een interessante ingreep voor jou.'

Ik stond perplex. Het gebeurt niet vaak dat coassistenten worden uitgenodigd bij spoedoperaties, zeker niet als er ook een arts-assistent is. Nog geen kwartier later stond ik steriel op de OK. Anniek was onder narcose gebracht. Haar benen lagen in beugels, zodat Scheepman met een soort stofzuigertje kon proberen de placenta te verwijderen zonder dat er gesneden hoefde te worden.

'Bloedverlies?' informeerde hij toen hij begon.

'Inmiddels 1500 ml', antwoordde Robert. 'En het loopt snel op.'

Ik herinnerde me het studieboek waarin stond dat 500 ml bloedverlies normaal is, 500 tot 1000 ml ruim en meer dan 1000 ml overmatig. 1500 ml was op z'n minst behoorlijk overmatig te noemen, om niet te zeggen gevaarlijk. Scheepman moest nu wel gaan opschieten, anders zou een echte operatie nodig zijn.

'Het gaat niet', zei Scheepman echter. Ik zag zweetdruppels parelen op zijn voorhoofd. 'Ik krijg hem niet los. We moeten het anders oplossen.'

Dat betekende dat Annieks buik open moest. Razendsnel werd alles daarvoor in orde gemaakt. Haar buik werd met jodium ingesmeerd, wat een gele laag achterliet. Scheepman ging aan de ene kant van de tafel staan, Robert en ik stonden aan de andere kant. De instrumenterende stond naast Scheepman. De gynaecoloog haalde diep adem, rolde zijn hoofd even en zei toen: 'Scalpel.' Hij maakte een haarscherpe snede. Er kwam wat bloed omhoog.

'Coassistent, zuigen', zei Scheepman.

Ik pakte het apparaat, ook een soort stofzuiger, en zoog het bloed ermee weg. Net onder de snede zag ik het gele buikvet, gevolgd door roodachtig weefsel. Scheepman wierp een blik op de OK-assistent die het bloedverlies in de gaten hield. 'Hoeveel?'

'2000 ml.'

Ik schrok. Nu moest Scheepman echt gaan opschieten.

'Extra bloed', zei de gynaecoloog. Ik zag de concentratie in zijn ogen. Hij wist ook dat het tempo omhoog moest.

'Coassistent', zei hij. 'Houd de wondhaken vast.'

Een OK-assistent nam het wegzuigen van het bloed van me over en ik pakte de wondhaken aan, waarmee de wond open werd gehouden. Scheepman sneed met zijn scalpel de baarmoeder open.

'Zuigen!' riep hij. Het bloed golfde uit de baarmoeder. 'Nu.'

Terwijl het bloed werd weggezogen kregen we zicht op de binnenkant van de baarmoeder. Ik had nog nooit zoiets gezien en wist ook niet wat normaal was, maar ik zag wel dat dit nog het meest op een slagveld leek.

Scheepman had zijn keuze snel gemaakt. 'Die moet eruit.'

Ik verstijfde. Hij bedoelde niet de placenta, maar de baarmoeder.

'De uterus moet verwijderd worden', zei Scheepman tegen Robert.

Robert knikte.

Wat vreselijk voor Anniek, dacht ik. Haar droom van een groot gezin viel in duigen. Eerst de enorme tegenslag van haar overleden kindje, en nu dit. Hoe gelukkig ze ook was met Sem, ze wilde nog meer kinderen. En dat kon ze nu wel uit haar hoofd zetten, omdat één arts besliste dat haar baarmoeder niet kon worden gespaard.

Ik keek op naar Scheepman, en daarna naar Robert. 'Is er geen andere mogelijkheid?'

Beide artsen schudden hun hoofd. Robert gaf antwoord. 'Nee, dat gaat niet. De placenta is gescheurd en heeft een deel van de baarmoederwand meegenomen, wat het bloedverlies verklaart. Voor we de placenta helemaal los hebben en de baarmoederwand kunnen hechten, is ze al doodgebloed. Om het leven van de patiënte te redden, moeten we nu de baarmoeder verwijderen. Het is haar enige kans.'

Ik keek naar het bloed, dat uit de wond bleef stromen. Haar enige kans... Maar haar enige kans op het grote gezin dat ze zo graag wilde was verkeken. Ze zou deze operatiekamer onvruchtbaar verlaten. En dat alleen maar omdat hier en nu werd besloten dat er geen andere mogelijkheid was. Omdat de arts bepaalde dat haar baarmoeder eruit moest. Zo snel kon het gaan.

Scheepman klemde de tubahoeken af waardoor hij de baarmoeder iets kon optillen. Ik herinnerde me mijn studieboek, waarin deze ingreep wordt beschreven.

'Coassistent!' Scheepman keek me aan. 'Jij gaat de tuba en ligamentum ovarium onderbinden en klieven. Ik neem aan dat je weet hoe dat moet?'

Ik antwoordde automatisch. 'Ja. Natuurlijk.'

Hij verwachtte van mij dat ik de eileiders en de banden waarmee de eierstokken vastzaten, ging lossnijden.

Hier stond ik, coassistent, in opleiding, aan de operatietafel met een heuse taak. Maar het enige waar ik aan kon denken was Anniek. Onvruchtbaar, dat zou ze vanaf nu zijn. De vier, vijf, zes kinderen die ze wilde zouden er nooit komen. Niet met z'n allen rond de kerstboom, met z'n allen op vakantie, gezellig thee drinken als de kinderen uit school kwamen – Anniek had er ongetwijfeld over gedroomd. Weg was haar droom, de toekomst die ze voor zichzelf in gedachten had gehad. Alles werd anders met de handeling die ik moest verrichten.

'Coassistent.' Scheepmans stem riep me terug naar het hier en nu. 'Pak de klem aan. Hier loopt de tuba, hier het ligamentum ovarium. Jij moet nu hier en hier onderbinden om te kunnen klieven.'

Ik voelde het gewicht van de klem in mijn hand. Ik richtte mijn blik op de eileider die ik moest afbinden.

Ik keek naar mijn hand, die heel even boven de eileider bleef zweven. De enorme blijdschap om Annieks zoontje zou direct worden overschaduwd door deze operatie. Nu ze eindelijk blij en onbezorgd kon zijn, kreeg ze dit te verwerken.

Ik keek naar mijn hand. Mijn mond was droog.

'Coassistent', riep Scheepman. 'Je moet nu de klem erop zetten.'

Ik keek op en ving zijn blik. Weg was de rust die hem normaal gesproken omringt. Hij keek dwingend. Ik pakte de klem steviger vast.

Haar leven. Dat was het enige wat nu telde. Het leven redden van Anniek, moeder van Sem.

Nee, het leven redden van de patiënte die hier voor me op de operatietafel lag. Ik ben de arts, zij de patiënte. We doen wat we moeten doen, het is onvermijdelijk.

Ik haalde diep adem. Ik was de arts.

Op dat moment onderbond ik resoluut de tuba. Ik voelde dat Scheepman zich ontspande. Na de tuba deed ik hetzelfde met het ligamentum ovarium. Anniek was definitief onvruchtbaar. Het leven van onze patiënte was gered.

DINSDAG 27 OKTOBER

10.00 uur

Vanochtend weer bij Anniek geweest. Ze is verdrietig over haar onvruchtbaarheid, maar heeft besloten het geluk om Sem daardoor niet te laten overschaduwen. Ik vind het knap van haar. Ze realiseert zich terdege dat ze zonder deze operatie niet meer had geleefd. Er was simpelweg geen keuze.

'Hoe gaat het?' vroeg ik.

Anniek zat met Sem op haar arm rechtop in bed. 'Steeds beter. Volgens dokter Scheepman mag ik vandaag naar huis. Mogen wé naar huis', verbeterde ze zichzelf. 'Vanaf nu zijn we een gezin. We zijn compleet met z'n drietjes.'

Ik had het idee dat ze dat laatste eraan toevoegde om zichzelf te overtuigen. Ik haar ogen zag ik dat het haar nog steeds moeite kostte.

'Als je vandaag naar huis mag, zie ik je niet meer', zei ik. 'Er staan vandaag weer de nodige bevallingen op het programma, waar ik bij moet zijn.'

'Bedankt', zei Anniek, toen ik haar de hand schudde. 'Voor alles.'

'Succes. En veel geluk.'

Ik knikte haar toe en verliet de kamer. We hebben haar leven gered. Dat is wat dokters doen.

Mijn pieper gaat weer. De volgende baby dient zich aan.

November

WOENSDAG 4 NOVEMBER

12:00 uur

Heb ik ooit gezegd dat wie parttime wil werken, maar bij kindergeneeskunde terecht moet komen?

Ja. Dat heb ik gezegd. Maar het is onzin. Want ik zit nu bij kindergeneeskunde, en wel in het Sint Victorius Ziekenhuis. Een streekziekenhuis, maar dat neemt niet weg dat het ontzettend druk is.

Ik heb nu, op woensdag, al meer uren gedraaid dan de gemiddelde kantoorklerk in anderhalve week.

En ik vind het geweldig.

De eerste vier weken van het coschap breng ik door op de afdeling en als het nodig is op de spoedeisende hulp. Gelukkig is het op de SEH tot nu toe rustig, want op de afdeling is het al druk genoeg.

Op mijn eerste dag kwam Esther binnen, een meisje van vijftien met het syndroom van Down. Ze heeft allerlei klachten, waar we eigenlijk geen touw aan vast kunnen knopen. Ze heeft hoge koorts, voelt zich duidelijk niet lekker en kan niet meer op haar benen staan. Maar bij geen van haar klachten krijgen we een idee van de richting waarin we moeten zoeken. Daarom moeten we haar voortdurend verder onderzoeken, wat ze op z'n zachtst gezegd niet leuk vindt.

Vanochtend probeerden we bloed bij haar af te nemen. Normaal gesproken een klusje van vijf minuten, maar bij Esther een opgave van minstens een half uur waar de kinderarts persoonlijk bij aanwezig is.

Esther ligt sowieso geen seconde stil, probeert voortdurend uit bed te komen. Ze ligt tussen stootblokken, zodat ze zichzelf geen pijn kan doen. Ik heb met haar te doen. Ze woont normaal gesproken met haar ouders en haar broertje op het platteland, waar ze weinig prikkels heeft en redelijk normaal kan leven. Nu is ze zonder dat ze weet waarom en zonder dat iemand het haar kan uitleggen in het ziekenhuis terechtgekomen, waar ze allerlei onderzoeken krijgt die ze niet wil. Ze kan niet zeggen wat ze voelt, omdat ze niet kan praten en ik heb het idee dat ze niets begrijpt van alles wat we tegen haar zeggen. Volgens haar moeder kent ze alleen woorden als "eten" en "spelen", en is "ziek" een begrip dat haar verstandelijke vermogens te boven gaat, laat staan dat ze begrijpt waarom er met een naald in haar moet worden geprikt.

Irma, de kinderarts, probeerde op rustige toon te vertellen wat er ging gebeuren.

Overigens staat op het aanspreken van specialisten met de voornaam op zo'n beetje alle andere afdelingen – ook de waar ik mijn vorige coschap kindergeneeskunde liep – de doodstraf, maar is het hier de regel.

'Probeer rustig te blijven, Esther', zei Irma keer op keer. Esther deed echter het tegenovergestelde. Er waren vier verpleegkundigen nodig om haar in bedwang te houden en dan nog schopte het meisje tegen de randen van haar bed. Zelf hield ik haar arm vast, zodat Ineke, de arts-assistent, de naald erin kon zetten. Esther gilde toen dat gebeurde. Ik huiverde.

16:00 uur

Eindelijk hebben we een idee over wat er met Esther aan de hand kan zijn. Zoals veel mensen met downsyndroom heeft ze als kind hartproblemen gehad. Ze is geopereerd, maar nog steeds heeft ze een hartklep die niet functioneert. Irma denkt dat de er een ontsteking op die klep zit. Maar voor we dat zeker weten, moeten er nog meer onderzoeken worden gedaan. Een andere optie is dat Esther eerst antibiotica krijgt, en pas meer onderzoeken als de medicatie niet blijkt aan te slaan. Ik zou voor het tweede kiezen, Irma kiest voor het eerste. Nog meer angst voor Esther. Ik ben het er niet mee eens, maar het is niet aan mij om te beslissen.

Ik ga maar weer naar haar toe. Hopelijk is ze moe en worstelt ze minder hard.

ZONDAG 15 NOVEMBER

17:30 uur

Pizza of Chinees? Bami of Quattro Stagioni? Bart wilde Chinees, ik pizza. En ik heb gewonnen. Het wordt pizza. Hij is het nu aan het halen.

Vanmiddag hadden we het over Esther. Inmiddels is het zo goed als zeker dat ze een infectie op haar hartklep heeft. Ze krijgt antibiotica, maar die lijken nog niet erg aan te slaan. Hopelijk is ze na het weekend wat opgeknapt.

'Als ze haar nou meteen die antibiotica hadden gegeven, dan had ze dat laatste onderzoek niet hoeven krijgen', zei ik. 'Het was sowieso waarschijnlijk dat ze dit zou hebben.'

Bart aarzelde echter. 'Antibiotica moet je nooit te veel of zonder aanleiding geven', zei hij. 'Ik vind het juist goed dat ze dat laatste onderzoek hebben gedaan.'

'Ik weet het niet', zei ik. 'Ze was doodsbang en het onderzoek deed haar pijn. Andere kinderen kun je tenminste nog uitleggen wat er aan de hand is, maar haar niet. Is het op zo'n moment niet een betere beslissing om haar het medicijn te geven en nog even af te wachten?'

Bart schudde zijn hoofd. 'Ik vind dat geen reden om een gok te nemen en een behandeling uit te voeren zonder dat je voldoende grond hebt om aannemelijk te maken dat die gaat werken. Wij hadden in het Academisch vorige week ook een kind met downsyndroom. Een meisje van vijf jaar dat mogelijk een blaasontsteking had. Je wilt niet weten wat een gedoe het was om haar te laten plassen. Ze bleef weigeren en schreeuwde de hele afdeling bij elkaar. Toen hebben we geprobeerd een katheter in te brengen, maar daardoor ging ze helemaal door het lint.'

'En toen?'

'De arts-assistent wilde opgeven en rustig afwachten, omdat ze op een gegeven moment vanzelf zou gaan plassen. Maar de specialist wilde het onderzoek op dat moment voortzetten. Dus toen zijn we doorgegaan. Uiteindelijk bleek ze inderdaad die ontsteking te hebben, trouwens.'

Ik knikte.

'Ik vind het soms lastig te bepalen hoe ver je voor een onderzoek moet gaan en in hoeverre je het van de patiënt moet laten afhangen.'

Bart kneep in mijn arm. 'En daarom ben jij ook nog geen specialist. Wat wil je eten?'

Als we elkaar zien hebben we het vaak over wat we in het ziekenhuis meemaken, maar na een tijdje verandert Bart altijd bewust van onderwerp. Omdat we meer zijn dan coassistenten, zegt hij dan.

Op dit moment ben ik vooral hongerig. Ik kijk ernaar uit om samen met Bart, hangend op de bank, een pizza te eten en dan een dvd'tje te kijken.

MAANDAG 30 NOVEMBER

10:00 uur

Vanaf vandaag vier weken op neonatologie, onderdeel van kindergeneeskunde. Vanochtend ben ik nog even naar de algemene kinderafdeling gelopen. Eindelijk is Esther naar huis. Ze bleek inderdaad een ontsteking op haar hartklep te hebben. De antibiotica zijn aangeslagen en ze voelt zich stukken beter. Ze moet nog wel op controle komen zodat we in de gaten kunnen houden of haar hartklep geen schade heeft opgelopen, maar ze hoeft in elk geval niet meer in haar bed met stootblokken te liggen. Gelukkig maar.

Op neonatologie moet ik nog wel even wennen. Een normale baby, die ik al bijzonder klein vind, is een reus vergeleken bij de kinderen die hier liggen. De kleinste is net aan negenhonderd gram, de grootste gaat richting de vijfentwintighonderd. Vijf pond. Dat vinden we hier veel.

Ik moet verder, me inlezen in de statussen van de kinderen. Ik ben nu bezig met Fenna, die vorige week met zevenentwintig weken is geboren en nu met nog niet voldoende ontwikkelde longen in de couveuse ligt. Net aan negenhonderd gram. Ze past op één hand.

December

VRIJDAG 4 DECEMBER

13:00 uur

Net op de OK gestaan voor het eerst sinds enige tijd. Niet aan tafel, maar een paar meter daarachter, klaar om twee prematuurtjes op te vangen die na slechts dertig weken zwangerschap geboren moesten worden, omdat ze het niet langer naar hun zin hadden bij hun moeder. Hun rokende, drinkende, asociale moeder, wel te verstaan.

En nu liggen ze op de afdeling te vechten voor hun leven, overlevend op een paar milliliter voeding per keer. Het is echt verbazingwekkend hoe sterk die kleintjes kunnen zijn. Ik loop elk kwartier bij ze langs om te zien hoe het gaat. Hopelijk sterken ze snel aan. De komende uren zijn kritiek.

VRIJDAG 11 DECEMBER

15:00 uur

Precies een week later en het gaat verrassend goed met de tweeling. Het zijn eerder hun ouders die me zorgen baren.

Als de moeder van de tweeling – die twee dagen geleden uit het ziekenhuis is ontslagen – langs is geweest, ruikt de hele couveuseafdeling naar oude sigarettenrook en verschaald bier. Komt ze samen met haar vriend – zowaar de vader van de kinderen – dan kun je daar de stank van wiet bij optellen. Vooralsnog is er niet genoeg grond om de kinderen direct uit huis te plaatsen, dus zullen ze straks toch met hun ouders mee naar huis moeten. Ik vind het belachelijk. Niet alleen zijn de eerste drie kinderen van de moeder allemaal in pleeggezinnen geplaatst, de ouders zitten ook nog eens in de schuldsanering en krijgen dertig euro per week om van te leven. Na aftrek van sigaretten en drank blijft er maar bar weinig over voor de poedermelk van de tweeling, en borstvoeding is gezien de voorliefde van de moeder voor alcoholische versnaperingen geen optie. Daarnaast moet het hele gezin straks wonen in een appartementje met twee kamers, waarvan de woonkamer er één is.

'Je hebt helemaal gelijk', zei Paula, de neonatoloog. 'Ik zou ze ook het liefst direct naar een pleeggezin zien vertrekken. Maar de ouders hebben de laatste tijd hun best gedaan om te laten zien dat ze voor hun kinderen kunnen zorgen.'

Dat "hun best gedaan" bestaat eruit dat ze bij alle afspraken zijn komen opdagen en ook nog min of meer op tijd, dat de moeder niet is betrapt op drinken of drugsgebruik tijdens de zwangerschap en dat ze zich de afgelopen tijd niet verder in de schulden hebben gestoken. Ik vind het nogal een magere test, maar volgens Paula blijft het gezin wel onder streng toezicht staan en wordt er meteen ingegrepen als het mis dreigt te gaan. Maar toch, als ik naar die twee piepkleine jongetjes in de couveuse kijk, heb ik er maar weinig vertrouwen in dat ze bij hun ouders uitgroeien tot de grote kerels die ze zouden moeten worden. Maar ja, dit zijn nou eenmaal de regels.

18:00 uur

Het gaat helemaal niet goed met Fenna. Ze groeit niet, omdat ze bijna geen voeding opneemt en ze reageert niet op de medicijnen die ze krijgt en die haar longen moeten laten rijpen. Daarnaast heeft ze sinds gisteren koorts. Ze krijgt nu medicatie tegen de koorts, maar die slaat niet aan.

'Ze heeft pijn', zei Paula toen we samen bij Fenna waren geweest. 'Zulke kleintjes kunnen niet huilen, maar je hebt vast wel haar gekreun gehoord.'

Dat heb ik inderdaad gehoord. Een zacht, diep gekreun dat vanuit haar tenen leek te komen. Fenna's ouders beschouwen het als een goed teken dat ze geluid maakt, Paula vindt het juist verontrustend.

'Hoe weet je dat dat geluid pijn betekent?' vroeg ik.

'Dit geluid maken baby's niet als ze zich goed voelen. Ze heeft het duidelijk niet naar haar zin en dat kan eigenlijk maar één ding betekenen.'

'Dat ze pijn heeft', vulde ik aan. 'En nu?'

Paula keek me aan. 'We houden Fenna eigenlijk alleen nog in leven voor haar ouders. Ze gaat het niet redden. De medicijnen slaan niet aan, ze verzwakt met het uur en die koorts is funest. Ze reageert ook niet op de medicijnen die ze daarvoor krijgt. Om te overleven zou ze meer medicatie nodig hebben, maar die kunnen we haar niet geven, want dan gaat ze dood aan de medicijnen. Fenna zal binnenkort hoe dan ook overlijden.'

Ik schrok. Eigenlijk had ik Fenna's situatie rooskleuriger ingeschat. Hier op neonatologie vergeet je soms dat de mogelijkheden beperkt zijn als je patiënten nog niet eens een kilo wegen.

'En nu?' herhaalde ik mijn vraag.

'Wat zou jij doen?'

Ik dacht na. Fenna zou hoe dan ook overlijden. Zou ik haar langer in leven houden zodat de ouders nog een paar dagen met hun dochter hadden, of zou ik voor het belang van het kind kiezen en een einde maken aan haar pijn? Moeilijk.

'Ik zou haar nog even laten leven', zei ik. 'En haar ouders voorbereiden dat ze het niet gaat redden.'

'Haar ouders zijn voorbereid', zei Paula. 'We hebben hun al een paar keer verteld dat Fenna geen kans heeft. Maar ze weigeren het te geloven.'

'Hm. In dat geval zou ik ervoor kiezen om Fenna niet langer te laten lijden.'

Paula knikte. 'Ja, ik ook. Ze kunnen de werkelijkheid niet langer ontkennen. Hun dochter zal het niet redden en elk uur dat we haar langer in leven houden, heeft ze onnodig veel pijn.'

Ik ben blij dat ik nog geen specialist ben en dat ik deze beslissing niet hoef te nemen. Paula gaat zo weer praten met Fenna's ouders.

Ik ga naar huis.

DINSDAG 15 DECEMBER

11:00 uur

Fenna is er nog steeds. Paula vindt dat we haar niet langer in leven kunnen houden, maar haar ouders zijn het er pertinent niet mee eens en dreigen het ziekenhuis aan te klagen als de behandeling wordt gestopt. Paula daarentegen vindt het haar taak als arts om de baby niet langer dan nodig deze pijn aan te doen. Fenna's ouders geloven pas dat hun baby het niet redt als Fenna ondanks al haar medicatie overlijdt. Ze wijken geen moment van haar zijde en zijn ontzettend wantrouwig naar ons toe. Paula overweegt de directie erbij te halen. Ik heb heel erg te doen met de ouders, maar deel inmiddels Paula's mening. Het is genoeg geweest.

19:00 uur

Paula heeft weer twee uur met Fenna's ouders gepraat. Ik ben benieuwd naar het gesprek, maar dit is niet iets waar coassistenten bij mogen zijn. En trouwens, op de afdeling is genoeg te doen. Vanochtend is Jitse geboren, na tweeëndertig weken zwangerschap. Achttienhonderd gram, een reus vergeleken bij Fenna, maar nog steeds maar een heel klein mannetje.

Ik ben er zelf verbaasd over hoe leuk ik deze tijd op de couveuseafdeling vind. Het is een uitdaging om elk baby'tje dat hier binnenkomt, hoe klein ook, de allerbeste zorg te bieden. Je hebt niet veel tijd om de behandeling te bepalen en je kunt je geen vergissing permitteren. Het is echt precisiewerk. Het gevoel dat je krijgt als zo'n kleintje uiteindelijk naar de gewone kinderafdeling of zelfs naar huis mag, is onbeschrijflijk. Een kick, dat is het. Ik ben ontzettend blij dat ik voor dit oudste coschap heb gekozen. En ik baal ervan dat ik de vorige keer niet meer uit het coschap kindergeneeskunde heb gehaald. Ik had veel meer kunnen leren dan ik toen heb gedaan.

Ik moet mijn avondronde gaan lopen. Jitse en de andere baby's wachten op me.

DINSDAG 22 DECEMBER

10:00 uur

Vandaag wordt Fenna's behandeling gestopt. Iedereen is een beetje van slag. Ik ook, maar ik weet dat er geen andere mogelijkheid is. Ze is te zwak. Ze heeft straks in elk geval geen pijn meer.

17:00 uur

Fenna is dood. Binnen een uur nadat Paula haar medicatie stopte, overleed ze. Ze heeft geen pijn meer gehad, ze is rustig overleden. Nu is ze met haar ouders mee naar huis, in een wit rieten mandje.

Jitse groeit juist als kool. Hij is al vijftig gram aangekomen. Elke dag krijgt hij een heel klein beetje meer voeding. Hij kan zelfstandig ademen. Nog een week, hooguit twee, en dan mag hij naar huis. Zijn ouders waren ontzettend blij en opgelucht toen Paula hun dat vandaag vertelde. Een uur na Fenna's dood.

Zo gaat dat in een ziekenhuis. Na twee jaar coschappen ben ik eraan gewend.

Ik ga. Ik moet nog kerstcadeautjes kopen.

ZONDAG 27 DECEMBER

14:00 uur

Het is rustig op de afdeling. Er liggen vijftien baby's in de couveuses, wat weinig is. Kennelijk zijn er tijdens de kerst maar weinig kinderen te vroeg geboren. Ik moet toegeven dat het wel lekker is, zo'n rustig dagje tussendoor. Ik heb op het rooster gezien dat er morgen vier keizersnedes gepland staan, waarvan twee premature tweelingen. Dikke kans dat het dan weer topdrukte wordt op de couveuseafdeling. Ik geniet nog maar even van de rust, kan ik mooi bijkomen van de kerstdagen.

Mijn eerste kerst met Bart zit erop. We waren eerste kerstdag bij mijn ouders en Jacco, tweede kerstdag bij Barts ouders.

Ik moest de hele tijd denken aan de kerstperiode vorig jaar. Ik werkte ook op de kinderafdeling, zij het balend en mekkerend en alleen maar uitkijkend naar wat er in het verschiet lag: chirurgie. Als iemand toen had gezegd dat ik nu niet chirurgie, maar kindergeneeskunde als oudste coschap zou volgen, zou ik diegene waarschijnlijk recht in zijn gezicht hebben uitgelachen.

Er kan een hoop veranderen in een jaar tijd.

Bah, het komt vast doordat het einde van het jaar nadert dat ik in zo'n terugblik-bui ben. Eigenlijk kijk ik liever vooruit.

O, mijn pieper gaat. Ik moet weer aan de slag.

DONDERDAG 31 DECEMBER

23:45 uur

Nog een kwartier tot het einde van het jaar. Ik vier oud en nieuw dit jaar samen met de verpleging. Er staat een grote schaal oliebollen in het midden van de tafel en iemand heeft de televisie aangezet. Zo meteen komt de klok in beeld die precies aangeeft wanneer het nieuwe jaar begint.

Het is rustig in het ziekenhuis. Wie naar huis kan, is naar huis. Op de couveuseafdeling liggen nu zestien baby's, waaronder een van de twee tweelingen die maandag geboren zijn. Jitse is naar huis, hij kan zelfstandig ademen en is genoeg aangekomen. Vanochtend is ook de andere tweeling vertrokken, opgehaald door hun opvallend fris ruikende moeder. Deze keer geen lucht van oude rook en drank, maar een vrouw die net gedoucht was en voor de gelegenheid zelfs mooie kleren aan had getrokken. Hopelijk luidt de thuiskomst van de tweeling een nieuwe fase van haar leven in en raakt ze vanaf nu geen drank, drugs en sigaretten meer aan. Ik hoop het voor de kleintjes, en voor haarzelf.

Vanmiddag kregen we een kaartje van Fenna's ouders. Ze hebben haar begraven op de begraafplaats vlak bij hun huis en gaan elke dag naar haar grafje, schreven ze. Ze wilden ons bedanken voor de tijd die ze met hun dochter hebben kunnen doorbrengen. Ik vind het knap dat ze er zo tegenaan kijken. Geen enkel verwijt dat we haar leven niet hebben kunnen redden, alleen maar dankbaarheid. Het zijn die kleine dingen die het werk op de kinderafdeling extra bijzonder maken.

Zo bijzonder dat ik mijn keuze heb gemaakt. Dit is waar ik wil blijven werken, ik heb mijn doel gevonden. Ik wil kinderarts worden. Chirurg is een prachtig vak, maar niet het vak waar ik gelukkig van ga worden. Kinderarts is, zoals Bart een hele tijd geleden al zei, van alles in één en daardoor ontzettend boeiend. Ik heb me letterlijk nog geen seconde verveeld op deze afdeling, ik heb nog geen moment uitgekeken naar het eind van het coschap en, het belangrijkste, ik heb echt geen enkele keer gedacht: zat ik maar bij chirurgie. Dat is een gevoel dat ik niet langer herken. Misschien komt het door wat er met Jacco is gebeurd, of door de patiënten die ik heb ontmoet. Robin, Sven, Alex... Of misschien komt het door Bart.

Bart vindt het trouwens geweldig dat ik kinderarts wil worden. Hij ziet het helemaal zitten dat we later allebei als kinderarts in een groot, bij voorkeur academisch, ziekenhuis werken. En dat we dan 's avonds samen naar huis rijden en dat daar onze eigen vijf kinderen op ons wachten. Ik vind vijf nogal veel, maar goed, we zien wel.

Het is vijf voor twaalf. Zo meteen begint het nieuwe jaar. Niet alleen het oude jaar tikt weg, ook mijn tijd op de kinderafdeling. Over twee dagen zit mijn coschap erop.

Ik ga nog snel een rondje over de afdeling lopen voor het aftellen begint. En ik ga Bart sms'en dat het een topjaar wordt. En dat ik van hem houd.

Epiloog

VRIJDAG 22 JANUARI

22:30 uur

De eerste bladzijde van mijn nieuwe dagboek. Mijn oude was vol, vandaag heb ik van Bart een nieuwe gekregen. Het was een bijzondere dag. Nu is het officieel: ik ben Femke van Wetering, arts. Sinds vandaag ben ik in het bezit van mijn artsendiploma.

Het is nu drie weken geleden dat ik mijn oudste coschap afrondde en ik heb nog niet één keer getwijfeld over mijn keuze voor kindergeneeskunde als specialisatie. Sterker nog, ik ben er alleen maar meer van overtuigd geraakt dat dit is wat ik wil. Nu hopen dat ik word toegelaten, en Bart ook.

Maar dat zien we later wel. Vandaag is het feest. Vanavond zijn we uit eten geweest met Barts en mijn ouders en met Jacco om te vieren dat we onze diploma's hebben gehaald.

Dokter Van Wetering en dokter De Wildt. Nu zitten we met z'n tweeën bij Bart thuis. Buiten sneeuwt het. Ik ben gelukkig.

Lees ook van Mariëtte Middelbeek

Single & Sexy

Charlotte van Rhijn ziet als een berg op tegen haar negenentwintigste verjaardag. Niet alleen heeft haar grote liefde Kars haar verlaten, maar iemand blijkt ook al haar bank- en spaarrekeningen te hebben geplunderd. Met haar baan als kleuterjuf kan ze de rekeningen niet betalen en al snel krijgt ze vaker bezoek van de deurwaarder dan van haar vriendinnen.

Single & Sexy
240 pagina's, € 4,95
ISBN 978 94 6068 025 0

Turbulentie

Sara Doesburg geniet met volle teugen van haar leven als stewardess. Ze vliegt de hele wereld over en waakt met harde hand over haar maat 36. Maar als bij haar zus borstkanker wordt geconstateerd en ze haar neefje Max opvangt, wordt alles ineens anders. Al snel dringt zich de vraag op wat echt belangrijk is in het leven.

Turbulentie
240 pagina's, € 7,50
ISBN 978 94 6068 050 2

Lees ook van Mariëtte Middelbeek

Crash

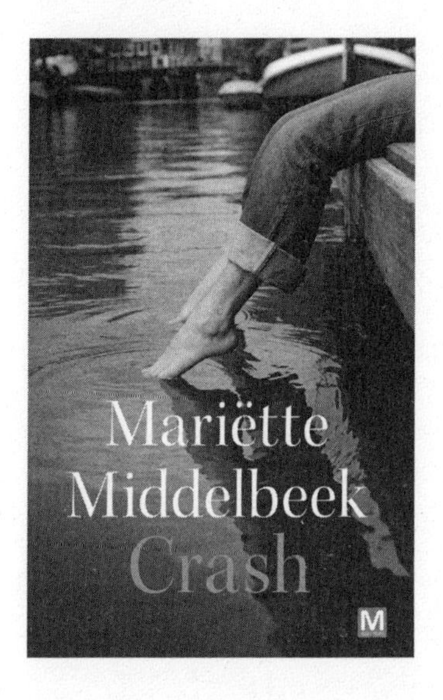

Daphne en Maarten zijn nog maar net getrouwd als Maarten door een ongeluk om het leven komt. Voor Daphne breekt een zware tijd aan. Niet alleen is het verdriet om Maarten erg groot, ze wordt ook gedwongen te verhuizen en moet een nieuwe baan zoeken. Daphne besluit het dorp en de boerderij, waar ze zo gelukkig met Maarten woonde, achter zich te laten en trekt naar Amsterdam. Maar net als ze haar leven weer wat op orde heeft, doet Daphne een wel heel verrassende ontdekking.

Crash
336 pagina's, € 16,95
ISBN 978 94 6068 049 6

Colofon

Redactie: Maaike Molhuysen
Eindredactie: Karin Dienaar
Omslagontwerp: Riesenkind
Omslagillustratie: Shutterstock
Zetwerk: V3-Services
Druk: Hooiberg|Haasbeek

Vierde druk juli 2012

ISBN 978 94 6068 080 9
NUR 343 / 301

Uitgeverij Marmer
De Botter 1
3742 GA BAARN
T: +31 649881429
I: www.uitgeverijmarmer.nl
E: info@uitgeverijmarmer.nl